SONJA ULLRICH

Teppichporsche

FESTGEBISSEN Esther Roloff ist der jüngste Spross einer traditionellen Bergarbeiterfamilie sowie Versicherungsdetektivin auf Probe bei Tozduman Securities, einer dubiosen Detektivklitsche in Wattenscheid. Sie erhofft sich irgendwann einmal Mörder einzukerkern oder eine eigene Knarre zu besitzen. Als sie einer Haftpflichtsache nachgehen soll – ein Terrier mit nur einem Zahn soll ein Wasserbett zerbissen und einen Wasserschaden verursacht haben –, stößt sie auf Blutreste in den Parkettfugen des »Tatorts« und wittert den ganz großen Mordfall. Ihr zänkischer Chef Metin Tozduman ist zwar von ihrer Mordtheorie überhaupt nicht begeistert, doch als Esther auch noch erfährt, dass der Ehemann der Geschädigten vor wenigen Tagen das Weite gesucht hat, ist ihr Ehrgeiz endgültig geweckt …

Sonja Ullrich, geboren 1977 in Lünen, lebt heute mit Mann und Tochter in Bochum. Seit 2002 arbeitet sie in der Rechts- und Versicherungsabteilung eines Global Player für Spezialchemie. Freiberuflich ist sie als Texterin tätig. »Teppichporsche« ist ihr erster Kriminalroman.

SONJA ULLRICH

Teppichporsche

Kriminalroman

Original
GMEINER

Personen und Handlung sind frei erfunden.
Ähnlichkeiten mit lebenden oder toten Personen
sind rein zufällig und nicht beabsichtigt.

Besuchen Sie uns im Internet:
www.gmeiner-verlag.de

Im Ehnried 5, 88605 Meßkirch
Telefon 07575/2095-0
info@gmeiner-verlag.de

1. Auflage 2010

Lektorat: Doreen Fröhlich, Meßkirch
Herstellung / Korrekturen: Daniela Hönig / Katja Ernst
Umschlaggestaltung: U.O.R.G. Lutz Eberle, Stuttgart
unter Verwendung des Fotos »Female legs and a small dog«
© oza / fotolia.de
Druck: Fuldaer Verlagsanstalt, Fulda
Printed in Germany
ISBN 978-3-8392-1093-2

Für Mama und Papa
sowie jene 120 Zentner Eierkohlen, die meinen Sinn
für Wertschätzung nachhaltig geprägt haben.

Mag mich der Schatten der Zeche 20 Jahre lang gestreift haben: Sämtliche Personen und Handlungen, die in diesem Buch erscheinen und stattfinden, sind frei erfunden. Dies gilt insbesondere für die Hauptfigur, die lediglich durch meine Haarfarbe inspiriert wurde (sowie den Wunsch, einmal die ganz große Action zu erleben) und deren engerer Dunstkreis. Ähnlichkeiten mit lebenden oder toten Personen sind rein zufällig und nicht beabsichtigt. Und sofern jemand doch das Gefühl hat, sich den einen oder anderen Schuh anziehen zu müssen, so möge er doch bitte vorher das Preisschild an der Sohle abreißen – denn er ist gewiss ungetragen.

PROLOG

Mit fünf wünschte ich mir, Ponyprinzessin zu werden. Ich wollte tagsüber im Schlüpfer die Taiga von Dortmund-Eving bereiten und abends die Schweife meiner behuften Freunde flechten. Mein Onkel Hubsi, Muttis ältester Bruder, war blond und schütter, trug gern grün und hasste Ponys. Zwei Monate nach meinem sechsten Geburtstag erwarb er eine Schreckschusspistole auf dem Flohmarkt, einen Trommelrevolver mit einem sechsfachen Patronenlagerblock und einem kindsdaumengroßen Abzugshahn. Ich mochte Onkel Hubsi nicht, hatte aber was übrig für seine Knarre. Mit sieben durfte ich den Hahn spannen, mit acht eine Feuerwerkspatrone in die Wolken ballern. Danach begann sich der Traum von der Ponyprinzessin vor meinem inneren Auge aufzulösen. Ponyprinzessinnen brauchten keine Ballermänner. Ich aber wollte unbedingt einen.

In den Sommerferien vor meinem Schulwechsel feuerte mein Onkel meiner Tante Pelagia eine Signalpatrone zwischen die Schulterblätter und wir bekamen Besuch von der Kripo, zwei jungen Männern mit verdreckten Straßenschuhen und gehalfterten Schießeisen unter den Achseln, die Paps mit einer gereiften Portion Respekt ins Haus komplimentierte. Ich hatte eine vage Erinnerung an ein blondes Kantholz mit dünnen Augenbrauen, dessen Testosteronüberschuss sich vor allem während des Kaffeetrinkens bemerkbar machte: Er hatte keinen Adamsapfel, er hatte eine Adams*melone*. Der zweite war aus meiner Erinnerung verschwunden. Ich wusste noch, dass er dunkel und schweigsam war, eine formlose Gestalt. Alles andere allerdings blieb mir im Gedächtnis haften: Die Melodie der Stimmen. Die gewetzte Stimmung, die die Luft zäh und trübe machte. Die Knarren.

Mir gefiel die Superheldennummer. Und von da an wollte ich nur noch Polizistin werden. Eine Kripobeamtin in Zivil, mit einem schicken Wagen und einem eigenen Blaulicht im Handschuhfach sowie einer Respekt einflößenden Wumme mit einem Mordsabzugshahn.

Tante Pelagia zog nach Herne, Onkel Hubsi kam für sechs Jahre in den Knast. Dann zog auch er nach Herne. Ich bemühte mich in der Zwischenzeit darum, meine Vorstellungen von einer coolen Bullenfrau endlich Wirklichkeit werden zu lassen: Ich achtete auf meine Deutsch- und Mathenoten und hörte auf, die Kleineren beim Schulfußball zu foulen. Es half meiner Sportnote, aber nichtsdestotrotz kam meine Kondition einfach nicht aus dem Quark. Ein Umstand, der auch dem Ausbildungsbeauftragten der Polizei nicht entging: »Selbst meine Mutter läuft schneller als Sie. Und die ist 59. Sie sollten sich schon etwas mehr anstrengen.«

Im Folgejahr, mit 17, wurde ich zur Eignungsprüfung nicht einmal mehr eingeladen und mein Bestreben, den Pfad einer coolen und agilen Mordermittlerin zu beschreiten, verpuffte wie Eierkohlenstaub im Feuer des Kohleofens.

Um das Jahr zu retten, vermittelte Paps mir eine Ausbildungsstelle als Sozialversicherungsfachangestellte. Nach einer dreijährigen Lehre folgten 14 Jahre Krankenkasse; acht Jahre davon unter Gudrun Götschenberg, einer wasserstoffblonden Lichtgestalt ohne Hals und mit

Kiemen hinter den Ohren. Gudrun konnte reden, ohne zu atmen, und unterbrach Ersteres nur, wenn es unbedingt nötig war. Essen gehörte nicht zu diesen Notwendigkeiten, denn dank ihrer Kiemen konnte Gudrun beides gleichzeitig – essen *und* reden.

Mit 30 bekam ich meine erste Midlife-Crisis, was weniger mit dem Geburtstag als vielmehr mit dem Mann zu tun hatte, der zur besten Zeit des Tages, nämlich zur Feierabendzeit, durch die Tür unseres BKK-Großraumbüros schritt. Er war groß, geschoren und hatte eckige Schultern. Charisma tropfte wie Honig von seinen Schultern, in seinen Augen spiegelte sich die Arroganz eines körperlich Überlegenen. Er kam in einem Regenmantel. Aus den Rillen seiner Profilsohlen kreuchte die Dortmunder Schlacke auf den Teppich, was ihm nicht einmal ein Wimpernzucken entlockte. Stattdessen marschierte er querfeldein zum Tisch der Grünen Gundi, durchleuchtete ihre Stirn mit einem argwöhnischen Blick und warf schließlich einen knitterigen Hefter auf die Tischplatte, welchen die Gundi sich mit einem gehauchten »Danke« zwischen die Finger schob. Er verließ, ohne ein einziges Wort gesprochen zu haben, den weiß gespachtelten Quader und im Büro wurde es wieder zwei Grad wärmer.

»Wer war das denn?«, fragte ich die Gundi, deren blasse Wangen sich schweinchenrosa gefärbt hatten. Die Hautfarbe war drollig, doch sie bekam ihren grünen Augen nicht, die sie mit grüner Wimperntusche und grünem Lidschatten zu betonen pflegte.

»Das war Herr Falcone. *Lorenzo* Falcone.« Ihre Stimme atmete seinen Vornamen aus. »Unser Detektiv.«

»Was? Detektiv?«

»Versicherungsdetektiv«, präzisierte Gundi.

Eine elektrostatische Kraft durchfuhr mich, brachte meine Muskeln zum Zucken und richtete jedes einzelne Haar an meinem Körper auf. Mein Gehirn setzte Hormone frei. Fahrige Toxine, die meinen Realitätssinn verwässerten. Ich stand auf.

»Wo willst du hin?«, wollte die Götschenberg wissen.

»Kaffee kochen«, sagte ich. »Und die Zeitung holen.«

Was auch immer Lorenzo Falcone draufzuhaben glaubte, ich konnte mithalten. Ich war mir ganz sicher. Ich brauchte lediglich eine Chance. Und eine Stellenanzeige.

Zwei Monate später gab die Zeitung endlich etwas her und ich kündigte.

Etwa ab diesem Zeitpunkt nahm das ganze Chaos seinen Lauf.

1.

Wattenscheid im Mai. Der Himmel war wolkenlos und die Luft stapelte sich schwül und abgehangen auf dem löchrigen Asphalt. Die Voedestraße war zugestellt mit wartenden Autos, ihre Abgasschwaden stiegen zwischen den Stoßstangen wie erlöste Seelen empor. Hin und wieder fauchte ein Motor oder ein Auspuffrohr röchelte. Ich stand am Straßenrand und die Sonne brannte mir auf den Scheitel, weil der Schatten der lückenlos aneinander gebauten Häuserreihe in meinem Rücken gerade mal meine Ferse berührte. Ich drehte mich um, hielt mein Gesicht in die Sonne und dachte vor mich hin. Der Muttertag stand vor der Tür und ich hatte immer noch keine Ahnung, was ich meiner Mutter schenken könnte.

»Komm rein da! Holst dir ja den Tod.« Metin Tozduman fläzte in seinem weißen, abgegriffenen Ledersessel und winkte mich mit seinem gedrungenen Zeigefinger herein. Metin war mein Chef sowie Leiter der Detektei Tozduman Securities, einer Wattenscheider Klitsche mit hauptsächlich türkischer Laufkundschaft. Er war 1,65 Meter groß, hatte Geheimratsecken so groß wie Italien und verbrachte seine Arbeitstage vorwiegend damit, zu schwitzen, mir Prügel anzudrohen oder mir mit guten Ratschlägen den Alltag zu vergraulen. Mein Name ist Esther Roloff, ich bin 34 Jahre alt und Versicherungsdetektivin auf Probe. Für mich war dieser Job nur eine Zwischenstation, ein Sprungbrett in professionellere Gefilde. Für Metin hingegen war ich kaum mehr als ein preisgünstiger Sparringspartner. Zwar waren wir uns nicht spinnefeind, aber gelegentlich eckten wir mit unseren moralischen und beruflichen Überzeugungen aneinander, wobei ich glaube, dass ich mit meiner Einstellung wesentlich näher am Grundgesetz war als Metin.

Es war der Freitag vor Muttertag. Die Eingangstür der Detektei war trotz eingeschaltetem Klimagerät sperrangelweit offen und die Sonne schleuderte ihre UVA-Strahlung unerbittlich durch die beiden Schaufenster. Corinna, unsere Sekretärin und Auszubildende, schlief über ihrem Schreibtisch und ihre schwarze Tunika entfaltete sich wie ein Totenhemd über der Tischplatte.

»Was ist mit Hakan Emir?«, fragte Metin.

Ich setzte mich ihm gegenüber. »Was soll mit ihm sein? Ich bin an ihm dran.«

»Soll ich dir was sagen? Du bist so Scheiße nah an ihm dran, dass ich mir schon das Geheule seiner Alten anhören musste.« Er wurde etwas lauter und Corinna knurrte zwischen ihren Ellenbeugen. Metin knurrte zurück, zog seine Sandalette aus und warf sie nach ihr, verfehlte sie jedoch um einige Zentimeter. Corinnas schwarzes Rapunzelhaar fiel über ihr totenbleiches Gesicht, als sie aufschreckte.

»Hör auf zu pennen, Mann! Was sollen die Leute denken?«

Wir sahen geschlossen aus dem Fenster, von dem Corinna ihren Tisch weggerückt hatte, um nicht in der Sonne zu Staub zu zerfallen. Ein älterer Passant stand vor dem Schaufenster und bedachte Metin mit einem Kopfschütteln. Metin bäumte sich auf, als wollte er dem Mann an die Gurgel springen. Doch anstatt das Weite zu suchen, drohte dieser ihm mit dem Gehstock.

»Das Land geht vor die Hunde. Nicht mal die Rheumaliga hat noch Schiss vor den Türken.« Schmollend schubste er einen Bleistift vom Tisch.

»Was willst du mir damit sagen? Hat Hakans Mutter etwa bei dir angerufen?«

Er fläzte sich zurück in seinen Sessel und das Kunstleder knatschte unter seiner sich überlappenden Hüfte. »Er wurde von einer fleckigen Nuckelpinne mit pissgelber Stoßstange verfolgt. Sagt dir das was?«

»Das ist keine Nuckelpinne, sondern ein Twingo.« Ich rollte mit den Augen. Es war nicht das erste Mal, dass wir uns wegen des Wagens zankten. Metin hasste ihn und er ließ keine Gelegenheit aus, ihn mir schlechtzureden.

»Erkläre mir mal, wie *du* da reinpasst«, forderte er mich auf und spreizte die Finger. »Das Scheißteil ist so klein wie die Urne meiner Mutter!«

Ich bin 1,84 Meter groß und wenn ich einstieg, luden sich meine Haare an der Decke der Innenkabine auf.

»Deine Mutter ist nicht tot.«

»Scheiße noch eins, aber bald.«

»Gott soll sie selig haben.« Ich bekreuzigte mich.

»Ja.« Metin bekreuzigte sich auch. Dann herrschte einige Sekunden bedächtige Stille. »Die Karre ist schlecht fürs Geschäft, Mann«, wiederholte er.

»Es ist nur ein Auto.«

Seine Brust flog nach vorn und ich sah den Schmetterling aus Schweiß, der durch den Stoff seines Hemdes transpirierte. Er zeigte hinaus auf den Twingo, der hinter dem Schaufenster in gänzlicher Fülle zu betrachten war.

»Was siehst du?«, erkundigte er sich.

Ich guckte auf das Auto. »Ich sehe Blau.«

»Das ist kein Blau, das ist ein Hustenbonbon auf Rädern!«, schimpfte er. »Mit einer pissgelben Stoßstange. Und dazu diese Taubenscheiße. Überall Taubenscheiße. Das ist ja wie bei Hitchcock, nur im Film haben die Vögel dich gekillt und nicht angeschissen!« Er ging ein paar Schritte. »In so einem Job muss man sich unsichtbar machen. *Unsichtbar*, kapierst du?«

»Okay«, sagte ich und wollte mich auf die Socken machen. Doch Metin hatte sich festgefahren und röhrte weiter im Leerlauf.

»Nix okay. Das da«, er zeigte wieder auf den Wagen, »kann sich nicht unsichtbar machen. Versenk es bei Neumond im Teich und man wird es finden, weil Tauben darüber kreisen, die darauf scheißen wollen!«

Corinna kicherte und Metin zerdrückte mit Daumen und Zeigefinger seine türkischen Nasenflügel. »Der Wagen muss weg«, beschloss er.

»Kommt nicht infrage!« Ich sprang auf die Füße.

»Dönekes. Für meine Landsleute bist du eine Lachnummer. Die klingeln an und fühlen sich verfolgt, noch ehe *du* überhaupt schnallst, dass du ihnen auf den Fersen bist. So wirst du in dem Job nie ernst genommen, Fräulein.«

»Chef, ich bin Versicherungsdetektivin. Ich ermittele gegen Leute, die ihren Toaster überfahren, um das Geld der Versicherung zu kassieren. In diesem Job wird mich nie einer ernst nehmen.«

Metin blies die Backen auf und presste die Luft mit furzenden Geräuschen wieder heraus. »Aber du willst doch vorankommen. Du willst schließlich die richtig fetten Karpfen fangen und nicht bloß Versicherungssilberfischchen, oder? Mit allem Drum und Dran. Knarre, Handschellen, *Leichen*.«

»Welche dicken Fische denn?«, fragte ich.

Der dickste Fisch im Bochumer Teich war Knut Delling, ein Sozialversicherungskaufmann, der in seiner Freizeit die Topfblumen von den Gräbern klaute und auf dem Samstagsmarkt verscheuerte. Ganz zu schweigen von etwaigen Leichen. Hier im Revier starb niemand eines gewaltsamen Todes, solange der Elektromarkt seine Großbildfernseher nicht um die Hälfte reduzierte. Im Ruhrgebiet gab es zwar kaum noch etwas, wofür es sich zu sterben lohnte, aber ein reduzierter Großbildfernseher gehörte allemal dazu.

Außerdem hatten wir überhaupt keine Handschellen.

Metin zwinkerte. »Du hast keine Ahnung, wie tief die Bochumer Teiche sind, Schätzchen.«

Ich stöhnte ausgelassen. So ein Quacksalber.

»Also«, fuhr er fort. »Ich überlasse Sven die Akte Emir. Und solange du mit dem blauen Wunder fährst, hältst du dich aus den Türkenfällen raus.«

Allmählich platzte mir der Kragen. »Was heißt ›solange‹? Willst du mich etwa zwingen, den Wagen loszuwerden? Das schaffst du nicht.« Ich räusperte mich. »Das ist was Emotionales, zwischen mir und dem Auto.«

Eine Lüge. Mir hing der Wagen zum Halse raus. Ich bekam regelmäßig Rückenschmerzen und meine Frisur siechte unter der Decke jedes Mal dahin. Von den Tauben wollte ich gar nicht erst anfangen. In Rom würde der Twingo nach einer einstündigen Parkdauer zu einer abstrakten Skulptur aus Taubendreck werden.

Wieder machte Metin an seinen Nasenflügeln herum und drückte sie so fest gegen die Nasenscheidewand, dass sie kleben blieben. Die schmatzenden Geräusche, die beim Loslassen entstanden, waren dabei eine Sache. Allem voran sah es einfach nur lächerlich aus.

Er stopfte beide Hände in die Hosentaschen, und seine Augen wurden schlitzförmig und dunkel wie die Tränensäcke, die langsam vor der Schwerkraft kapitulierten. »Mach dir keine Platte. Ich werd da was klarmachen. Ich kenne Kameraden, die bei solchen hartnäckigen Fällen echt was draufhaben.«

Zwei Stunden später stand ich in der Schlange von Kasse drei. Ein Gebläse mit dreckigen Lamellen ließ kalte Luft auf uns niederregnen. Sie fiel schwer zu Boden, kühlte meine Knöchel aus und wirbelte wieder nach oben. Wie radioaktiver Niederschlag glitten ein paar fingernagelgroße Dreckfetzen an mir vorbei. In Kombination mit dem geklammerten Haarteil auf dem Kopf der Seniorin vor mir und dem pferdegroßen Köter, der mit einem traurigen Blick seine Vorderpfoten gegen das Schaufenster drückte, hatte die Situation etwas Apokalyptisches. Mir war nach Zuversicht und so fiel mir der Muttertag wieder ein. Also legte ich zuversichtlich ein paar Packungen Zigaretten aus dem Hause Bergmann auf das Fließband. Dann schellte Corinna auf dem Handy an.

»Hier ist gerade eine Sache reingekommen. Wasserschaden.« Sie machte eine kleine Pause. »Wasserbettmatratze.«

»Und was soll ich dabei machen?«

»Weiß nicht. Guck selber.«

Ich blies Luft durch meinen geschlossenen Mund,

sodass meine Lippen vibrierten. Mir war nicht nach Wasserschaden. Wenn ich allein an den Geruch durchgeweichter Tapetenwände dachte, trockneten meine Nasenschleimhäute aus. Aber die Portokasse plärrte mir im Gedächtnis. Ich hatte noch einen halben Monat zu finanzieren. Und von dem mickrigen Grundgehalt konnte ich mir allenfalls die Miete und das Pay-TV leisten. »Na gut. Ich komme gleich vorbei.«

Corinna Gläser war 17 Jahre alt und Einzelkind. Unsere Väter haben gemeinsam unter Tage auf der Zeche Minister Stein in Dortmund Steinkohle gefördert, bis sie vor 22 Jahren stillgelegt wurde. Rudolf Gläser war Grubensteiger gewesen und mein Vater ihm unterstellt. Es gibt Geschichten über ihn, dass er unter tonischem Stottern litt und durch die Rohrschächte singen musste, um seinen Mitarbeitern flüssige Anweisungen zu erteilen. Zwar war er zehn Jahre jünger als mein Vater, hinkte beim Vaterwerden allerdings eine Generation hinterher, was meinen Altersunterschied zu Corinna aufrechnete. Rudolf brachte Corinna zu Skat-Turnieren mit in die Stammkneipe. Damals war sie elf. Und meistens gewann mein Vater. Ich war zu den Skat-Turnieren nie mitgegangen, daher kannte ich Corinna erst seit drei Monaten. Dennoch flackerte durch die Geschichten um Rudolf Gläser, die mir Paps als Zwölfjährige erzählt hatte, eine gewisse Vertrautheit und Sympathie in mir auf, die bis heute einseitig bleiben sollte. Ich wurde das Gefühl nicht los, dass Corinna mich nicht leiden konnte.

Vor der Detektei war die schmale Parklücke noch frei, doch ich beschloss, den Wagen einige Meter entfernt in einer Seitenstraße abzustellen, damit ich mir nicht wieder

Metins Pöbeleien anhören musste. Vor den Häusern flimmerte die Luft auf dem Bürgersteig und der Turban auf dem Kopf eines Passanten kam mir wie eine Fata Morgana vor. Meine Finger und Zehen waren von der Hitze angeschwollen und meine Schultern waren so rot wie der Hintern meiner Nichte nach drei Gläsern Malzbier. Als ich das Büro betrat, machte ich einen Sprung aus der lodernden Hölle in die Leichenhalle, weil das Klimagerät seine 15 Grad kalte Luft auf die Erde hustete. Corinna schaute kurz von ihrem Arbeitsplatz auf. Metin war nicht da.

»Hm«, grüßte sie mich und schob mir mit zwei Fingern die Akte hin. Ich blätterte sie nur kurz durch, weil ich bereits erste Frostbeulen bekam.

Es ging um eine Hundehaftpflicht. Der Teppichporsche von Marisa Nowak, halb Pudel, halb Yorkshireterrier, hatte in eine Wasserbettmatratze gebissen und die halbe obere Etage des Hauses von Richard Pfeiffer überschwemmt. Ich las ein Memo des Sachverständigen an den Versicherungsfritzen, dass er niemanden kenne, der sich so blöd beim Stopfen zweier Löcher angestellt hätte. Dann stellte er ein paar Thesen über den Schadenhergang auf und machte sich über den medizinischen Status des bisswütigen Rüden lustig. Ich musste schlucken.

»Der Hund hat nur einen Zahn?«, las ich laut vor.

»Hm«, antwortete Corinna. Sie sah nicht auf, aber ihr langes schwarzes Haar wackelte wie ein über den Kopf gelegtes Geschirrhandtuch.

Ich klemmte mir die Akte unter den Arm, ging aus dem Büro, öffnete die Wagentür und schmiss die Papiere auf den Beifahrersitz. Routiniert spreizte ich meine Knie unter dem Lenkrad und rutschte mit dem Hintern nach vorn, um mir Platz zu verschaffen. Anschließend kurbelte ich die Fensterscheiben herunter und begann, tonlos zu fluchen, als das Handy klingelte. Ich raffte mich wieder auf und kramte das Handy aus meiner Hosentasche. »Ja?«

»Esther, bist du das?«, fragte mein Vater. »Hör mal, ich wollte ein bisschen Geld auftreiben. Meinst du, wir könnten mit dem alten Fernseher im Schlafzimmer irgendwas drehen?«

»Was meinst du?«

»Du bist doch haftpflichtversichert, oder?«

Meine Güte. »Paps, hast du vergessen, womit ich mein Geld verdiene?«

»Jetzt pass mal auf, ich lasse im Jahr 200 Euro nur allein für den Hausrat bei denen. Und außer den zwei geklauten Fahrrädern und der kaputten Brille hab ich die nie um Geld gebeten. Ich wohne seit 30 Jahren hier drin und so langsam können die mir mal was abgeben.«

»Das ist keine Bank, sondern eine Versicherung. Da bittet man nicht um Geld, sondern verlangt Entschädigung.«

»Ja eben. Entschädigung für drei Jahrzehnte Bruchbude! Hast du die Risse im Wohnzimmer gesehen? Und die Kacheln in der Küche musste ich unten schräg ansägen, damit sie gerade zur Küchenarbeitsplatte verlaufen. Du weißt ja, Küchen müssen in der Waage aufgebaut werden.«

Mit dem Handy kratzte ich mich am Ohr. Ich hörte ihn noch reden, aber der Schweiß juckte mir in der Ohrmuschel. Mein Telefon war schon ganz feucht.

»Paps. Paps!«, unterbrach ich ihn. »So oder so. Wir sind Familie. Da zahlt die Versicherung nicht.«

»Was? Was soll denn der Bockmist?«

»Ist halt so. Glaub mir. Wir reden am Sonntag drüber.«

Zuweilen wurden die Fahrräder meiner Eltern abwechselnd als gestohlen gemeldet. Und so sehr sich die Versicherung auch sträubte – sie musste einräumen, dass die Drahtesel in der Tat hin und wieder geklaut wurden. Das Fahrradschloss meiner Mutter war zwar größer als die Gleiskette eines Panzers, doch die Bedienung solcher Monstrositäten ging ihr total ab. Zum Schluss hatte sie den Laternenmast an den Fahrradkorb gefesselt und das Rad war binnen Minuten im Nichts verschwunden. Der Korb ist mittlerweile auch fort, doch das Schloss umarmt noch immer den Mast.

Ich pflügte das Handy wieder unter meinen Hintern, rutschte tief in meinen Fahrersitz und beschloss, zuerst dem Wasserschaden einen Besuch abzustatten.

Die Pfeiffers wohnten in Eppendorf, einer besseren Wohnlage im Süden von Wattenscheid. Unterwegs wechselten die Richtungsschilder sich ab und wiesen manchmal nach Bochum-Eppendorf, manchmal nach Wattenscheid-Eppendorf. Zuletzt las ich Bochum-Wattenscheid-Eppendorf. Die Dorfmitte war mit einem Durchmesser von 300 Metern eher klein und bestand auf den ersten Blick aus einem Supermarkt, einem Bäcker, einer Bank, einer Buchhandlung und einer Pizzeria. Im miefenden Schatten der Tankstelle gab es außerdem noch eine Eisdiele und eine Konditorei.

Das Pfeiffer-Haus befand sich in einer verkehrsberuhigten Nebenstraße, die nachts kaum ausgeleuchtet war. Einfamilienhäuser mit handtuchgroßen Vorgärten reihten sich nah aneinander und die Straße war offenbar erst kürzlich neu asphaltiert worden. Reinweiße Garagentore, die die Sonnenstrahlen reflektierten, machten schneeblind. Kein Hund würde es wagen, hier in einen Vorgarten zu kacken.

Ich parkte vor der Hausnummer 19, einem sandfarbenen Bungalow mit Dachziegeln aus Terrakotta. Der Rasen vor dem Haus war auf Militärfrisur gekürzt. Ein frei stehender Briefkasten mit Fähnchen stand abseits des mit Kies aufgeschütteten Weges. Ich klingelte und ein melodischer Schlager hallte durchs Haus. Eine Frau im lindgrünen Kleid öffnete die Tür. Ich schätzte sie auf Mitte 50 und war geblendet von ihrem Ausschnitt, der nicht nur eine, sondern mindestens 20 tiefe Furchen präsentierte. Ihre graublauen Augen schauten müßig aus den Höhlen und ihr spitzes Kinn beherrschte das Gesicht.

»Ulrike Pfeiffer?«, forschte ich in Richtung ihres Dekolletés.

»Ja.«

»Guten Tag. Ich komme im Auftrag der IHK Bochum. Wir machen derzeit Stichproben bei den ansässigen Sachverständigen und ich möchte den gemeldeten Schadenfall gegenprüfen.« Obwohl ich den Spruch mittlerweile aus dem Effeff kannte, schwoll mir jedes Mal die Zunge dabei an. Lügen war nicht meine Stärke.

Pfeiffer machte ein Paar hellblaue Stielaugen. »Wenn Sie meinen. Kommen Sie herein.«

Ich ging durch die Tür und ein Gewand aus kühler, zerbrechlicher Luft umhüllte mich. Der Flur war hoch und weiß. Eine große Palme warf einen spinnenbeinigen Schatten an die Wand. Am Ansatz der Holztreppe trieb mir bereits der Geruch feuchter Tapeten und altem

Kleister entgegen. Das Wandpapier war grau und uneben geworden. Ränder rollten sich auf wie die Fußnägel meines Vaters und ein feiner Staub aus Rigips und Kleister sammelte sich in den Treppenfugen. Meine Nasenflügel begannen schon langsam zu schrumpeln. Im oberen Stockwerk hatte sich der Teppich im Flur bereits abgelöst und es waren nur noch ein paar Klebefetzen auf dem Estrich geblieben. Die Pfeiffer führte mich geradeaus in einen Raum, in dem sich die Parkettfliesen bereits an den Rändern aufwickelten. Es roch nach morschem Wald.

»Moment mal. Wo ist die Matratze?«, fragte ich sie.

»Die habe ich in Reparatur gegeben.«

Das Skelett des Bettes stand wie ein Mahnmal im Raum. Wie ein für eine Doppelbelegung gebuchter offener Sarg. Auf ihm aufgetragen war ein dunkelbrauner hoch polierter Lack im Stil der Opel-Senator-Serie aus den 80ern. Das Gerüst wog meiner Einschätzung nach mindestens 40 Kilo. Enttäuscht setzte ich mich auf den Rahmen, was der Pfeiffer überhaupt nicht in den Kram passte.

»So. War es das dann?«, wollte sie wissen und klatschte voller Tatendrang in die Hände. Sie war ungeduldig. Dabei war ich keine fünf Minuten im Haus.

»Kommen Sie, ich habe noch einen Termin.« Feierlich zappelte sie mit ihren speckigen Armen und animierte mich mit einem genervten Ausdruck auf die Füße.

Ich machte Radiergummigeräusche und rubbelte mit den Turnschuhen auf dem Parkettboden herum. Gegen die Profilsohlen schubberten die abstehenden Ränder wie winzige Schottersteinchen. Ich sah nach unten und schließlich ganz schnell wieder hoch. Ich traute meinen Augen nicht und warf einen zweiten Blick auf die Parkettfugen, aus denen ich die vermeintlichen Reste von rotbraunem, krümeligem Blut ans Tageslicht befördert hatte.

Heiliger Strohsack.

Mit Blut kannte ich mich aus. In meiner Kindheit war es ein beherrschendes Thema, wenn sich meine Mutter mal wieder in den Finger schnitt oder sich die Hand einnähte. Als Kleinkind versuchte mich mein Vater damit zu beruhigen, dass Mutti wie eine Amphibie sei und ihr alle Gliedmaßen nachwachsen würden. Damals wusste ich noch nicht, was eine Amphibie war, doch als der weiterführende Biounterricht kam und ich ihm die Geschichte nicht mehr abkaufte, war es mittlerweile egal geworden, weil ich mich längst an die zahlreichen Platz- und Schnittwunden gewöhnt hatte. Sie waren berechenbar wie das Rührei am Sonntag und ich wusste genau, wann ich es mit Blut zu tun hatte und wann nicht.

Und *hier* hatte ich es definitiv mit Blut zu tun.

Fügsam ließ ich mich von der Pfeiffer aus dem Haus schieben und mein Körper durchschnitt die bleierne Schwüle im Windfang. In meinem Kopf gärte es, denn hier war definitiv etwas im Argen. Ich dachte an den Kläffer. Wenn er Tollwut hatte und wie Yello, der ruhmreiche Disney-Retriever, noch vor Ort mit der Schrotflinte in die ewigen Jagdgründe hätte geschickt werden müssen, wüsste die Versicherung davon. Und für einen Hundemord aus Rachsucht kam mir die Pfeiffer zu unversehrt vor, denn hätte irgendeine Bekannte meinen Hund niedergestreckt, hätte ich ihr schon zumindest eins auf die Nuss gegeben.

Oder sie angezeigt.

Ich sog einen tiefen Atemzug durch die Nase. Vielleicht konnte die Sache doch noch interessant werden.

Zwar würde ein toter Hund mich nicht unbedingt in die Top Ten der berüchtigtsten Mordermittler bringen, aber jeder Superheld hatte mal klein angefangen; selbst Wonder Woman ist aus einem Haufen Dreck gewachsen. Ich bastelte mir eine Strategie zusammen, stieg in den Twingo, haute den ersten Gang rein und fuhr auf dem direkten Wege zurück zum Büro.

2.

»Na endlich!« Metin hüpfte auf seine Füße, als ich die Detektei betrat. »Wo ist dein Bollerwagen?«

»Ich habe jetzt keinen Bock auf deine Schikanen.« Ich strafte ihn mit einem bösen Blick und blies mir den blonden Pony aus der Stirn. »Wo ist Corinna?«

»Mittagspause.«

Ich sah auf die Uhr. Es war kurz nach vier. Metin stapfte zu seinem Schreibtisch, klemmte sich den Telefonhörer zwischen die Finger und wählte. Die auf Türkisch geführte Konversation dauerte nicht länger als eine Minute.

»Ein Kollege kommt gleich vorbei. Gib mir die Autoschlüssel.« In voller Erwartung hielt er mir seine Hand entgegen.

»Nein.«

»Komm schon. Ich werd auch nichts kaputt machen.«

»Du nicht, aber dein Kollege.«

»Vertraust du mir nicht?«

»Nein.«

»Drauf geschissen.« Metin spuckte symbolisch auf den Fußboden und bugsierte seinen Melonenhintern in den Sessel zurück. »Was ist das?« Sein rundes Kinn zeigte auf die Akte unter meinem Arm.

»Haftpflichtschaden.«

»Nowak?«

Ich nickte.

»Ich kenne den Pfeiffer«, plauderte er drauflos. »Hohes

Tier. Mein Schwager hat schwarz auf seinem Grundstück geackert. Das Haus, was da steht, ist türkische Qualitätsarbeit, Schätzchen.« Er zwinkerte und schob gleich danach kritisch seine Augenbrauen zusammen. »Der Pfeiffer kann Geld scheißen, ernsthaft.«

»Willst du damit sagen, dass er keinen Grund hat, die Versicherung zu prellen?«

»Nein, ich will damit sagen, dass Kerle wie er nie den Hals voll kriegen.«

Ein Schatten schlich an dem Schaufenster vorbei und Metin stand auf. Ein Typ Mitte 20 trat durch die Tür. Er war kleiner als ich, vielleicht 1,70, und hatte kräftig gebaute Oberarme, eng stehende Mandelaugen, den Teint von Kaffeesahne sowie tiefdunkles Haar, das in Locken bis zu seinen Schultern reichte. Über seinen Armen breitete sich eine Gänsepelle aus und er schüttelte sich. Seine hellgraue Arbeiterhose war über und über mit Farbe bekleckert. Er lächelte charmant und putzte imaginäre Fenster, als er winkte. Plötzlich zog mich jemand ruppig am Arm und etwas Klobiges stemmte sich gegen meinen Rücken. Noch ehe ich die Situation einschätzen konnte, wurde mir mein Handgelenk grob zwischen die Schulterblätter geschoben und ein Schmerz strahlte von meinem Arm bis in die oberen Halswirbel.

»Metin! Aua!« Ich quiekte und trampelte, doch er verstärkte nur den Druck, sodass ich gepeinigt nachgab und einen Kniefall machte.

»Die Schlüssel!«, fauchte er.

»In meiner Hosentasche!«, brüllte ich zurück und hielt mich halbwegs aufrecht auf den Knien. Ich fühlte Metins Wurstfinger, wie sie an meinen Hosentaschen herumfummelten, doch durch meine gekrümmte Körperhaltung bekamen sie die Schlüssel nicht zu fassen. Metin lockerte den Schwitzkasten, ich warf mich mit Schwung zur Seite und rollte mich auf den Rücken. Unsere Blicke trafen sich. Seine Geheimratsecken waren puterrot. Dann sah ich seinen Wanst auf mich zufliegen. Er landete quer über mir und ich rang nach Luft. Sabbernd und zähnefletschend wie ein Rottweiler wackelte sein Kopf und ich hatte Mühe, ihn von mir fernzuhalten. Meine Hände pappten an seiner Stirn und zogen sämtliche Hautfalten zurück, sodass ich die Adern auf seinen Augäpfeln sehen konnte. Er schlug meine Hände aus seinem Gesicht, sein Kopf schnellte nach vorn und seine Stirn knallte gegen meine Nase. Ich schrie auf und Metin rollte mit dem Schlüssel von mir herunter. Als ich mir an den Riechkolben fasste, hatte ich Blut an meinen Fingern.

»Das erzähl ich deiner Mutter!«, heulte ich los. Ich konnte meine Augen kaum offen halten. Tränen rannen mir über die Wangen und meine Nase pulsierte.

Nach Luft lechzend fummelte Metin den Autoschlüssel vom Schlüsselring. Auf seiner Stirn loderten die krebsroten Abdrücke meiner Hände.

»Das wagst du nicht!«, nölte er. »Oder willst du sie unter die Erde bringen?« Er warf den Schlüssel dem Türken zu, der genauso schnell wieder ging, wie er gekommen war. Anschließend pfefferte er mir den restlichen Bund vor die Füße.

»Was soll's?«, pöbelte ich. »Du sagst doch selbst, sie wäre schon so gut wie tot!«

Im Nachhinein bereute ich meine Worte. Aber mein Gesicht war voller Blut, mein Knie war wund gescheuert und mein Arm tat mir weh.

»Ja, bald«, sagte Metin leise.

Ich bekreuzigte mich.

Metin bekreuzigte sich auch. »Mann, hör auf mit dem Scheiß!«, schimpfte er. »Du bist doch gar nicht katholisch.«

»Du doch auch nicht.«

»Das kommt von dieser beknackten Integrationspolitik.« Er sah zu mir herunter. »Mann. Du bist echt eine Flenntrine.«

»Was soll das denn schon wieder heißen? Du bist von hinten auf mich draufgesprungen! Und du wiegst mindestens doppelt so viel wie ich.«

»Ich wiege keine 100 Kilo! Also hau nicht so auf die Kacke, Spargeltarzan!«

Darauf erwiderte ich nichts mehr. Ich überragte Metin um 20 Zentimeter und mein Gewicht befand sich jenseits der 60-Kilo-Grenze. Kaum hatte ich den Gedanken zu Ende gedacht, flog urplötzlich die Glastür auf und Sven kam ins Büro geschlendert. Neben mir war Sven Borbeck der zweite Aktivposten bei Tozduman Securities. Wir ähnelten uns in Alter und Körpergröße, doch bei Windböen hatte ich den entscheidenden Vorteil, dass ich mich nirgendwo festbinden musste. Sven hatte dunkelblondes Haar, Knubbelknie und zwei spärlich behaarte Trommelschläger. Er kam mit Cargoshorts und T-Shirt und durch die klaffende Lücke seiner Beine blitzten die weißgelben Sonnenstrahlen hindurch. Seine Wangen glänzten von der fetthaltigen Sonnencreme. Er sah mich, stockte und hielt sich die Hand vor den Mund.

»Grundgütiger!« Sven drehte sich um und ging im Eiltempo wieder nach draußen.

»Was ist denn mit dem los?«, fragte ich.

»Kann kein Blut sehen«, erklärte Metin.

Ich fasste mir an die blutverklebte Nase. »Und du sagst mir, ich bin eine Flenntrine?«

»Egal. Lass den Schmachtlappen machen.« Tröstend tätschelte seine schwitzige Hand meine nackte Schulter. Dann angelte er ein Taschentuch aus der Folienpackung in der Schublade. Ich halbierte den Lappen und rollte die Teile zu zwei Tempo-U-Booten zusammen, die ich mir in die Nase stopfte. Diese pochte, als wäre mir das Herz in die Nebenhöhlen gesprungen.

»Ich war übrigens bei den Pfeiffers zu Hause«, näselte ich und rubbelte mir den Schmerz vom Rücken. »Ich habe Blut auf deren Schlafzimmerboden gesehen.«

»Du veräppelst mich.«

Ich schüttelte den Kopf.

»Hast du die Leute darauf angesprochen?«

Ich schüttelte erneut den Kopf.

»Gut. Mach bloß keinen Rabatz. Nicht dass mir später die Staatsmacht auf der Matte steht.«

»Aber es war *Blut*!« Protestierend warf ich die Arme hoch. Meine Schulterblätter schmerzten dabei.

»Und? Vielleicht hatte die Alte ihre Tage.«

»Die Alte ist in der Menopause.«

»Was weiß ich. Vielleicht war die Pause ja rum«, sagte er.

Ich rollte mit den Augen. »Nein. In diesem Haus ist irgendwas passiert. Das habe ich im Urin.«

»In diesem Fall gib deine Urinprobe bei den Polypen ab. Sollen die sich drum kümmern.« Er betrachtete mich lange. »Ich weiß, was du vorhast. Du hast wieder diesen irren Blick. Wie im April, als du diesen Schumann an den BND verpfeifen wolltest.«

Günther Schumann arbeitete als Energieberater und war im Februar für eine Woche nach Teheran verreist. Nach seiner Rückkehr akquirierte er ein Grundstück im Umland und kaufte 30 Fässer Flüssigdünger. Ich war der festen Überzeugung, er würde ein Terrorcamp aufschlagen oder einen Anschlag planen. Es stellte sich jedoch heraus, dass er seinem Lebenstraum nachging und endlich seine kürbisgroßen Erdbeeren züchten wollte. Ich habe keine Ahnung, ob daraus irgendetwas geworden ist.

»Bei dieser Sache hast du mich beinahe bis auf die Knochen blamiert. Ich will so einen Schmu nicht noch mal mitmachen, klar?«

Ich war einigermaßen angesäuert, als ich aus dem Büro ging. Metin konnte sich seine Drohungen getrost in die Haare schmieren. Seit drei Monaten tat ich nichts anderes, als chronisch Krankfeiernde beim Brötchenholen zu beschatten oder finanziell benachteiligten Frührentnern, die für ein paar Euros einem Kollegen die Innenwände strichen, aufzulauern. Der Sinn nach Gerechtigkeit ging mir bei diesen Fällen vollständig ab. Wahrscheinlich auch, weil mein Vater selbst alle Register zog, um den Staat um ein paar Euros zu bescheißen.

Ich war frustriert. Wollte ich es jemals zu etwas bringen, musste ich allmählich meine Nabelschnur zu Metin kappen. Auch wenn er gut daran tat, meine Talente kleinzureden und mich als Heulsuse abzustempeln, denn dies spornte mich nur noch mehr an. Zwar mochte ich vom Prügeln keine Ahnung haben. Doch durch mein Wissen um die äußere und innere Leichenbeschau war ich ihm um Lichtjahre voraus. CSI war für ihn nicht mehr ein 71er BMW E9 mit 3-Liter-Jetronic-Benzineinspritzung.

Ted Bundy hielt er für eine Sitcom-Figur. Es stand außer Frage, dass wir einfach andere Prioritäten hatten: Ich wollte Mörder einkerkern, verscharrte Opfer ausgraben und straffrei durch die Gegend ballern. Metin wollte auch rumballern, aber hauptsächlich nur Kohle machen.

Daher beschloss ich, neue Pferde vor den Karren zu spannen.

Ich zog mein Handy und wählte die Nummer des Polizeipräsidiums Bochum. Ich kam nicht oft mit der Polizei in Berührung, stand aber mit der Kriminalinspektion 33, die sich um die Bekämpfung mittelwichtiger Delikte bemühte, enger in Kontakt. Im letzten Vierteljahr waren mir sieben Anzeigen wegen Beleidigung, falscher Verdächtigung oder Nachstellung ins Haus geflattert. Sechs wurden eingestellt, eine wurde mit einer Geldstrafe geahndet. Ende Februar erstattete ich zweimal Anzeige wegen Bedrohung und Nötigung. Danach unterließ ich es, weil es laut Metin dem raubeinigen Leumund der Detektei schade. Stattdessen sollte ich den Leuten besser auf die Nase kloppen. Die Geldstrafen aus den resultierenden Anzeigen würde er schon bezahlen. Die Hauptsache war, ich kloppte überhaupt irgendjemandem auf die Nase.

Ich ließ mich von der Telefonzentrale zum KK 1 durchstellen, der Inspektion für schwere Delikte.

»Ansmann«, meldete sich jemand auf der anderen Seite der Leitung.

»Roloff mein Name. Guten Tag. Ich arbeite bei Tozduman Securities.«

»Wir arbeiten nicht mit Detekteien zusammen«, unterbrach er mich schroff.

»Dann rufe ich halt in privater Sache an.«

»Um was geht's?«

»Ich möchte wissen, ob es in letzter Zeit irgendwelche Gewaltdelikte im Haus Richard und Ulrike Pfeiffer gegeben hat. Die Adresse kann ich Ihnen nennen.«

»Über so etwas erteilen wir keine Auskünfte.«

»Es geht um Folgendes …«

»Über so etwas erteilen wir keine Auskünfte.«

»Wollen Sie denn gar nicht wissen, warum ich danach frage?«

»Nein.«

»Warum nicht?«

»Wir arbeiten nicht mit Detekteien zusammen. Schönen Tag noch.« Er legte einfach auf.

Verdutzt schaute ich auf das Display. Von wegen Freund und Helfer. Hatte Ansmann eine Aversion gegen Detektive im Allgemeinen oder war er speziell auf Tozduman Securities nicht gut zu sprechen? So oder so, bei ihm kam ich nicht weiter.

Ich wählte die Durchwahl von Sascha Richter aus dem KK 33.

Sascha war Polizeiobermeister und Sachbearbeiter im polizeilichen Einzeldienst, also ein klassischer Sesselpupser mit Sitzfleisch und einem halbhohen Pilsgeschwür über dem Bauchnabel. Er war Ende 30, in dritter Ehe getrennt lebend und hatte ausgeprägte Kaffeezähne. Sein rindslederbraunes Haar war zäh und kraus, einige Strähnen bereits grau meliert. Seine tägliche Dienstzeit lag zwischen halb acht und halb vier. Erwischte ich ihn nach drei, hatte er bereits einen leichten Bartschatten. Hauptsächlich war er der Dezernent für Anzeigen, die von mir oder gegen mich erstattet wurden. Wir kannten uns allerdings schon seit mehr als zwei Jahren. Damals hat er noch in den Sesseln der Dortmunder Wache gepupst und eine Anzeige gegen meinen Vater aufgenommen, weil der einen Gauner vom Fahrrad schubste, der versucht hatte, ihm die Eierkohlen vom Hof zu klauen. Ich konnte Sascha gut leiden, auch wenn wir nicht immer auf einer Wellenlänge lagen. Ich interessierte mich für ungeklärte Todesfälle. Sascha hingegen hackte lieber die Website des FC Schalke 04.

»Hallo, Esther. Wie geht es dir?«

»So weit, so gut. Sag mal, kennst du Ansmann?«

»Edgar Ansmann aus dem KK 11? Flüchtig. Eher mürrischer Typ.«

»Hast du Zugriff auf die Unterlagen vom KK 11?«

»Kommt darauf an. Abgearbeitete Fälle werden als Datensätze in der Datenbank hinterlegt. Warum?«

»Ich würde gern wissen, ob es irgendwelche Informationen über Ulrike oder Richard Pfeiffer gibt.« Ich flüsterte fast.

»Irgendwelche?«

»Ja, keine Ahnung. Irgendwas mit Hunden oder Blut vielleicht.«

Er kicherte wie ein Schulbalg und ich hörte, wie er auf seiner Tastatur herumhämmerte. Ich kannte seinen Arbeitsplatz von meinen früheren Besuchen auf der Polizeidirektion. Die Tasten waren von ausgeschüttetem Kaffee verklebt und auf seinem mit Papierkram überwucherten Schreibtisch überdauerte eine Landschaft aus Mini-Kakteen und Palmenablegern. Dann hörte ich für einen Augenblick nichts mehr.

Nach etwa einer Minute räusperte er sich. »Esther, ich ruf dich nachher zurück. Ich muss mal kurz weg.« Er legte auf. Einfach so.

Fassungslos starrte ich auf mein Handy. Und als ich nach einer Minute immer noch keinen Rückruf bekam, schob ich es in meine Hosentasche und sah auf die Uhr. Es war vier Uhr am Nachmittag. Meine Kopfhaut begann langsam unter der Sonne zu jucken. Eigentlich wollte ich abklären, ob der Kläffer von Marisa Nowak noch am Leben war, doch ich wusste nicht, wie ich zu ihr hinkommen sollte. Metin würde mir ums Verrecken nicht seine C-Klasse leihen und Corinna hatte keinen Führerschein. Ich rief meinen Bruder Olaf an, erreichte aber nur seine Mailbox. Mir blieb also nichts anderes übrig, als mit dem Bus zu fahren.

Marisa Nowak wohnte in einem ergrauten Mehrfamilienhaus abseits des Ückendorfer Platzes in Gelsenkirchen. Im Schatten der dicht beblätterten Platanen schlenderte ich auf die Siedlung zu und ließ mich von der Atmosphäre löcheriger roter Hausfassaden berieseln. Ein paar Kinder kickten einen Fußball die mit Schienen belegte Straße entlang und ein Seniorenpaar schlich mir entgegen, aber ansonsten war nicht viel los. Etliche Anwohner hatten die Rollläden heruntergelassen oder die Vorhänge zugezogen. Eine alte Dame mit grauweiß gewelltem Haar steckte ihren Kopf aus dem Fenster. Ihr Vorbau war auf einem Daunenkissen gepolstert und straff in ihren Armen verschlungen, wahrscheinlich, damit er nicht hinunterfiel. Der Bürgersteig unter ihr war zugeparkt und teilweise mit Sperrmüll zugestellt. Ich studierte die Klingelschilder ihres Hauses. Es wohnten acht Mietparteien dort, einschließlich Nowak. Die Haustür war aus weißem massivem Holz gefertigt und hatte weder eine Sichtscheibe noch einen Spion. Auf

Fußhöhe war sie vergilbt. Ich war nicht scharf darauf, in dieses Haus zu gehen. Allerdings hatte ich gerade eine halbe Stunde lang in einem ausgemergelten Bus ohne Frischluft und Klimaanlage gesessen. Und dieser Trip, der mir für die Rückfahrt erneut bevorstand, sollte nicht umsonst gewesen sein. Also nahm ich einen tiefen Atemzug, presste meine Lippen zusammen und drückte auf die Klingel.

Ich hörte gar nichts. Ich hörte weder die Klingel noch einen bellenden Hund noch sonst irgendetwas. Entweder war die Schelle kaputt oder es war niemand zu Hause. Ich wollte mein Glück nicht überstrapazieren und verzichtete darauf, ein zweites Mal zu läuten. Teils frustriert, teils erleichtert trat ich den Rückzug an.

»Also gut. Schluss jetzt. Wo ist mein Auto?« Gereizt von der sauerstoffarmen Busfahrt stieß ich die Glastür auf und durchschritt eine Wand aus kalter, stehender Luft. »Ich will meine Scheißkarre wieder.«

Metin saß mit Sven an seinem Schreibtisch. Gemeinsam blätterten sie ein paar Unterlagen durch. Metin schwitzte, Sven hatte eine Gänsehaut auf seinen Ärmchen. Corinna saß vor dem Computer und döste in die Tiefen des Internets hinein. Ihre Fäuste stützten ihren Kopf, ihre Pupillen bewegten sich nicht. Es schien, als würde sie mit offenen Augen schlafen.

»Deine Schüttelrutsche ist in guten Händen«, sagte Metin, ohne aufzusehen. Ich hielt die Luft an. Dieser Hanswurst hatte mich hinterrücks überrumpelt und blutig geschlagen. Und er hatte mir mein Auto weggenommen. Ich hätte ihn anzeigen müssen. Vielleicht hätte ich sogar kündigen sollen. Aber so wäre ich nicht nur eine

Flenntrine gewesen. Womöglich hätte ich mein Auto nie wiedergesehen.

»Wann bekomme ich sie zurück?«, fragte ich schlaff.

»Morgen früh.«

»Kannst du mich dann nach Hause bringen? Wenn ich noch einmal mit dem Bus fahre, muss ich mich auf meinem Sitznachbarn übergeben.«

»Du bist mit dem Bus gefahren?«, tat Metin überrascht.

»Was hätte ich denn machen sollen?«

»Du hättest mich fragen können, ob ich dir mein Auto leihe.«

»Hättest du es mir denn gegeben?«

»Nein.« Er lachte laut auf und klatschte seine gedrungene Hand mit voller Wucht gegen Svens knochige Schulter, sodass der beinahe vom Stuhl kippte. Manchmal konnte er ein echter Drecksack sein.

»Ich bringe dich heim«, erklärte schließlich Sven und stand auf. Sein T-Shirt flatterte wie ein Bettlaken um seinen schmächtigen Körper. Ich lächelte schwach und folgte ihm hinaus auf die andere Straßenseite. Er drückte auf den Knopf seiner Funkfernbedienung und die Türschlösser seines goldig glänzenden Ford Fiesta sprangen auf. Wir setzten uns in den dreitürigen Backofen und kurbelten die Seitenfenster hinunter.

»Wo wohnst du?«

»In Hamme in der Dorstener Straße. Über Adolfo's.«

»Du lieber Himmel«, entfuhr es ihm.

Adolfo's war ein Restaurant mit italienischen Spezialitäten, geführt von zwei Griechen und einem Inder. Keiner von ihnen hörte auf den Namen Adolfo. Der Älteste hieß Anastasios und wohnte mit seiner Frau und seinen zwei Töchtern im Stockwerk direkt über dem Restaurant. Er trug einen Pferdeschwanz, begrüßte die Leute mit ›Ciao, Ragazzi!‹ und sang zu Roger Whittaker, wenn er spätabends das Ladenlokal fegte.

Ich wohnte im Dachgeschoss in der rechten Hälfte. Die Wohnung gegenüber hatte kein Klingelschild, doch hin und wieder gingen dort Leute ein und aus. Das Haus war dreigeschossig und verfügte über keinen Aufzug. Als ich vor vier Jahren eingezogen bin, war ich fest entschlossen, fitter und sportlicher zu werden und hielt die Stufenplackerei für ein gutes Training. Nach einem halben Jahr sah ich ein, dass ich unter einer bipolaren Störung litt und bei Vertragsunterzeichnung einer manischen Hochphase erlegen war.

Meine Wohnung war spartanisch eingerichtet. Vom quadratischen Flur gingen sämtliche Türen zum Bad, zum Wohnzimmer, zur Küche und zu meinem Schlafgemach ab, das nur aus Bett, Deckenlampe und Fenster bestand. In der Wandschranklösung im Flur fanden alle meine Klamotten Platz. Die Keramik im eineinhalb Quadratmeter großen Wannenbad war rosa, der Parkettboden in den Räumen dunkel und abgenutzt. Gelegentlich klapperten ein paar Fliesen, doch ich war zufrieden und erfreute mich an den heruntergelassenen Rollläden, die aufgrund der hohen Kriminalitätsrate in Hamme selbst im Dachgeschoss angebracht waren.

Schnaufend trat ich in den abgedunkelten Flur und warf meine Tasche in den Korbsessel, der zu nichts anderem taugte, als darauf Wäsche, Taschen und Jacken zu türmen. Im Bad pfefferte ich meine Klamotten unter das Waschbecken und stellte mich unter den Duschkopf. Das zimmerwarme Wasser regnete mir auf den Scheitel und ich ließ den Tag innerlich Revue passieren. Immer und immer wieder geisterte die Pfeiffer durch meine Gedanken. Und das Blut. Das getrocknete, dunkle Blut in den aufgequollenen Holzfugen. Gleichzeitig dachte ich an die beiden Frauen, die unterschiedlicher nicht sein konnten. Pfeiffer wohnte in einer freistehenden Schickimicki-Bude, während Marisa Nowak sich mit einem vierstöckigen, stinkenden Loch begnügen musste. Die Pfeiffer hätte keinen Fuß in dieses Haus gesetzt, da war ich mir sicher. Ich stieg aus der Wanne, rubbelte das Wasser ab, schlüpfte in den Bademantel und nahm mir noch einmal die Akte vom Sessel, um irgendetwas über ihr Verhältnis zueinander herauszufinden. Doch ich fand nichts. Vielleicht war Marisa Nowak die Putzfrau? Vielleicht pflegte sie den Garten? Dass sie einst Klassenkameradinnen waren schloss ich wegen des Altersunterschiedes von 15 Jahren aus. Ich entschied, diesem Verhältnis gleich morgen auf die Schliche zu kommen.

Dann rief ich noch einmal Sascha an, doch da niemand abhob, war ich genötigt, mich in meinen durchgesessenen Zweisitzer zu fläzen und die Flimmerkiste anzuwerfen. Es lief eine Dokumentation über das inzestuöse Verhalten von Brüllaffen, eine Krimifolge in ihrer x-ten Wiederholung und eine Talkrunde zum Thema Atomausstieg. Ich zappte noch ein wenig durch die Kanäle und blieb an der Nahaufnahme einer Fußnagelbehandlung hängen, als mein Handy klingelte. Es war Sascha. Endlich.

»Das war vielleicht eine Fummelei. Hier lief gerade ein automatisches Softwareupdate auf sämtlichen Servern und alle Innendienstler mit eigenem Computer wurden zur Eingabe eines neuen Passwortes aufgerufen. Die neuen

Passwörter waren nach dem Update aber nicht mehr mit den Zugängen für die Datenbanken synchronisiert und ich musste zwei Stunden mit dem Administrator knüppeln, damit alles wieder seine Richtigkeit hat.«

»Toll«, sagte ich.

»Das passiert, wenn man zig verschiedene Softwarehersteller integriert, um Kosten zu sparen. Die Stundenlöhne für die IT-Fachleute, die den Schlunz wieder reparieren müssen, gehen mit dieser Kosteneinsparungsmaßnahme gegen null.«

»Das stimmt«, wiederholte ich und sackte einige Zentimeter tiefer ins Sofa.

»Wenn man die teure Software im Paket kauft und Gruppenlizenzen erwirbt, kommt es kostenmäßig aufs Gleiche raus. Das habe ich bei meiner Schwägerin gesehen. In ihrer Firma arbeiten alle dort ausschließlich mit SAP-Applikationen. Über SAP geht nichts.«

»Sascha?«

»Was ist?«

»Hast du etwas herausgefunden?«, fragte ich.

»Ach so. Wie hießen die noch mal?«

Ich atmete tief durch und gab ihm ein weiteres Mal die Namen durch. Erneut hörte ich, wie er in die Tasten haute. Ab und zu seufzte er. »Mann, ey«, fluchte er dann.

»Was ist los?«

Ich bekam keine Antwort. Stattdessen lauschte ich weiter seiner Tastentipperei.

»Tut mir leid«, sagte er. »Aber ich denke, ich habe nichts, was du nicht ohnehin schon weißt.« Genüsslich schlürfte er sein Getränk, wahrscheinlich Kaffee, vom Tassenrand. »Die Sache wurde von unserer dösigen

Annegret vom KK 11 aufgenommen, aber dann wieder verschoben. Seitdem lummert es bei der zentralen Anzeigenverwaltung herum.«

»Welche Sache?«, hakte ich nach und schob meinen Kopf wieder das Kissen hoch.

»Na dass er weg ist«, antwortete er.

»Dass wer weg ist?«, wiederholte ich und merkte, wie mein Herz wild zu klopfen begann.

»Na, Richard Pfeiffer. Er hat sich davon gemacht.«

3.

Kleine Lichter flogen vor meinen Augen herum, als ich mich eine Stunde später ins Bett warf. Vielleicht kam es vom Wein, den ich in Feierlaune entkorkt hatte. Vielleicht lag es auch am Adrenalin, das mir immer noch durch die Adern floss. Der Alkohol rauschte wie Chlorwasser in meinen Ohren, der Rücken meiner Nase wummerte in dunklem Rot und meine durch die Hitze verquollenen Füße schwollen langsam wieder ab. Ich lag rücklings auf der Matratze, starrte an die Decke und konnte nicht einschlafen.

Richard Pfeiffer war 45 Jahre alt und seit 15 Jahren Wirtschaftsprüfer in einer international agierenden Unternehmensberatung aus Essen. Am Montagabend war er aus dem Haus gegangen und nicht wieder zurückgekommen. Ulrike Pfeiffer klärte die dösige Annegret vom KK 11 darüber auf, dass es Probleme in der Ehe gegeben und ihr Mann bereits mehrmals angekündigt hätte, sich irgendwann ohne sie ein Lotterleben in der Karibik zu gönnen. In der Nacht seines Untertauchens schickte er ein paar E-Mails in der Firma herum, er wäre ›dann mal weg‹. Seine Frau, mit der er 26 Jahre verheiratet war, bedachte er mit keiner Nachricht. Der Fall wurde von der Polizei aufgenommen, überprüft und abgelegt, da es hier an verbrecherischer Energie mangelte.

»Der macht jetzt erst mal Urlaub auf Hawaii und wird in ein paar Wochen wieder auftauchen, um die Scheidung klarzumachen«, sagte Sascha zum Abschluss.

Sascha mochte Ahnung von Scheidungen haben. Trotzdem war ich anderer Ansicht. Meiner Meinung nach hatte die Pfeiffer ihren Mann im Schlafzimmer umgelegt. Aber das hatte ich Sascha nicht erzählt. Noch nicht.

Gegen acht Uhr morgens schlug ich die Augen auf. Zuerst tat mir die Nase weh. Kurz darauf spürte ich ein Ziehen in meinem Rücken und zuletzt, als ich meine Arme durchstreckte, fühlte ich die sonnenverbrannte Haut auf meinen Schultern, die sich rot und spröde in Falten legte. Ich stand auf und betrachtete mich im Spiegel. Mein Riechkolben war im oberen Drittel blau. Unterhalb lief die Haut bereits gelb an.

Der Tag konnte nur noch besser werden.

Nach einer kurzen Dusche stieg ich über den Wäscheberg vor dem Schrank, schlüpfte in knielange Jeansshorts und zog ein sonnengelbes Trägertop über, auf dem ›Blondetten for President‹ stand. Ich zerrte am Rollladengurt, riss sämtliche Fenster auf und klopfte oberflächlich meine Bettdecke aus

Anschließend ging ich nach draußen zur Bäckerei im Nachbarhaus und kaufte mir eine Puddingschnecke, die ich direkt vor dem Haus verspeiste. Wieder in meiner Wohnung angekommen rief ich Metin an und bat ihn, mich abzuholen.

15 Minuten später hupte er vor meiner Tür.

»Was macht die Nase?«, fragte er, als ich die Beifahrertür aufriss. Autos tuteten hinter uns, weil Metin mit seinem Wagen auf dem rechten Fahrstreifen hielt.

»Sie tut weh.«

»Arme Rollo. Aber in *so* einem Job muss man das abkönnen.« Wenn Metin guter Dinge war, nannte er mich

Rollo. Wenn ich Mist gebaut hatte, schimpfte er mich seinen blonden Äther. Ich hatte keine Spitznamen für Metin. Vor meinen Eltern nannte ich ihn nur den gedrungenen Türken mit Topflappenstirn.

»Richard Pfeiffer ist untergetaucht!«, platzte es aus mir heraus. »Er hat vor zwei Tagen das Haus verlassen und ist nicht mehr zurückgekommen. Seine Frau sagt, er hätte sich aus dem Staub gemacht.«

»Kein Wunder, bei der Ollen.«

»Ich glaube, sie hat ihn umgelegt.«

Metin haute den vierten Gang rein. »Meinetwegen kann sie ihn in Scheiben geschnitten und auf den Grill gelegt haben. Für Richard in Scheiben haben wir keinen Auftrag, ergo bekommen wir dafür auch keine Kohle, klar?«

Ich nickte.

»Und wir wollen doch Kohle verdienen, oder?«

Ich nickte erneut. Metin schüttelte den Kopf und stieß leise türkische Flüche aus. Seine Ohren schlackerten wie loses Fleisch und seine Geheimratsecken funkelten in seichtem Rosa. Wahrscheinlich wusste er bereits, dass mir seine Predigt über Kohle und Grillfleisch gehörig am Allerwertesten vorbeiging.

Kurz nach neun schloss Metin den Laden auf. Die Sonne stand bereits günstig und ihre Strahlen spiegelten sich vergnügt auf den Motorhauben parkender Anwohnerautos. Ein Wolkenfetzen verkroch sich hinter den Dächern, ein seichter Wind blies mir die kinnlangen Haare ins Gesicht und begleitete mich in die Detektei.

»Was zur Hölle willst du eigentlich so früh hier?«, erkundigte er sich.

»Ich will mein Auto zurück.«

Metin schnaufte überzogen, schaltete die Klimaanlage an und schubste seinen gedrungenen Körper zum Telefon. Er ließ das Gespräch über den Lautsprecher laufen. Eine Stimme mittleren Alters meldete sich. »Ragip, was macht das Auto?«

»Welches Auto?«, nuschelte jemand durch den Lautsprecher.

»Der Twingo. Blau mit Taubenkacke darauf.«

Ich drohte Metin mit dem Finger, er solle sich mit seinen farbenfrohen Beschreibungen zurückhalten.

»Warte.«

Ein Klappern war zu hören. Offenbar hatte Ragip den Hörer beiseite gelegt. Dann folgte türkisches Gebrüll und Geplapper, mindestens fünf Minuten lang. Es ließen sich drei Stimmen am anderen Ende der Leitung ausmachen. Metin lauschte und lachte leise. Wieder ein Klappern. Ragip kam zurück zum Hörer.

»Ist fertig.«

»Gut. Bring ihn rüber.«

Ich lehnte mich an den Schreibtisch und atmete tief durch. Das Klimagerät schmiss mir ausgekühlte Büroluft vor die Füße. Ich hoffte, mein Twingo käme in einem Stück zu mir zurück.

»Also, dann erzähl mal«, sagte Metin.

Ich glotzte ihn an.

»Erzähl mal, was es mit der Karre auf sich hat.«

Der Twingo ist ein Erbstück meiner Cousine, der Tochter meines Onkels väterlicherseits. Mit 25 machte sie ihren Motorradführerschein, sattelte auf eine Suzuki um und stellte den Wagen auf dem Hof meiner Eltern ab – wahrscheinlich in der Hoffnung, er würde eines Nachts auf eigene Faust vom Hof rollen und nach einem neuen

Besitzer suchen. Doch er tat es nicht und niemand, der an dem Hof vorbeispazierte, erbarmte sich, den Wagen mit nach Hause zu nehmen. Im Hochsommer schließlich fand meine Cousine ein Schlagloch, das größer als der Vorderreifen ihres Motorrades war, und die Suzuki überschlug sich hinab ins Tal mindestens 16 Mal, während meine Cousine den gleichen Weg mit den Füßen voran hinuntersauste. Kein Arzt konnte sich erklären, wie und warum sie diesen Unfall überlebte. Ein Oberschenkel war mehrfach gebrochen, sie hatte vier zersprungene Rippen, eine angeknackste Hüfte, ein glatt gebrochenes Schlüsselbein und ein verdrehtes Handgelenk. Während ihrer Rehabilitation lieh ich mir den Wagen für einen Einkaufsbummel aus. Ein paar Tage später brachte ich damit meine Mutter ins Krankenhaus. Schließlich fing ich an, mir den Twingo regelmäßig auszuleihen. Nach zwei Jahren fragte ich mich, wann meine Cousine denn eigentlich von ihrer Reha entlassen wird und horchte meinen Vater aus. Er bemühte sich, meine Cousine ausfindig zu machen, doch sie war wie vom Erdboden verschluckt. Daher sahen wir es einstimmig als erwiesen an, dass ein stillschweigender Eigentümerwechsel stattgefunden hat. So, wie ein Finder das Fundstück nach sechs Monaten sein Eigen nennen kann. Das ist nun zwölf Jahre her und ich habe nie wieder etwas von meiner Cousine gehört, genauso wenig wie von der Versicherung, der Steuer und den über die Jahre ausgeteilten Knöllchen.

»Du Schmarotzer!«, lachte Metin auf. »Kein Wunder, dass du die Karre nicht loswerden willst.«

»Ohne Fahrzeugbrief kann ich den Wagen nicht auf meinen Namen zulassen. Und ich habe keine Ahnung, wo der sich gerade befindet. Wie gesagt, meine Cousine ist wie vom Erdboden verschluckt!«

»Vielleicht ist sie tot?« Metin zuckte mit seinen dicklichen runden Schultern.

»Das glaube ich nicht«, gab ich mich zweifelnd.

»Kommen die Knöllchen denn bei deiner Cousine an?«

»Keine Ahnung.«

»Schon mal beim Einwohnermeldeamt gefragt?«

»Nein.«

»Es gibt Möglichkeiten, den Wagen auch ohne Brief umzumelden«, konstatierte Metin.

»Wahrscheinlich«, sagte ich.

»Du Schmarotzer!«, wiederholte er und fuchtelte mit seinen Armen herum. »Du *willst* den Wagen gar nicht ummelden.«

»Ich verstehe mich nicht so gut mit den Ämtern. Wenn ich Formulare ausfüllen muss, laufe ich grün an. Und außerdem habe ich gar keine Zeit dafür.« Meine Wangen wurden heiß und mir rauschte das Blut in den Ohren. Ich war eine schlechte Lügnerin.

Dann hupte ein Auto.

»Schmarotzer«, wiederholte Metin zum dritten Mal und ging zur Tür hinaus. Er drehte seinen kugeligen Kopf hin und her und fand offenbar etwas, dem er seine Aufmerksamkeit widmen konnte. Seine Augen wurden tellergroß. Ich rannte zu ihm auf den Bürgersteig und folgte seinem Blick.

Ich merkte kaum, wie sich meine Fingernägel in Metins Unterarm bohrten. Sämtliches Blut sackte aus meinem Gehirn den Körper herab und landete in meinen Füßen. Sie waren wie in Beton gegossen. Ich konnte keinen

Schritt vorwärts machen. Metin quiekte schmerzerfüllt und versuchte, meine Hand zu lockern. Doch es gelang ihm nicht. Meine Finger umklammerten seinen Arm wie eine holländische Autokralle einen Reifen.

»Mein Auto«, keuchte ich. Das konnte doch alles nicht wahr sein.

Die gute Nachricht war, dass der Twingo in einem Stück zurückgekehrt war. Außerdem war er von sämtlichem Taubendreck befreit. Allerdings gab es etwas Wesentliches an ihm, das meinen Blutdruck in den Minusbereich abstürzen ließ. Der Twingo war schwarz.

Es war nicht so, dass ich ein Problem mit schwarzem Lack hatte. Aber dies hier war kein Lack. Es war nicht metallisch und es glänzte auch nicht. Es war so matt wie die Gummisohlen meiner Turnschuhe. Und was noch schlimmer war: Es hatte eine Struktur.

Langsam näherte ich mich dem Wagen und beugte mich über die Motorhaube. Ich zeigte auf die linienartigen Spuren im Lack.

»Was ist das?«, herrschte ich den Türken an, der noch im Twingo saß. Er hatte die Fahrertür geöffnet, seine Haare lappten wie verbranntes Sauerkraut über seine Stirn.

»Das kommt vom Farbroller. Ist ganz normal. Guck.«

Er hielt einen Schaumstoffroller aus dem Fenster. Ich kannte die Dinger. Als Teenager habe ich meinem Vater mit so einem Roller beim Streichen geholfen. Ich wusste nicht mehr, was ich damals gestrichen hatte, aber auf gar keinen Fall war es ein Auto gewesen. Ich schaute an dem Roller vorbei wieder auf die Motorhaube. Ein paar Leute gingen vorbei und blieben kurz stehen. Sie guckten auf den Wagen, dann auf mich, grinsten und gingen weiter.

»Was für ein Zeug ist das?«

»So was wie Tafellack«, sagte der Türke sofort und stieg aus.

»Was soll das heißen, ›so was wie‹?«, brüllte ich Metin an.

»Tafellack ist teurer«, argumentierte er mit zuckenden Armen.

»Seid ihr bescheuert?«, schrie ich beide an. »Der Wagen sieht aus wie eine Mülltonne auf vier Rädern! Wie ein geteerter Haufen Scheiße. Das Zeug schmilzt doch in der Hitze!«

»Ne, schmilzt nicht«, druckste der Türke. Auch Metin schüttelte den Kopf. Ich atmete schnell, meine Hauptschlagader schlug mir bis unters Kinn und mir wurde schwindelig.

»Sie hyperventiliert«, stellte Metin fest, packte mich am Arm, winkte dem anderen zum Abschied und zerrte mich ins Büro. Dort platzierte er mich in seinen Sessel und setzte sich vor mich auf den Schreibtisch, sodass ich unweigerlich in seinen Schritt gucken musste.

»Der Lack schluckt Licht. Ist doch super für nächtliche Beschattungen. Außerdem merkt man aus der Ferne gar nicht, dass es kein Originallack ist.«

Mein Herz klopfte mir bis zum Hals, aber meine Atmung beruhigte sich langsam.

»Lass es eine Woche drauf und wenn es dir immer noch nicht gefällt, können wir es ja wieder runtermachen.«

»Geht das denn?«, wollte ich wissen.

»Klar«, antwortete Metin.

Ich glaubte ihm nicht.

Er drückte mir den Schlüssel in die Hand. »Und? Was steht an?«, fragte er und tätschelte meine Hand.

»Ich fahre noch mal zum Haus von Marisa Nowak

und versuche, etwas über den Teppichporsche herauszubekommen.«

Daraufhin tätschelte er meine Schulter. »Braves Mädchen.«

Dass ich sie außerdem zum Verschwinden von Richard Pfeiffer befragen wollte, brauchte er nicht zu wissen.

Am Samstagmittag war die Nebenstraße des Ückendorfer Platzes genauso tot wie unter der Woche. Die Parkplätze waren belegt und die Anwohner hatten sich in ihren Wohnungen verkrochen. Nur die dubiose dicke Frau mit den silbernen Haaren und dem massigen Vorbau hing aus dem Fenster und strafte Passanten wie mich mit einem bissigen Terrierblick ab. Ich parkte am Bürgersteigrand, stieg aus dem Wagen, marschierte über die Straße und drückte auf die Klingel. Prompt entriegelte der Summer das Schloss, ich stemmte mich gegen die Tür und meine erste Euphorie anlässlich des problemlosen Reinkommens ins Treppenhaus sackte ins Unterdurchschnittliche. Es roch nach Terpentin, das Licht fiel kläglich durch die verschmierten Bullaugen über der Tür. Der Boden war grau gefliest, die einst weißen Tapeten über die Jahre grau und fleckig geworden. Sandiger Schmutz rieb sich unter meinen Schuhsohlen auf den Treppen ab, das Geräusch hallte im ganzen Treppenhaus nach. Ich stelzte aufwärts, schmachtend und in der Hoffnung, dass die Stufen irgendwann aufhören würden. Schließlich erwartete mich eine schlanke Frau in einem Türrahmen auf der dritten Etage und ich hoffte, dass ich trotz meines kläglichen Geröchels einen einigermaßen kompetenten Eindruck auf sie machte. Ich kam ihr mit einem Kopfnicken entgegen. Aus den

Akten wusste ich, dass sie 37 war. Ihr haselnussbraunes Haar fiel glatt über ihre Schultern und reichte ihr bis zur Taille. Ihre außerordentlich blauen Augen, die durch flache Wangenknochen und eine schmale Nase nur noch mehr hervorgehoben wurden, starrten mich verwundert an. Sie lächelte nicht, aber ich nahm an, dass ihre Zähne genauso gepflegt waren wie der Rest ihres Äußeren. Sie war eine echte Schnitte, wie man zu meiner Schulzeit zu sagen pflegte. Und irgendwie passte sie nicht in diese Bruchbude.

»Marisa Nowak?«, schnaufte ich sie an.

»Wer sind Sie?«, fragte sie sofort. Ihre Stimme war tief und für meinen Geschmack einen Tick zu laut.

»Ich bin Privatermittlerin. Und ich brauche Informationen zu dem Verschwinden von Richard Pfeiffer.«

Nowak schluckte und war völlig verdutzt. Sie maß mich von meinen Brauen bis zu den Füßen.

»Richard Pfeiffer? Der Mann von Ulrike?«

Ich nickte. So weit, so gut.

»Können Sie sich ausweisen? Für wen arbeiten Sie?« Finster musterte sie mich.

»Das darf ich Ihnen leider nicht mitteilen«, erwiderte ich und zog meinen amtlich anerkannten laminierten und total lächerlich aussehenden Ausweis aus der Tasche. Sie inspizierte ihn eine ganze Weile. Sie guckte ihn sogar so lange an, dass ich mich langsam fragte, ob sie vielleicht eine Leseschwäche hatte, denn so viel gab es auf dem Papier auch wieder nicht zu entschlüsseln. Wahrscheinlicher war, dass sie mehr Zeit zum Denken brauchte.

»Bestimmt arbeiten Sie für diesen Sachs, oder?«, hakte sie schließlich nach.

»Für wen?«

»Hugo Sachs, Richards Arbeitskollege. Die beiden steckten doch ständig die Köpfe zusammen.«

Im Geiste notierte ich mir den Namen und überging ihre Frage. »Woher kennen Sie die Pfeiffers?«

In ihrem Gesicht rührte sich nichts. »Von der Arbeit.«

»Welcher Arbeit?«

»Ihrer Arbeit«, sagte sie sofort und klapperte eifrig mit ihren Lidern. »Ulrikes.«

»Was macht sie denn?«

Nowaks Mundwinkel verzogen sich. »Was soll das werden? Sind Sie nun wegen ihm hier, oder nicht? Also: was wollen Sie *wirklich* wissen?«

Ich merkte, dass ich drohte, in eine Sackgasse zu geraten, und schwenkte um. »Frau Nowak, können Sie mir erzählen, wie Sie von dem Verschwinden Herrn Pfeiffers erfahren haben?«

Etwas entspannter zuckte sie mit den Schultern. »Ulrike hat mich vor zwei Tagen angerufen und gesagt, ihr Mann wäre gerade einfach gegangen. Tür auf, Richard raus, Tür zu, verstehen Sie? Sie war total am Heulen. Ich bin also zu ihr nach Hause gefahren und habe sie erst mal beruhigt. Seitdem hab ich nix mehr davon gehört.«

»Und können Sie sich seinen Weggang erklären?«

Sie zögerte. »Sie hatten viel Streit.«

»Tatsächlich? Wie oft denn? Waren es eher laute Auseinandersetzung oder ist irgendjemand handgreiflich geworden?«, hakte ich sofort nach.

»Na hören Sie mal!«, fauchte sie mich an und blickte über ihre Schulter in die Wohnung. »Schluss jetzt. Mein Essen kocht gleich über«, sagte sie schnell und machte Anstalten, ihre Wohnungstür zu schließen. Sofort schrillte bei mir die Alarmglocke.

»Warten Sie!«, rief ich lauter als beabsichtigt und stockte vor Überraschung, als sie meiner Aufforderung tatsächlich nachkam. »Wo ist denn Ihr Hund?«

»Mein Hund? Der ist bei meinem Exmann.« Mit Schmackes knallte sie die Tür zu.

Das war nicht optimal gelaufen. Trotzdem war ich guter Dinge, als ich den Flur hinuntertrabte. Ich verließ das Haus. Und wurde von der stehenden Schwüle beinahe erschlagen, die mich draußen empfing. Allmählich ging mir die Hitze auf die Nerven. Genauso wie der warme Wind, der hin und wieder ein paar Böen rülpste. Sein Eifer hatte ein bisschen was von den Centmünzen in den Spendendosen der Kinderhilfe – es war zu wenig für die große Rettung. Ich ging zu meinem Auto zurück. Ein paar Tauben hatten meine Abwesenheit genutzt, um auf dem Faltdach ihre Meinung kundzutun. Und jetzt, wo der Twingo ganzheitlich schwarz war, leuchtete der Taubendreck wie eine Horde entzündeter Pickel auf meiner Stirn. In meiner Blutbahn oxidierte etwas und die Synapsen schalteten meine Hirnströme auf den Vendetta-Kanal. Plötzlich dachte ich an Onkel Hubsi.

Nach der Signalschussattacke war Tante Pelagia noch zwei Monate im Krankenhaus geblieben, während Onkel Hubsi im Knast an seinen Memoiren geschrieben hatte. Ich hörte, dass er, zurück in Herne, seine Memoiren mit einer Klebebindung aus dem Copyshop verfestigte. Doch niemandem war es je vergönnt gewesen, einen Blick auf sie zu werfen.

Niemals würde ich wie Onkel Hubsi werden, ganz egal, wie viele Mutti-Gene in mir steckten. Mir reichte allein schon der Gedanke, dass ich eine Patrone abfeuern *könnte*, wenn ich es wollte. Doch dies kam praktisch nicht infrage, denn es fehlte etwas Entscheidendes. Und ich wurde quarrig. Also rief ich jene Person an, die mein Missbehagen am ehesten nachvollziehen konnte.

»Ich brauche eine Knarre«, knurrte ich.

»Ich habe eine hier«, reagierte Metin sofort.

»Und einen Waffenschein brauche ich auch noch.«

»Der kostet 100 Euro«, stellte Metin fest. »Den kriegst du aber nicht.«

»Wieso nicht?«, nölte ich ihn an. »Du hast doch auch einen!«

»Dönekes. Ich hab eine Waffenbesitzkarte. Ohne die geht gar nichts.«

»Na gut. Und wie krieg ich die?«

»Du musst schießen können. Dauert ein Weilchen. Ist wie ein Führerschein für Ballermänner.«

»Da ist also der Haken«, nörgelte ich.

»Geh zum Schießsportverein im Norden. Der ist ganz liberal. Aber sag denen nicht, dass du von mir kommst.«

Am Sonntagmittag, dem Muttertag, parkte ich den Twingo am Ende der Schillstraße in der Alten Kolonie Dortmund-Eving. Im Schatten der Platanen blieb ich dort einen Augenblick sitzen und starrte hinüber auf das geviertelte Zechenhaus, in dem mein Bruder und ich aufgewachsen sind.

Die Kolonie stand mittlerweile unter Denkmalschutz, aber meine Eltern wohnten immer noch dort. Ihr Haus war teilweise rot geziegelt und ihre Fugen waren mit Moos und Unkraut begrünt. Der Hof neben dem Haus war mit sechseckigen Pflastersteinen verkleidet. Wenn es stark regnete, bildete sich in der Mitte eine vier Zentimeter tiefe Wasserlache. Als wir noch klein waren, gab es hier nichts aus Asche und Sand. Mein Vater hatte sehr viel Blut und Schweiß in den Garten und den Hof gesteckt. Doch mit seinem fortschreitenden Alter und der damit einhergehenden Trägheit verfiel das Gartengelände zusehends. Der Rasen vor dem Haus wuchs mittlerweile wild, die Beete blieben zu allen Jahreszeiten kahl und die Wurzeln der Platanen, die zur einen Hälfte im Garten und zur anderen Hälfte auf dem Bürgersteig standen, durchpflügten Gras und Stein.

Das Holztor war berädert und klapperte wie ein galoppierender Gaul, als ich es öffnete. Bei dem Geräusch steckte mein Bruder prompt seinen Kopf aus der Tür.

Olaf war drei Jahre älter als ich und wir beide ähnelten uns kein bisschen. Während er mit seinen dunklen Haaren und tief liegenden Brauen optisch nach unserem Vater schlug, ähnelte ich mehr unserer Mutter, die wie ich blonde Haare hatte und im Hochsommer zu Sommersprossen neigte. Charakterlich allerdings drifteten wir Kinder weit von unseren Eltern fort. Zumindest behaupteten wir das immer wieder.

Olaf arbeitete als Berichterstatter für die WAZ, die Westdeutsche Allgemeine Zeitung, und fotografierte außerdem bei irgendwelchen Partys, Aufführungen, Jubiläen und weiß Gott noch wo. Er hatte ein paar Bücher über gesellschaftliche Belange geschrieben, aber reich geworden war er davon nicht. Er wohnte in Lünen an einem künstlich angelegten Kanalwassersee. Wenn die Sonne dort ihren täglichen Höchststand erreichte, schlugen sich besoffene Jugendliche gegenseitig die Köpfe ein.

»Was ist denn mit dir passiert?« Olaf kam auf mich zu und starrte auf meine Nase.

»Eine kleine Auseinandersetzung mit einem Mandanten«, log ich. Ich wollte kein Wort darüber verlieren, dass mein Chef handgreiflich wurde, um mein Auto zu streichen.

»Solange dir dein Job gefällt.« Er versenkte seinen Kopf in die Plastiktüte, die ich mitgebracht hatte. »Was gibt's denn Schönes? Geschenke? Keine Blumen?«

»Wie sieht es da drinnen aus?«, fragte ich, ohne auf seine Frage zu antworten.

»Wie immer. Jeder tut, was er am besten kann«, redete er in die Tüte.

»Lass mich raten: Paps enträtselt die bodenlosen Geheimnisse des Internets.«

Olaf nickte.

»Und was macht Mutti?«, erkundigte ich mich.

Er schaute auf. »Na was schon. Bluten.«

Ich ging durch die Tür und durchquerte den strandtuchgroßen Flur. Meine Mutter stand unter der drögen Funzel in der Küche und glotzte auf ihre Hand. Eine Ladung Klopapier haftete wie feuchtes Pappmaschee an ihrem Zeigefinger. Es war blutdurchtränkt. Das Klopapier war vierlagig, aber trotzdem ein Billigprodukt, denn der Stoff wurde bei Kontakt mit Feuchtigkeit faserig und bildete Krümel. Es hatte den Anschein, als hätte sie einen kleinen langen Kaktus eingewickelt. Ich stand direkt vor ihr, als ein dicker Tropfen Blut auf meinen Fuß fiel.

»Womit hast du dich geschnitten?«

»Brotmaschine.« Sie hatte eine Fahne und nuschelte, als hätte sie zu viel Spucke im Mund. Ich betrachtete ihren Finger eingehender und stellte fest, dass das Blut mehr plätscherte als tropfte.

»Wir sollten ins Krankenhaus fahren. Das hört doch nie auf.«

Sie schüttelte ihre verwundete Hand, sodass kleinste Tropfen Blut gegen meine Stirn und die Wand hinter mir spritzten. Ich dachte darüber nach, ob ich die Flecken sofort von der Tapete wischen sollte, ehe sie eintrockneten. Ich konnte mich nicht daran erinnern, dass wir einen solchen Fall bereits hatten. Der Linoleumboden in der Küche war nie ein Problem.

»Ist nicht so schlimm. Hol mal ein Pflaster«, lallte sie und zog eine Grimasse, als sich eine Blutlache zwischen unseren Füßen bildete. Zweifelsohne war sie so voll wie die Regentonne hinter der Laube.

Wie herrlich.

»So eine Sauerei!«, fluchte sie und bewegte ihren Finger zur Seite, sodass neben ihrem Fuß eine weitere Lache entstand. Dann hörte ich Vaters Füße, wie sie die maroden Treppenstufen über unseren Köpfen zum Knarren brachten. Er trat in die Küche und sah auf den Finger sowie auf meine Mutter als Gesamtbild. Mich bemerkte er gar nicht.

»Wie hast du das wieder gemacht?«

»Ich wollte Brot schneiden!« Sie legte ihr blasses Gesicht, das mittlerweile mehr gelb als weiß war, in Zornesfalten. Ich mochte diesen Ausdruck nicht. Hinter den Rücken meiner Eltern nannte ich ihn ›neunmal gefaltetes Origami-Gesicht‹, weil er so viele Furchen in ihre Züge grub. Muttis spitzes Kinn war gerötet, ihre Wasseraugen quollen aus den Höhlen und es sah fast so aus, als hätte sie keine Brauen, weil diese so hell und dünn waren wie ihr Teint, in dessen riesigen Poren sich Fliegenfüße verheddern konnten.

»Welches Brot denn? Wir haben doch gar kein Brot!« Seine Stimme wurde lauter. Ihr Körper unter der blondierten Dauerwelle wackelte und sie stützte sich auf dem Sideboard auf, was kurzerhand einen roten Anstrich bekam.

»Doch!«

Sie verließ die Küche und wankte ins Badezimmer.

Paps sah mich an. »Und du? Hast du eins aufs Vordach bekommen?«

Ohne zu antworten ging ich ins Bad, wo Mutti gerade die Pflasterschachtel aus dem Apothekerschrank fischte. Die Pappe war vom Blut bereits durchweicht, noch ehe sie sie öffnete. Über dem Waschbecken pulte sie das Klopapier in Fetzen und verstopfte damit den Ausguss. Das retro braune Keramikbecken aus den späten 70ern war bis an den Rand mit Blut besudelt, das die Wölbung hinunter rann und Spuren hinter sich zog. Meine Mutter nahm die Meterware Textilpflaster, die man üblicherweise mit einer Schere in Querstreifen schneidet, an einem Stück, riss die komplette Schutzfolie ab und wickelte den Teppich von einem Pflaster um ihren Finger, sicherlich fünf oder sechs Mal; was auch nötig war, weil die erste Wickelung kaum auf dem nassen Finger haftete.

Jetzt ähnelte er einer wurstfarbenen Litfaßsäule.

»So!« Triumphierend hob sie den Finger auf Augenhöhe und strafte ihn mit Zornesfalten. Klein gewickelte Locken fielen ihr ins Gesicht. Paps stellte sich zwischen mich und Mutti und taxierte uns abwechselnd.

»Ich bin im Irrenhaus«, brummte er.

Dann gaben Muttis Knie nach und ich fuhr mit ihr und meinem Bruder ins Krankenhaus, wo die Wunde nach kurzer Wartezeit mit vier Stichen genäht wurde.

»Und sonst? Wie geht's?«, fragte ich Olaf, während wir mit unserer verarzteten Mutter zurück nach Hause fuhren.

»Nichts Neues.«

»Was machen die Kinder?«

»Weiß ich grad nicht. Ich habe sie nächstes Wochenende wieder.« Er lächelte weich.

Olaf war seit einem Jahr geschieden und bekam die Mädchen fast jedes Wochenende. Melissa war fünf und wollte Müllwagenfahrerin werden. Vanessa war drei und verfiel in epilepsieartige Panikzustände, wenn sie einen Müllwagen sah.

Zu Hause angekommen begrüßte uns Vater bereits am Gartentor. »Das war kein Brot, was du geschnitten hast. Das war der angetaute Hackbraten.«

»Ach so«, erwiderte Mutti und ging zurück ins Haus.

»Wie viele?«, wandte er sich an mich.

»Vier Stiche.«

Er nickte schweigend und warf einen kurzen Blick über das Gartentor hinweg auf den Twingo, der vor dem Haus auf dem Bürgersteig parkte. Paps schien eine Veränderung festzustellen, wusste aber wohl nicht, worin diese bestand. Mir war es nur recht. Eine Minute später stand meine Mutter wieder in der Haustür und winkte mit einer Zigarettenschachtel. »HBs! Danke! Die kann ich gut gebrauchen.«

»Dachte ich mir«, sagte ich leise und stieg schnell wieder ins Auto. Muttertag abgehakt.

4.

Am Montag gönnte ich mir den Luxus, nicht vor elf im Büro aufzuschlagen. Es schien mich auch keiner vermisst zu haben. Als ich eintraf und mir die mitgebrachte Strickjacke über die Schultern schlug, grüßte mich niemand.

»Hallo?«, gellte ich in die Runde und stopfte meine Arme durch die Ärmel.

»Hm.« Corinna hatte ihren Kopf in den Nacken gelegt und ihre Beine vor der Klimaanlage ausgestreckt. Auf ihren geschlossenen Lidern ruhte ein Erfrischungstuch der Variante Kölnisch Wasser. Die Schnürsenkel ihrer Turnschuhe wackelten im Wind des Klimagerätes, ihre Knöchel waren von der Kälte bereits blau angelaufen. Sie schnarchte nicht, aber ihre Nasenflügel vibrierten lautlos. Metin zuckte mit der Hand, als er mich bemerkte und ich nahm an, dass es ein Winken war. Dann widmete er sich schnell wieder seinem Schoß und fingerte an seinem Handy herum. Ich betrachtete den Aktenstapel laufender Fälle auf Corinnas Schreibtisch, der mich nur sekundär tangierte, da Metin mich einerseits nicht auf Fälle ansetzte, die sich außerhalb der Sphären des drögen und ungefährlichen Versicherungsbetruges abspielten. Andererseits hatte ich bereits einige andere Dinge auf dem Plan, wie unter anderem, dem Arbeitskollegen von Richard Pfeiffer einen Besuch abzustatten. Also machte ich auf dem Absatz kehrt und wollte das Weite suchen.

»Was steht an?«, fragte Metin ohne aufzusehen.

»Ähm. Ich fahre zum Sachverständigen. Sein Gutachten steht immer noch aus«, gab ich Auskunft.

»Was ist mit der Fußhupe?« Er legte sein Handy beiseite.

»Die wohnt beim Exmann. Ich konnte ihn noch nicht ausfindig machen.«

Genau genommen hatte ich gar keine Lust, ihn ausfindig zu machen.

»Das kann die faule Tröte machen.« Er zeigte auf Corinna. »Die wird dir seine Adresse aufs Handy schicken.« Mit einer huschenden Handbewegung jagte er mich aus dem Büro.

Draußen war es relativ kühl und ein gleichmäßig schwacher Wind blies mir über die Schultern. Regen kündigte sich an. Der Twingo stand exemplarisch auf dem Parkstreifen vor dem Laden. Vor und hinter ihn hätte jeweils noch ein Wagen gepasst, doch die Gefahr einer Taubendreckinfektion war den Fahrern augenscheinlich doch zu groß. Ich stieg ein, faltete mich auf dem Sitz zusammen, drehte das Radio auf und ließ den Motor an.

Das Büro des Sachverständigen Hermann Sieke befand sich im östlichen Teil der Stadt, in Langendreer. Mit ihm hatte ich schon einmal das Vergnügen. Er bewertete Grundstücke und beurteilte Schäden, die durch Brände, Explosionen, höhere Gewalt oder Wasser verursacht worden sind. Er war ein relativ genügsamer Kauz, aber ihm saß hin und wieder die Zunge locker. Eine Eigenart, mit der er einen echt auf die Palme bringen konnte.

»Guten Morgen, Sie. Kennen wir uns nicht?« Sieke schubste mit dem Zeigefinger seine randlose Brille hoch, als er mich erkannte. Er war glatt rasiert, trug einen aschblonden Haarkranz und das Licht der Deckenleuchte, die direkt über ihm baumelte, reflektierte auf seiner glänzenden Platte. Untermalt wurde das Bild von einem halb runden Plüschbärgrinsen sowie zwei prallen Backen.

Sieke arbeitete in einem mit Fassade überzogenen Container mit vier Fenstern und einer Schwingtür. Der Klotz maß fünf mal fünf Meter und hatte weder Toilette noch Kochnische. Ich wusste nicht, wohin Sieke zum Pinkeln ging. Was ich allerdings wusste, war, dass er eine Schwäche für Döner hatte. Denn immer, wenn ich bei ihm aufschlug, stank der ganze Container nach Dönerfleisch und Zwiebeln. Ich musste ein Würgen unterdrücken. Ich hasste Döner.

»Guten Morgen. Ich bin Esther Roloff. Ich arbeite für Tozduman Securities.«

»Ach ja, jetzt fällt es mir ein!« Seine Handfläche klatschte gegen die Stirn. »Also, was gibt's?«

»Wie wär's, wenn Sie für den Anfang ein paar Fenster aufmachen?«

Er blinzelte.

»Es hilft meiner Klaustrophobie«, log ich.

»Aha.« Er räusperte sich. »Aber warum sollten Sie Ihrer Krankheit helfen wollen?«

»So meinte ich das nicht. Ich will *mir* helfen.«

»Sie meinen wohl eher, dass *ich* Ihnen helfen soll, Ihre Krankheit in diesem Klotz hier im Zaum zu halten.«

Am liebsten hätte ich gleich wieder kehrtgemacht. »Genau.«

Endlich schwieg er, stand auf und öffnete das Fenster unmittelbar neben sich. Es half nur bedingt, denn draußen stand die Luft.

»Also. Wie kann ich Ihnen sonst noch helfen, Frau Roloff?«

»Sie haben einen Fall von mir begutachtet. Den Haftpflichtschaden von Marisa Nowak. Ein perforiertes Wasserbett.«

Sieke zwinkerte langsam und seine Maulwurfspupillen bewegten sich von einer Ecke in die andere. Plötzlich regte sich etwas in seinem Blick.

»Ach!« Erneut klatschte seine Handfläche gegen die Stirn. Sie war schon ganz rot. »Die zwei Frauen und der Hund, richtig?«

Ich nickte und Sieke brach in Gelächter aus. »Ja, die Unterlagen habe ich hier. Das Gutachten muss aber noch getippt werden.« Er öffnete die oberste Schublade und hielt mir eine Kompaktkassette hin.

»Und jetzt? Soll *ich* es tippen?« Ich war völlig perplex.

Sieke rollte seine Augen und kloppte sich die Kassette gegen die Stirn. Ein roter Striemen bildete sich quer über seiner rechten Augenbraue.

»'tschuldigung«, sagte er und pfefferte die Kassette in die Schublade.

»Haben Sie auch Fotos gemacht?«, fragte ich.

»Klaro.« Er griff in die Schublade und gab mir einen Stapel hochglänzender Bilder. Ich setzte mich ihm gegenüber in einen ferrariroten Regiestuhl, der in der Mitte ordentlich durchhing. Die Fotos dokumentierten den Weg, den das Wasser aus dem Schlafzimmer heraus genommen hatte. Ich betrachtete nasse Wände, nasse Holzböden und die aufgequollenen Füße diverser Holzmöbel.

»Wo ist der Teppich im Flur?«, quetschte ich ihn aus.

»Da gab's keinen mehr, als ich kam.« Er beugte sich über die Tischplatte, lehnte seinen Oberkörper auf die verschränkten Arme und reckte sich neugierig nach vorn, seinen Fokus direkt auf meinen Ausschnitt gerichtet.

»Sind das die einzigen Fotos, die Sie von dem Bett gemacht haben?« Ich hielt ihm drei Fotografien unter die Nase und er nickte mehrmals. Ein Nicken nutzte er, um sein Nasenfahrrad zurechtzurücken.

»Die Löcher sind aber kaum zu erkennen«, nörgelte ich.

»Aber Miss Marple«, mahnte er mich plötzlich, nahm die Brille von der Nase und faltete sie mit seinen speckigen Fingern zusammen. »Lernen Sie denn gar nichts in der Detektivschule? Die Löcher sind doch völlig belanglos. Was Sie tun müssen, ist, nach dem *Warum* zu fragen.«

»Warum?«, wiederholte ich.

Er schaute an die Decke. »Warum.«

»Warum schauen Sie an die Decke?«, fragte ich.

»Warum sitzen Sie in meinem Büro?«, fragte er.

»Ich muss den Fall aufklären.«

»Warum?«

»Die Versicherung sieht Ermittlungsbedarf.«

»Warum?«

»Weil sie es als unwahrscheinlich erachtet, dass der Hund diesen Schaden verursacht hat.«

»Warum?«, quäkte er weiter.

Gereizt ballte ich unter der Tischplatte die Hände zu Fäusten. »Weil der Hund nur einen Zahn hat.«

»Ha!« Plötzlich sprang Sieke auf und sein Dickbauch flog mir wie ein aufgeplatzter Airbag entgegen. »Reingefallen!«

Vor Schreck fiel ich fast vom Stuhl.

»Das war die falsche Antwort.«

»Was? Warum?«

»Da! Jetzt haben Sie es auch drauf.« Mit Daumen und Zeigefinger formte er eine Pistole, zielte auf mich und drückte ab.

»Okay, Sherlock. Weihen Sie mich ein.«

Er setzte sich wieder. »Die richtige Frage lautet: Warum wurden zwei Räume und das Treppenhaus überschwemmt?«

»Es waren Löcher in der Matratze.«

»Die hätte man stopfen können«, konterte Sieke und parkte seine Hände am Hinterkopf.

»Warum haben sie die Löcher nicht gestopft?«, präzisierte ich.

Sieke warf die Hände in die Luft. »Ganz genau!« Mit einem Patsch fielen sie auf die Tischplatte. »Das ist die richtige Frage.«

Ich stutzte. »Und wie lautet die Antwort?«

»Ich habe keine Ahnung«, sagte er.

Ich seufzte. »Sie glauben, dass sie absichtlich das Wasser laufen gelassen haben, oder?«

Er runzelte die Stirn und wedelte mit seinen Händen. »*Ich* bin nicht der Detektiv.«

Na super.

»Also gut.« Ich richtete mich auf, was in dem durchhängenden Regiestuhl gar nicht so einfach war. »Was für einen Eindruck machte denn Frau Pfeiffer auf Sie? War sie irgendwie seltsam?« So wie eine Frau, die ihren Mann umgelegt hat?, dachte ich.

Sieke genoss die Show, rekelte sich ausgiebig und faltete die Hände wieder hinter seinem Kopf zusammen. »Mein Eindruck war, dass diese Frau zum Windeln wechseln den Kammerjäger ruft.« Er stieß ein schepperndes

Lachen aus. Dabei wackelte sein ganzer Körper und ein paar dünne Haare flogen auf.

»Hatten Sie vielleicht den Eindruck, Sie hätte irgendetwas zu verbergen?«, fragte ich weiter. Eine Leiche vielleicht?

Seine Maulwurfsaugen waren nachdenklich auf mich gerichtet. Dann beugte er sich vor. »Wo Sie das gerade sagen, mir ist doch etwas aufgefallen. Ich hätte es niemanden erzählt. Man hätte es mir doch nie geglaubt.«

Ich bekam Herzklopfen.

Er flüsterte beinahe. »Ich hatte ernsthaft den Eindruck, die Frau hat drei Brüste. Haben Sie das auch gesehen?«

Ich war ein wenig zermürbt, als ich das Containerbüro verließ und zu meinem tischtennisplattengrauen Auto ging. Ich sah die schnurgerade Straße hinunter. Der Asphalt der Alten Bahnhofstraße war aufgebrochen, die Bürgersteige schmal und flach. Geschäfte und Wohnhäuser wechselten sich ab und die wenigen Rasenflächen, die den verbauten steinigen Anblick auflockerten, wurden offensichtlich als Hundeklo benutzt. Gegenüber der Straße, mitten in einer unaufgeräumten Baustelle, stand ein verwohntes Dixie-Klo. Vielleicht ging Sieke dort zum Pinkeln hin.

Ich nagte an meiner Unterlippe. Auch wenn mir sein Gehabe auf die Nerven ging, ich musste zugeben, dass er recht hatte. Wenn es durch ein Loch im Dach ins Zimmer regnet, stelle ich einen Eimer auf. Und wenn mein Wasserbett ein paar Löcher hat, bediene ich mich eines Klebestreifens und halte mit Salatschüsseln und Töpfen die Wassermassen in Schach. Ulrike Pfeiffer hatte nichts in Schach gehalten. Im Gegenteil.

»Warum?«, fragte ich mich laut. Mir kamen drei Möglichkeiten in den Sinn. Entweder wollte, konnte oder durfte sie es nicht.

Letzteres schloss ich kategorisch aus und übrig blieben die Schlussfolgerungen, dass, aus welchen Gründen auch immer, sie entweder nicht in der Lage gewesen war, den Schaden einzugrenzen, oder sie es gar nicht vorhatte.

Für mich ergab das aber keinen Sinn.

Ich rief Metin an. »Warum sollte eine wohlhabende Frau absichtlich ihr Schlafzimmer überschwemmen und die Versicherungsprämie einsacken, wenn sie sich ohne Probleme zehn neue Ausstattungen leisten konnte?«

»Vielleicht wollte ihr Alter ihr kein neues Schlafzimmer kaufen?«, mutmaßte er.

Ich überlegte, ob dies ein Motiv wäre, seinen Alten umzulegen.

»Corinna schickt dir gerade die Adresse von dem Ex-Nowak rüber. Guck dir die Dreckstöle mal an. Vielleicht ist es ja ein Säbelzahnterrier.« Er kicherte, als er auflegte.

Ich war weniger amüsiert, weil ich keine Lust auf eine Hundebeschau hatte. Viel lieber malte ich mir aus, ob die Pfeiffer ihren toten Mann wie eine Roulade in den Flurteppich verpackt und allein die Holztreppe hinunter geschlört hatte.

Mein Handy piepste, ich stieg in den Wagen und nahm Kurs auf die Unternehmensberatung in Essen, bei der Richard Pfeiffer angestellt war.

Die Firma Vargas, van Houten & Partner hatte ihren Sitz im Stadtinneren von Essen, weniger als fünf Fußminuten vom Hauptbahnhof entfernt. Die Fassade des repräsentativen Neubaus war weiß und großporig und darin eingelassen waren bodentiefe Fensterwände aus blauem blickdichtem Glas. Ich fand einen Parkplatz zwischen einem Porsche Cayenne und einer champagnerfarbenen S-Klasse und war mir im Unklaren darüber, ob ich von einem Parkplatznachbarn wegen Erregung öffentlichen Ärgernisses belangt werden könnte. Dann steuerte ich den Haupteingang an. Durch eine dunkel verglaste Drehtür gelangte man in die Firma, welche sich wiederum derart trödelig bewegte, dass ich wie ein versprengter Pinguin hindurchtippeln musste. Im Foyer war der Marmorboden auf Hochglanz poliert, zu meiner Linken lud eine auf Teppich gebettete Ledergarnitur zum Verweilen ein. Hinter der fünf Meter langen Empfangstheke saß eine lockige Brünette und begegnete meiner demolierten Nase mit einem Paar fragender Augen.

»Was kann ich für Sie tun?«, erkundigte sie sich.

Darüber hatte ich mir noch gar keine Gedanken gemacht. Ich wollte nicht mit der Tür ins Haus fallen, denn im Gegensatz zu Polizisten konnte mir die Dame den Zutritt ohne Weiteres verweigern, wenn sie keinen Bock darauf hatte, dass ich irgendwem unangenehme Fragen stellte.

»Roloff mein Name. Ich habe einen Termin mit Herrn Pfeiffer«, sagte ich leise und stülpte meine Finger über den Thekenrand.

Ohne irgendeine Regung wählte die Empfangsdame eine kurze Rufnummer auf einem ihrer drei Telefone. Ich hörte, wie sie jemanden in der Leitung begrüßte. Dann kündigte sie eine große blonde Frau Roloff für Herrn Pfeiffer an und nahm den Hörer vom Ohr.

»Herr Pfeiffer ist zurzeit nicht im Haus. Um was für einen Termin handelt es sich?«

»Ich habe den Termin schon vor einer Woche mit ihm am Telefon vereinbart. Womöglich steht er gar nicht in seinem Kalender.«

Ich notierte mir in Gedanken, dass ich mir für diese schlagfertige Antwort noch auf die Schulter klopfen musste, wenn ich hier raus war. Sie gab meine Informationen durch den Hörer weiter und ich hoffte, meine Aussage würde einer Plausibilitätsprüfung standhalten.

»Warten Sie einen Moment. Frau Kamphausen wird Sie abholen.«

Als sie auflegte, trat ich einen Schritt zurück und widerstand dem Wunsch, mich in einem der Ledersessel auszubreiten. Ich wartete noch zwei Minuten, ehe schließlich eine junge Dame in weißer Bluse und geblümtem Rock auf mich zu spazierte. Ihr Haar war blond und kraus und ihre Augen wasserblau.

»Sie hatten einen Termin mit Herrn Pfeiffer?«, fragte sie mich.

Ich nickte.

»Es tut mir leid, aber Herr Pfeiffer ist eine Zeit lang auswärtig unterwegs. Kann ich Ihnen irgendwie helfen?«

»Sind Sie seine Assistentin?«, wollte ich von ihr wissen.

»Nicht ausschließlich. Ich arbeite für die drei Manager in unserer Abteilung.«

»Und wer sind diese Manager?«

»Richard Pfeiffer, Hugo Sachs und Ruud van Houten.« Sie blähte ihre Brust auf. «Der Sohn des Namensgebers der Firma.«

Ihre Stimme war leise und hell, ihr Satz wie aus einem Fragekatalog geschnitten. Passend zu ihrer Blässe trug sie Make-up in Pastelltönen. Auf ihren Lippen schimmerte klares Lipgloss. Ihre Wimpern waren filigran, ihre Augenbrauen hell und dünn gezupft. Sehr adrett.

Ich sah an ihr vorbei zu dem Empfangstresen. Der Kopf der Brünetten war mittlerweile wieder in anderweitige Arbeit vergraben.

»Könnte ich Sie für einen Moment draußen sprechen?«, bat ich Frau Kamphausen leise und berührte zaghaft ihren Arm. Sie wandte sich ab, warf einen Blick zur Empfangstheke, ging aber schließlich wortlos durch die Drehtür. Ihre Bereitwilligkeit löste eine Welle der Entzückung in mir aus.

»Also gut. Wer sind Sie?«

»Mein Name ist Esther Roloff und ich bin Privatermittlerin.«

»Eine Privatschnüfflerin, ja?« Sie drehte sich um. »Hat Jonas Sie geschickt? Haben Sie mich deswegen hier raus gelockt?« Sie tat einen Schritt vorwärts. »Ist er hier irgendwo?«

Ich verneinte und überlegte, wer Jonas sein könnte. Doch sie unterbrach meine Gedanken sofort. »Wie bezahlt er Sie? Haben Sie schon Geld von ihm gesehen?« Sie begutachtete meinen Zinken. »Oder hat er Ihnen eins auf die Zwölf gegeben, damit Sie für ihn arbeiten?«

»Nein, es ist nicht so, wie Sie denken!«, erwiderte ich hektisch. Wer zum Teufel ist Jonas?

»Ach ja, und was denke ich?« Abschätzig sah sie zu mir herauf. Sie war immerhin fast einen halben Meter kleiner als ich. »Ich denke, flachgelegt hat er Sie nicht. Sie sind nicht sein Typ. Zu groß. Und zu flach.« Sie rümpfte die Nase.

So viel also zu ihrem adretten Wesen.

»Jetzt ist aber Schluss!«, unterbrach ich sie. »Ich bin nicht wegen Ihnen hier. Ich möchte etwas über Richard Pfeiffer erfahren.«

»Pfeiffer ist im Urlaub«, informierte sie mich und ging wieder einen Schritt zurück.

»Und für wie lange?«

Kamphausen grinste gequält. »An Ihrer Stelle würde ich keine Weihnachtskarte schicken.« Sie spitzte die Lippen, hielt sich die Hände vors Gesicht und glotzte auf ihre Fingernägel.

»Wer hat Ihnen das gesagt?«

Sie blinzelte. »Pfeiffer selbst. In seiner E-Mail.«

»Was hat er Ihnen geschrieben? Kommt er nach Weihnachten zurück?«

»Quatsch«, sagte Kamphausen und kämmte sich mit zwei Fingern die Haare von den Schultern. »Er erklärte, dass er sich jetzt 'ne schöne Zeit mache und dass er uns alles Gute wünsche.« Sie rollte mit den Augen.

»Sieht nicht so aus, als würden Sie es ihm gönnen«, erwiderte ich in Bezug auf ihr Augenspiel, was prompt mit einem weiteren verächtlichen Nasenrümpfen quittiert wurde. Die Frau redete mehr mit ihrem Gesicht als mit ihren Stimmbändern.

»In den fünf Jahren, in denen ich für Pfeiffer gearbeitet habe, hat er mir nie alles Gute gewünscht.« Sie machte eine wegwerfende Handbewegung. »Aber ich stand in einem langen E-Mail-Verteiler. Da kann man sich schon einmal vertun mit dem Glück wünschen, nicht wahr?«

»Sie sind nicht sehr gut auf ihn zu sprechen«, stellte ich fest.

»Doch, doch.« Sie lächelte gekünstelt. Plötzlich nahm sie wieder Haltung an. Mir schien, als war ihr aufgefallen, dass ihr die Rolle der loyalen Assistentin für eine Sekunde entglitten war. »Was ermitteln Sie hier eigentlich?«

Eine verdammt gute Frage. Denn so genau wusste ich es selbst nicht.

»Ich möchte wissen, warum sich Pfeiffer abgeseilt hat.«

Kamphausen nickte, erschien mir aber nicht sehr ergriffen. Wahrscheinlich war sie froh, dass sie für eine Weile Ruhe vor ihrem Chef hatte.

»Was weiß ich«, konstatierte sie nach einer kurzen Pause.

Das war nicht sehr hilfreich. »Wundert es Sie denn gar nicht, dass Pfeiffer sich so mir nichts, dir nichts aus dem Staub gemacht hat?«, fragte ich.

»Chefs machen manchmal sehr seltsame Dinge.«

Wie recht sie damit hatte.

»Also gut«, seufzte ich. »Gehen wir es von einer anderen Seite an.«

»Gehen Sie, wohin Sie wollen, aber ich bin hier fertig.« Kamphausen drehte sich um. »Wegen so etwas kann man seinen Job verlieren.«

»Ich habe nur noch eine Frage.« Ich fasste sie am Arm. »Bitte.«

Überraschenderweise blieb sie sogar stehen und mir fiel auf, dass ich mal wieder meine Wirkung auf andere Menschen unterschätzt hatte. Als Kind war ich nie Everybody's Darling gewesen, vor allem nicht bei meinen Tanten, Omas und Cousinen, weil ich immer als dreckigstes Kind vom Spielplatz gekommen war. Der Schmutz schien mir bis heute anzuhaften. Wenige hielten mich für vertrauenswürdig genug, als dass sie mir ihr Herz ausschütteten. »Wie war das zwischen Hugo Sachs und Richard Pfeiffer?«, hakte ich vorsichtig nach. »Haben sie eng zusammen gearbeitet?«

»Komisch, dass Sie gerade das fragen.«

»Wieso?«

»Die beiden können sich nicht ausstehen. Konnten sie noch nie.« Sie sah mich an, sagte aber nichts weiter. Ihre Augen verrieten mir, dass es in ihr drin rumorte.

»Könnte ich mit Hugo Sachs sprechen?«

Sie schüttelte den Kopf. »Der hat heute frei. Sein Jüngelchen hat Aua-Bauch.«

»Wo wohnt er?«

»Sind Sie verrückt? Ich gebe doch nicht die Adresse raus. Ich hänge an meinem Job.«

»Ich wette, ich brauche nur die Auskunft anzurufen, um die Adresse zu bekommen«, argumentierte ich. »Mit Ihrer Hilfe könnte ich fünf Euro Telefonkosten sparen.«

Sie kniff die Augen zusammen. »Der Hugo hat doch nichts damit zu tun, oder?«

»Bestimmt nicht. Ich möchte nur ein paar Fragen stellen.«

Sie schürzte die Lippen. »Wissen Sie was? Geben Sie mir die fünf Euro einfach und Sie kriegen die Adresse. Ist auch für einen guten Zweck.«

Ich holte mein Portemonnaie aus der Tasche und gab ihr den Schein. Dann verflüchtigte sich das Blut aus meinen Fingern. Hatte ich da etwa gerade jemanden bestochen?

Die Kamphausen grinste und plapperte aus dem Stegreif die Adresse herunter. »Und erzählen Sie ihm bloß nicht, dass Sie sie von mir haben.«

Ich wartete, bis Frau Kamphausen durch die Drehtür verschwunden war, ehe ich wieder in mein Auto stieg und dort so lange sitzen blieb, bis ich mich beruhigt hatte.

Ich war einer ausgewachsenen Lüge auf der Spur. Das fühlte ich in meinen Zehenspitzen. Aus welchem Grund sollte Ulrike Pfeiffer sonst herumerzählen, ihr Gatte verstünde sich mit Sachs sehr gut? Selbst ihrer Freundin Marisa Nowak vermittelte sie den Eindruck, Sachs läge etwas daran, Pfeiffer aufzuspüren. Oder hatte ich Nowaks Wink mit den Köpfen, die Sachs und Pfeiffer unentwegt zusammensteckten, falsch verstanden?

Ich stierte auf mein Handy, das völlig leidenschaftslos auf dem Beifahrersitz herumlag. Das Display zeigte zwei Anrufe in Abwesenheit. Ich rief die Anrufliste ab und stellte fest, dass Paps und Metin die Störenfriede waren. Da ich aber keinen von beiden sprechen wollte, warf ich das Telefon zurück und rutschte mit dem Hintern den Sitz hinunter. Ich legte den Rückwärtsgang ein, vollzog ein klassisches Wendemanöver und bugsierte den Twingo auf die Ruhrallee. An der ersten roten Ampel, die meinen Weg kreuzte, fischte ich den Stadtplan aus dem Handschuhfach und suchte nach dem Aufenthaltsort von Hugo Sachs, der sich laut Kamphausen in der Kemnader Straße in Stiepel befand. Die Ampel schaltete auf Grün. Ich ließ den Plan in den Fußraum neben mir segeln, drückte das Gaspedal durch und überlegte mir schon einmal eine Strategie, wie ich einen ausgewachsenen Manager in die Mangel nehmen könnte.

Stiepel war der teuerste, größte und südlichste Stadtteil von Bochum und wurde teilweise durch die Ruhr begrenzt. Infrastrukturell gesehen war Stiepel unterirdisch, doch optisch machte der Stadtteil am Stausee allemal etwas her.

Die Kemnader Straße war die Hauptverkehrsstraße im Ort, soweit man in Stiepel überhaupt von einem Hauptverkehr sprechen konnte. Das Haus von Hugo Sachs lag auf einer Anhöhe und das Grundstück vor dem Gebäude war um gut 40 Grad abschüssig. Hinter den Häusern brachte eine als Privatweg beschilderte Einbahnstraße die Anwohnerautos auf die Hauptstraße. Ich hatte eine Aversion gegenüber Einbahnstraßen, wenn ich sie nicht einsehen konnte, und parkte den Wagen daher unten und zog es vor, zu Fuß über die Anhöhe zu marschieren.

Familie Sachs wohnte in einer zweigeschossigen Villa mit Schieferdach und grünen Fensterläden. Der Bau war relativ neu, aber die Optik sollte Bergisches Flair aus dem 19. Jahrhundert vermitteln. Ein kräftiger Gong erklang, als ich auf die Klingel drückte. Eine schlanke blonde Frau in einem weißen Sportanzug öffnete die Tür. Ihre Haare lagen streng zurückgekämmt an ihrem Schädel und ihre Augenbrauen waren im exorbitanten Stil der Nina Hagen, halb rasiert und halb gemalt, gestaltet. Ihre Schultern zeigten sich breit und eckig, ihr Kehlkopf war maskulin ausgeprägt. Ich nahm an, dass sie die Ehefrau von Hugo Sachs war. Keine Frage, wer in dieser Ehe die Hosen anhatte. Ich konnte es nicht verhindern, ihr Gesicht in eine Schublade zu verschieben, in der die Unsympathischen lagerten.

»Frau Sachs?«, fragte ich sie.

Sie nickte.

»Mein Name ist Esther Roloff. Dürfte ich bitte Ihren Mann sprechen? Es geht um etwas Geschäftliches.«

»Geschäftlichtes?«, wiederholte sie, ohne eine Frage abzuwarten. Stattdessen kehrte sie mir den Rücken zu und zeigte mir ihren Stiernacken. Ich wagte einen Blick an ihr vorbei und fand hauptsächlich Mobiliar aus rustikalem Eichenholz. Die Treppen waren mit Teppich ausgelegt. Der Einblick wurde der Bergischen Außenfassade nicht gerecht, denn ich hatte mit Kiefer und Messing gerechnet.

»Hugo! Hier ist Besuch für dich.« Schmuck wie eine Kuhmelkerin trällerte sie ihren Ruf durch den Hausflur.

»Einen Moment bitte, ja?« Sie lächelte mir spartanisch zu und lehnte die Tür an. Ich hörte, wie sie die Treppen hinaufstieg.

In der Zwischenzeit öffnete sich neben dem Haus das extrabreite Garagentor. Ich lief hinüber und stellte mich in die Ausfahrt. Ein silberner Audi A6 mit Stufenheck war vorwärts in der Garage geparkt. Der Motor war leise, aber die Rücklichter brannten bereits.

»Herr Sachs?« Ich winkte in den Innenspiegel, doch außer einer ausgeprägten Stirn winkte nichts zurück. Ich beäugte den Hauseingang in der Erwartung, die Hausherrin würde ihn aus dem Wagen krähen, doch ich sah niemanden.

Danach ging alles sehr schnell.

Der Motor des Wagens jaulte auf, die Räder drehten durch und ihr Quietschen schallte gegen die Gemäuer der Doppelgarage. Wie in Zeitlupe machte ich einen Schritt zur Seite und sah die beiden Rücklichter auf mich zukommen. Die Heckklappe zerstieß die dunkle Abgaswolke, die unter der Stoßstange hinaufstieg. Wie gelähmt glotzte ich auf das zitternde Endtopfrohr, wie es sich auf mich zu bewegte. Dann schickte mein blutleeres Hirn endlich ein paar Signale nach Süden und ich machte einen Hechtsprung ins Kiesbett, doch die athletische Einlage reichte nur annähernd, um mich aus der Gefahrenzone zu bringen. Mit einem dumpfen Knall, den ich wie aus weiter Ferne wahrnahm, schlugen meine Füße gegen die Kofferraumklappe und ich landete quer im Kies. Ein strahlendes Brennen kroch durch meine Beine. Staub flog auf und verklebte sich in meinen Wimpern, scharfkantige Schottersteine schnitten sich in meine Handflächen.

Ich sah dem Wagen nach, wie er hinter der Garage auf der Pflasterstraße verschwand und kniff reflexartig die Augen zu, als ein Paar Turnschuhe auf mich zukam.

»Meine Güte!«, riefen die Schuhe.

Frau Sachs ging vor mir in die Hocke. Ich krümmte mich, umfasste meine Unterschenkel und schrie auf, als ich sie berührte. Es tat höllisch weh. Mein Gesicht war nass. Sachs schüttelte mich grob an der Schulter und ich war noch zu benommen, um mich darüber aufzuregen.

»Geht es Ihnen gut?«, donnerte sie.

»Mein Bein«, stöhnte ich und zeigte auf den linken Unterschenkel. Frau Sachs griff herzhaft nach dem Knöchel. Ich schrie erneut auf und eine Lochpapierrolle voller Schimpfwörter ratterte durch mein Nervenzentrum. Doch zum Glück brach aus mir nur ein hohles Krächzen heraus.

»Entschuldigen Sie.« Sie ließ sofort los. »Ich werde einen Arzt rufen. Warten Sie hier.«

Als würde ich mich jetzt aus dem Staub machen wollen!

Völlig entnervt setzte ich mich auf und betrachtete meine Beine. Das rechte wies nur ein paar Kratzer auf.

Das linke allerdings leuchtete in den üblichen Kirmesfarben und war am Knöchel bereits angeschwollen. Dazu pochte es wie ein zweiter Herzschlag und fühlte sich abwechselnd heiß und kalt an.

Wie aus dem Nichts tauchte die Sachs wieder neben mir auf.

»Was ist da gerade passiert?«, murmelte ich und sah zu ihr hoch. Getrockneter Rotz pappte mir auf der Haut.

»Ich weiß auch nicht. Gerade war alles noch in Ordnung. In der nächsten Sekunde geht er in die Garage und steigt einfach so ins Auto. Das Essen war gerade fertig.«

»Wo ist er denn hingefahren?«

»Ich weiß es nicht!«, giftete sie. »Ich habe doch gerade gesagt, dass ich eben das Essen aufgetischt hatte. Dann plötzlich klingeln Sie und er fährt einfach weg. Er lässt nie sein Essen stehen.« Ihre Augen formten sich zu Schlitzen.

»Was gucken Sie mich so an? Denken Sie etwa, das ist meine Schuld?« Ich war hauptsächlich verblüfft. Aber auch ein wenig wütend.

»Kann doch sein. Immerhin war er nicht so, bevor Sie kamen.«

»Ich kenne Ihren Mann überhaupt nicht! Wir sind uns nie begegnet. Und er hatte keine Ahnung, dass ich auf dem Weg zu ihm war. Fährt Ihr Mann immer irgendwelche wildfremden Leute um?«, schimpfte ich.

»Er hat Sie bestimmt nicht gesehen. Er ist ja so flink gefahren, da übersieht man jemanden wie Sie sehr schnell.«

»Was soll das heißen ›jemanden wie mich‹?«, geiferte ich. Meine Wut überlappte meinen Schmerz, sodass ich ihn kaum fühlte. Dafür bekam ich Herzrasen.

»Na hören Sie mal. Schauen Sie sich doch mal an. Sie mit Ihrem T-Shirt.«

Mein T-Shirt war rot und hatte eine neuzeitliche Interpretation der Medusa-Gestalt aufgedruckt. Die Medusa selbst als auch die zahlreichen Schlangenköpfe, die aus ihrem Schädel wuchsen, trugen winzige schwarze Sonnenbrillen.

»Was hat das dämliche T-Shirt damit zu tun? Ihr Mann wollte mich *umbringen*!«

Die Sachs rollte mit den Augen. »Nun machen Sie mal halblang.« Mit einer Handbewegung wischte sie meinen Gedanken weg und stand auf. »Sie haben ihn erschreckt. Er ist manchmal eben sehr schreckhaft.«

Ich kochte. Mein Blut blubberte und ich bekam Schweißausbrüche. Mein Körper pumpte Adrenalin in die Adern und das Blut wurde zu einem toxischen Gesöff. Ein Tränenschleier behinderte meine Sicht und mein Magen zog sich krampfhaft zusammen, sodass die Säure bis hoch in die Speiseröhre quoll. Ich sah noch, wie die Sachs die Veränderung an mir registrierte. Dann warf ich mich mit einem Satz nach vorn, packte sie am Knöchel und verdrehte ihren Fuß. Sie quiekte und ruderte mit ihren Armen, verlor das Gleichgewicht und fiel rücklings in den Schotter. Ich stürzte mich auf sie, packte sie an den Haaren und sie gab mir eine Ohrfeige. Ich griff nach ihrem Ohrläppchen und zerdrückte es in meiner Faust. Sie schrie und strampelte, erwischte dabei meinen Knöchel und der Schmerz jagte wie ein Stromschlag durch meinen Körper.

»Du blöde Kuh!«, brüllte ich meinen Schmerz heraus.

Sachs ließ mich liegen, drehte sich auf den Bauch. Sofort richtete ich mich auf und drückte meine Knie in ihren Ischiasnerv. Plötzlich packten mich zwei Paar Hände unter den Achselhöhlen und ließen mich in der Luft hängen. Ich zappelte mit den Füßen, was mir nur noch mehr Schmerzen bereitete. Ich wand mich wie ein Wurm, erkannte aber aus den Augenwinkeln die orangeroten Ärmel der Sanitäter. Sie setzten mich im Vorgarten ab und ich zeigte jammernd auf mein angeschwollenes Bein, nicht ohne der Sachs hin und wieder meine gefletschten Zähne zu zeigen. Der Krankenwagen wartete mit rotierendem Blaulicht in der Einfahrt. Sachs stand mit verschränkten Armen neben uns und bohrte ihre Fußspitze in den Dreck. Ihr Brustkorb bewegte sich zügig auf und ab. Dann stelzte sie zum Haus zurück.

»Ich werde Anzeige erstatten!«, herrschte sie mich an.

»Ich auch!«, schnauzte ich zurück. »Aua!«

Der Sanitäter hockte vor mir und tastete mein Bein ab. Ich sah seinen dunklen Scheitel und nur Umrisse seines Gesichts, da er sich über meinen Knöchel beugte. Ich glaubte zu sehen, dass er grinste.

»Der ist gebrochen«, stellte er fest.

»Na super«, kommentierte ich und hielt mir die Wange, auf der Sachs' Ohrfeige gelandet war. Sie fühlte sich heiß an.

»Kommen Sie. Ich helfe Ihnen in unseren Wagen und wir fahren ins Krankenhaus.«

Er zog mich hoch, legte sich meinen Arm um seinen Nacken und setzte mich auf die Bahre im Krankenwagen. Dort roch es nach 100-prozentigem Alkohol und Gummihandschuhen. Zahlreiches medizinisches Kleinzeug baumelte von den Schränken unter der Decke und ich war von dem Anblick weniger beeindruckt, als ich es mir immer vorgestellt hatte. Der schmächtige Sani pflanzte sich hinters Steuer, während der andere bei mir hinten im Wagen Platz nahm und mich dabei nicht aus den Augen ließ. Als wäre ich irgendeine entflohene Irre auf dem Weg in ihre Anstalt.

Im Krankenhaus wurde ich in einen Rollstuhl verfrachtet und zum Röntgen, Schienen und Gipsen durch die Flure gerollt. Das Adrenalin war mittlerweile abgebaut, Blutdruck und Herzschlag hatten sich normalisiert und ein Kopfschmerz machte sich breit. Außerdem war ich ziemlich erschöpft. Mir wurde eröffnet, dass ich eine Fraktur des inneren und äußeren linken Knöchels sowie ein paar Prellungen am Unterschenkel und Schienbein hätte. Eineinhalb Stunden später hatte ich einen klobigen Gips am Fuß sowie schillernde Blutergüsse an Wade und Schienbein. Man gab mir ein Paar Krücken mit auf den Weg und ich verzichtete auf eine weitere stationäre Behandlung. Ich hängte mir die Tasche um den Nacken, begab mich in den Wartesaal und rief zuerst meinen Vater an.

»Was gibt's?«, fragte ich ihn. »Du hast vorhin angerufen.«

»Hab ich das? Das weiß ich gar nicht mehr.«

Dann rief ich Metin an.

»Marisa Nowak hat mich vorhin angebimmelt und gefragt, in wessen Auftrag du nach dem Pfeiffer schnüffelst. Wo bist du?« Er klang ziemlich aufgewühlt.

»Im Bergmannsheil. Kannst du mich dort abholen? Ich kann jetzt nicht Auto fahren.«

Er sagte nichts, aber sein aufgebrachter Atem klopfte wie eine Funkstörung durch das Telefon. »Wieso? Hast du die Nuckelpinne vor einen Baum gesetzt?«

Ich registrierte mit eingeschränkter Genugtuung, dass er den Wagen nicht mehr ›Scheißkarre‹ nannte.

»Nein, Wagen und Lack sind unversehrt. Er steht in Stiepel. Aber ich habe einen Gips am Fuß.«

»Was macht der Wagen in Stiepel?«, löcherte er weiter.

»Danke, mir geht es gut«, trotzte ich.

»Und ich krieg noch die Pimpernellen! Gib mir die Adresse in Stiepel. Ragip soll die Kiste holen und ich guck mal, welcher Kamerad dich einsammeln kann. Und wehe, du bewegst deinen geschmeidigen Arsch nicht hierher und erklärst mir alles!«

»Keine Sorge. Holt jemand meine Autoschlüssel ab?«, stellte ich eine letzte Frage.

»Ne. Ragip braucht keinen Schlüssel mehr.«

5.

Ich wartete noch eine gute halbe Stunde und vertrieb mir die Zeit damit, ein paar Fratzen auf den Gips zu malen. Irgendwann durchschlug ein unangenehmer Geruch die sterile Krankenhausluft. Der Duft hatte eine bissige Note, ähnlich wie Essig, aber wurde verkleidet von einem holzigen und muffigen Unterton. Ich erkannte diesen Geruch sofort. Es war das Aroma intensiv ausgeschwitzten Alkohols. Ich sah auf. Mir gegenüber stand ein drahtiger Typ. Sein dunkler Vollbart kräuselte sich wie Schamhaar um seine Lippen, sein Kopfhaar war ähnlich gelockt und über seinen Nacken gewachsen. Die kahlen Stellen im Gesicht waren gebräunt. Er trug ein schwarzes T-Shirt, eine ausgeblichene Jeans und aus der Mode gekommene Schnürschuhe mit abgewetzten Schnürsenkeln. In der rechten Hand glimmerte eine halb gerauchte Zigarette und die Fingerknöchel waren wund gescheuert, als hätte er mit der bloßen Faust gegen eine Steinwand geprügelt. Seine Augen waren hell, wahrscheinlich blau oder grün, und sie schauten verächtlich an mir herunter. Er nahm einen tiefen Zug von seiner Zigarette und drehte netterweise seinen Kopf zur Seite, um mir den Qualm nicht entgegen zu blasen. Dabei fiel mir auf, dass hinter seinem rechten Ohrläppchen eine kleine Tätowierung prangte. Wahrscheinlich glotzte ich, als ich es registrierte, aber er wird an eine solche Reaktion gewöhnt sein. Die Tätowierung war ein Hakenkreuz.

»Esther Roloff?«

Ich zuckte zusammen. Er machte einen Schritt vorwärts und beugte sich vor. Intuitiv zog ich meinen Kopf zwischen die Schultern, aber er tat nichts anderes, als seine Zigarette auf dem neben mir stehenden Mülleimerdeckel auszudrücken. Der Geruch kalter Asche drang aus seiner Kleidung. Er stank wie ein Penner.

»Ich soll Sie abholen«, sagte er schließlich.

Auch das noch. Ich riss die Augen auf. »Wer sind Sie?«

»Gregor.«

»Gregor wer?«

»Einfach Gregor. Kommen Sie.« Ohne irgendeine erkennbare Regung streckte er die Hand aus. Ich verzichtete auf sein Angebot, sammelte stattdessen meine Krücken zusammen und kam langsam und holprig auf die Füße. Ich taumelte, er fasste mir an die Schulter und hob meine Tasche zwischen meinen Füßen auf. Mich überkam das dringende Bedürfnis zu duschen.

Gregor ging voraus und drehte sich nicht mehr nach mir um.

»Hat Metin Sie geschickt?« Ich humpelte hinter ihm her. Natürlich hatte er das. Niemand anderes würde einen angesäuselten Penner seinen Kameraden nennen. Aber Gregor antwortete nicht. Draußen wartete er vor dem Treppenansatz und beobachtete mit verschränkten Armen, wie ich mich von Stufe zu Stufe hangelte. Dann ging er weiter voraus und blieb vor einem Taxi stehen.

»Sind Sie Taxifahrer?«, fragte ich.

»Ich habe viele Jobs.«

»Ist Faschist auch so ein Job?« Erschrocken erstarrte ich zur Salzsäule. Es war mir einfach herausgerutscht. Seine Augenbrauen rutschten tiefer ins Gesicht und die wunden Fingerknöchel traten weiß hervor. Er öffnete mir die Beifahrertür und warf meine Tasche auf den Rücksitz. Ein Potpourri intensiver Düfte aus verrottetem Tabak, fliegender Asche und eingesessenem Alkohol trieb mir entgegen. Angewidert drehte ich mich weg.

»Ich steige nicht in dieses Taxi.« Ich wedelte die Wolke aus meinem Dunstkreis.

»Ich wurde gebeten, Sie abzuholen«, wiederholte er mit Nachdruck und deutete mir einzusteigen, aber ich drehte mich weg und zückte stattdessen mein Handy. Von dem Mief in der Blechkiste war mir inzwischen schon übel geworden und ich humpelte ein paar Schritte den Vorhof hinunter.

»Was ist?«, meldete sich Metin. Er war offenbar immer noch sauer. Aber stimmungsmäßig konnte ich mittlerweile gut mithalten.

»Wen hast du mir da geschickt?« Ich gab mir Mühe, leise zu sprechen.

»Gregor ist ein Kamerad.«

»Dein letzter Kamerad, der mich chauffierte, hat während der Fahrt auf einen Fahrradreifen geschossen!«

»Das war was Persönliches. Wo liegt das Problem?«

»Der Typ riecht wie ein Penner, sieht aus wie ein Penner und kleidet sich wie ein Penner.«

»Pass auf, was du sagst. Mach ihn bloß nicht sauer«, warnte mich Metin. »Steig in das Auto und zick nicht rum.«

Frustriert humpelte ich zum Taxi zurück. Ich hasste es, wenn Metin mir seine Befehle aufdrückte, aber noch mehr hasste ich *mich*, wenn ich ihnen Folge leistete. Dies war wieder so ein Moment. Jede normal denkende Frau mit einem funktionierenden Selbstschutzmechanismus wäre mit dem Bus gefahren. Bei mir funktionierte der Selbstschutz zwar, der Drang nach Bequemlichkeit war aber wesentlich stärker ausgeprägt. Ich hatte keinen Bock, mit einem Gipsbein mit dem Bus zu fahren. Und auch wenn ich es Metin gegenüber niemals zugeben würde – ich vertraute seinem kameradschaftlichen Netzwerk, mochten die Kameraden auch manchmal noch so durchgeknallt erscheinen. Ich wusste, dass Metin mich nie in die Fänge eines wirklichen Irren treiben würde.

Gregor und ich tauschten nichtssagende Blicke. Dann stiegen wir ein. Ich klemmte mir die Krücken zwischen die Beine und leckte meine Wunden, indem ich die frische Kruste meiner Schürfblessuren auf den Handinnenflächen abkratzte.

»Anschnallen«, befahl Gregor.

Mit einem Augenrollen zog ich an dem Gurt und popelte die Steckzunge unter den Gehhilfen hindurch in das Gurtschloss. Das Taxi fuhr gemächlich vom Parkplatz. Ich kurbelte die Seitenscheibe hinunter und steckte den Kopf aus dem Fenster. Taxameter und Funk blieben während der Fahrt ausgeschaltet.

Vor der Detektei schälte ich mich mit den Krücken aus dem Wagen, schnappte mir meine Tasche und hängte sie mir um den Hals. Metin stand bereits in der Tür und trat mit seinem Fuß unentwegt gegen die Glastür, die ihm mit Schwung immer wieder entgegenkam. Seine Miene war finster und kaum einladender als der verstopfte Gully vor unserem Laden. Er machte mir damit schon lange keine Angst mehr.

Das Taxi in meinem Rücken fuhr, anders als erhofft, nicht weiter. Ganz im Gegenteil. Der Motor soff ab.

Metin machte mir den Weg frei und belegte meinen

Gipsfuß dabei mit einem abfälligen Blick. Ich hinkte in das Büro, die Tasche vor meiner Brust baumelnd, und fand Corinnas Schreibtisch unbesetzt vor, da sie montags immer Berufsschule hatte. Gemächlich ließ ich mich in Metins Ledersessel nieder und legte das kaputte Bein auf der Tischplatte ab. Chef kam herein, schubste den Fuß vom Tisch und bugsierte sein teigiges Gesäß darauf. Ich quiekte vor Schmerz.

»Woher hast du das?« Er sah mich mit großen runden Augen an und deutete mit seinem Zeigefinger auf den Gipsfuß. Die Haut, die seine Geheimratsecken überspannte, war gerötet, seine Stirn verschwitzt. Wenn Metin richtig sauer war, liefen zuerst seine Ohren rot an. Dann blubberten die roten Blutkörperchen gemeinsam mit ihren Freunden, Adrenalin und Testosteron, querfeldein durch seine schüttere Birne. Zuletzt schwoll immer der Hals an. Ich hatte bislang nur einmal das Vergnügen gehabt, ihn so zu erleben. Ein naiver Trickbetrüger, kaum älter als 20, glaubte vor gut zwei Monaten, Metin mit ein paar Handgriffen seines nigelnagelneuen Handys entledigen zu können. Er scheiterte, Metin fuhr auf 180 hoch und begann, zittrig vor Wut, seinen Rollcontainer mit den Fleischfingern abzuklappern. Erst im Nachhinein erfuhr ich, dass Metin im Safe nebenan ein paar Handfeuerwaffen lagerte und er nichts weiter als auf der Suche nach dem Schlüssel für seine Munitionskiste gewesen war. Ich kann nicht sagen, was aus dem Langfinger geworden wäre. In Bezug auf mich wusste ich allerdings, dass er im Moment trotz seines Unmuts noch weit davon entfernt war, in den Nebenraum zu gehen. Dafür war er noch nicht rot genug.

»Ich wurde angefahren«, antwortete ich leise.

»Von wem?«

»Hugo Sachs.«

Metin musterte mich fragend und ich erzählte ihm von dem Vorfall. Meine Konversation mit der Kamphausen sowie die Prügelei vor der Garage ließ ich dabei unerwähnt.

»Warum?«, fragte er. »Warum hängst du dieser bekloppten Wahnvorstellung nach? Wirst du bedroht? Erpresst dich jemand? Will dir irgendjemand wehtun, wenn du deinen beschissenen Job machst?«

Ich schüttelte ein paar Mal den Kopf.

»Dann beweg gefälligst deinen Krüppelfuß nach draußen und mach den Säbelzahnterrier klar, bevor *ich* dir wehtue!« Er zeigte auf Gregor, der zwischenzeitlich ebenfalls das Büro bevölkerte. »Und der da geht mit!«

»Oh nein.« Ich hüpfte aus dem Ledersessel. »Ich schaff das schon allein.« Ich mochte zwar Metins Kameradschaftsnetzwerk vertrauen, aber dieser Gregor war eindeutig nicht ganz hell im Kürbis. Der Mann war nicht nur hoch infektiös. Er wirkte außerdem bedrohlich auf mich, nicht zuletzt wegen seines Hakenkreuzes hinter dem Ohr. Welcher normale Mensch ließ sich überhaupt an so einer delikaten Stelle tätowieren?

Metin zeigte auf meinen Gips. »Das sieht man ja. Was soll überhaupt der Scheiß? Warum lässt du dich umfahren, hast du keine Augen im Kopf? Und was ist das da an der Backe?«

»Ein Souvenir von der Ehefrau«, sagte ich leise und rieb mir die rote Wange.

Metin stülpte seine Hände in die Armbeugen. »Dafür hast du ihr doch hoffentlich die Schnüss geknüppelt, oder?«

»Ich hab ihr am Ohr gezogen.«

Kopfschüttelnd wirbelte er die Arme hoch.

»Sie will mich aber anzeigen!«, posaunte ich meinen letzten Trumpf heraus.

»Mach den Fall klar. Und dann hau ab in Urlaub.« Mit einer wegwerfenden Handbewegung schickte er mich aus dem Büro und ich klemmte mir die Krücken unter die Achseln, nicht ohne noch einmal schnell seinem Rücken den Mittelfinger zu zeigen. Gregor wartete in der Tür, rauchte seine Zigarette und versteckte ein Grinsen hinter seinem krauseligen Bart. Würde man ihn in eine kubanische Uniform stecken, konnte man glauben, er wäre Che Guevara. Er blinzelte, als er den Qualm aus dem Mund schnaubte.

Ich humpelte aus dem Büro. Ein starker Wind blies aus Südost, Fäden aus Regen fielen diagonal vom Himmel, streiften meine Arme und mein Gesicht. Der Regen war warm und schlüpfrig, kroch unter meinen Kragen und in meinen Gips. Gregor schritt mit seinen langen Beinen an mir vorbei und auf sein Taxi zu. Es war ein Mercedes aus den frühen 90ern. Wie eine Galionsfigur ragte der Mercedes-Stern von der elfenbeinfarbenen Motorhaube empor. Das Taxischild auf dem Dach leuchtete wie eine Pizzareklame. Ich spürte Metins Blicke in meinem Kreuz, aber das Nieselwetter hatte mir bereits den Rest gegeben. Knurrig zog ich die Beifahrertür zu und ließ mich in den Ledersitz fallen. Der Gestank toter Zigaretten pappte sofort an meinen Schleimhäuten und ich schnappte nach Luft. Ich schnallte mich an und klemmte meine Hände unter die Beine. Mit Schwung setzte Gregor sich in den Fahrersitz, zog die Tür zu und legte seinen feucht gewordenen Zigarettenstummel behutsam in das Türablagefach. Dann lupfte er den kleinen Aschenbecher und zahllose Kippen quollen hervor. Er machte einen Spitzmund, während er die Stummel nach einem brauchbaren Exemplar absuchte. Währenddessen funkelten mir seine wund geschürften Fingerknöchel entgegen.

»Sie wollen doch jetzt nicht etwa wieder eine rauchen, oder?« Ich machte große Augen.

Er zuckte mit den Schultern, als würde er mich nicht verstehen. Anschließend steckte er sich eine Fluppe in den Mund, zündete sie an und ließ den Motor an. Als er im Leerlauf aufs Gaspedal trat, röhrte der Wagen wie der frisierte Benzinrasenmäher meines Onkels Hubsi. Durch den Qualm beschlug die Windschutzscheibe. So ein Penner.

Es war mittlerweile spät am Nachmittag und der Nieselregen schlug mir aufs Gemüt. Ganz zu schweigen von meinem Bein und den Strapazen, die ich im Krankenhaus mitmachen musste. Außerdem hatte ich seit geraumer Zeit nichts mehr gegessen, Kopfschmerzen plagten mich, und ich war müde.

»Ich muss was essen«, stöhnte ich.

»Soll ich Sie nach Hause bringen?«

»Nein, in meinem Kühlschrank ist nichts mehr.« Das war nur die halbe Wahrheit. Er sollte außerdem nicht wissen, wo ich wohnte.

»Okay«, sagte er einfach, warf den abgerauchten Stummel aus dem Seitenfenster und fuhr über die nächste Kreuzung.

Eine ganze Weile ging es einfach nur geradeaus. Häuser wurden von Feldern abgelöst und der Regen trommelte auf dem Autodach herum. Ich war zu müde, um darüber nachzudenken, wohin die Reise überhaupt ging, und es dauerte nicht lange, da war ich auch schon eingeschlafen.

Das Knallen der Autotür schreckte mich auf. Zuerst überfuhr mich ein Kopfschmerz direkt hinter der Stirn. Dann juckte das Bein unter meinem Gips und mein Hintern kribbelte. Ich rieb mir die Augen und rubbelte meine Wangen, um munter zu werden. Dabei wurde ich an die Ohrfeige erinnert, denn die linke Wange tat mir sofort wieder weh. Gregor war weg. Und als ich aus dem Fenster schaute, wusste ich nicht, wo ich war. Eine brüchige Straße mit winzigem Bürgersteig, der unter Hecken und Dornensträuchern vergraben war, schien ins Nirgendwo zu führen. Ich sah keine Häuser, sondern nur Umrisse von Gebäuden, die in weiter Ferne lagen. Die dunklen Wolken warfen einen Schatten über die Region. Hin und wieder schoss ein Auto vorbei. Zu Fuß war hier allerdings niemand unterwegs.

Mittlerweile hatte es aufgehört zu regnen. Das Taxi parkte am Straßenrand. Auf der anderen Seite stand ein chinesischer Imbiss, ein Betonklotz, der alles andere als einladend aussah. Die Fenster waren verdunkelt und das Unkraut in den Blumenkästen kämpfte ums nackte Überleben. Ich beschloss, etwas frische Luft zu schnappen und wollte die Tür öffnen, doch sie war verschlossen. Ich rüttelte an der Türverriegelung, aber die ließ sich nicht lösen. Ich krabbelte zur Fahrerseite und versuchte das Gleiche, aber auch dort funktionierte es nicht. Nach einem Blick auf die hinteren Türen entdeckte ich im Fußbereich vor der Rückbank einen halb zugedeckten Haufen Schrott. Ich zog die Decke weg und mir fiel die Kinnlade runter. Dort lagen Schlagstöcke, eine Schrotflinte, sogar eine

Sense und ein paar verrostete Metallrohre. Sehr schnell stieg Panik in mir auf. Ich war zu einem Fremden ins Auto gestiegen, zu einem Penner mit einem Hakenkreuz hinter dem Ohr. Ich wusste weder wie er mit vollem Namen heißt noch wo er wohnt oder wo er herkam. Das Taxi war vermutlich geklaut. Außerdem war ich gegenwärtig im Nirgendwo, in der Pampa. Hier gab es nichts außer einer zwielichtigen Imbissbude, die wahrscheinlich als Mafia-Unterschlupf diente. Vielleicht wollte der Heckenpenner dort Drogen kaufen oder mich an einen Pornoring verschachern. Mir sackte das Blut aus dem Kopf. Denk nach!, rief ich mir zu in der Hoffnung, mein Verstand würde wieder anspringen.

Ich musste hier raus.

Ich sah mich um und stellte zuerst fest, dass der Schlüssel nicht im Zündschloss steckte. Keiner der Knöpfe an dem Funkgerät, die ich probierte, zeigte eine Reaktion. Offenbar war es überhaupt nicht angeschlossen. Als ich das Handschuhfach öffnete, rollten mir ein paar Pistolenkugeln auf den Schoß. Ich suchte nach der dazugehörigen Knarre, aber außer der Betriebsanleitung und ein paar Knöllchen fand ich nichts.

Langsam brach mir der Schweiß aus. Ich dachte daran, Metin anzurufen, aber ich wollte mich nicht verbal mit ihm darum prügeln, unter welchen Umständen seine Kameraden vertrauenswürdig waren. Dieser Zeitgenosse war es auf jeden Fall nicht. Der war eher etwas für den Psychiater. Und mit Psychokram konnte Metin noch nie richtig umgehen.

Scheiße.

Ich kurbelte das Seitenfenster herunter und warf zuerst die Krücken hinaus. Dann krabbelte ich im Stil von Bo und Luke Duke durch das Fenster und klammerte mich angestrengt an Dach und Außenspiegel fest. Währenddessen schlug mein Herz bis zum Hals. Als ich versuchte, das Gipsbein aus dem Fenster zu lotsen, bekam ich Probleme mit meinen schwitzigen Händen und rutschte immer wieder ab. Vor Aufregung lief mir schon der Schnodder aus der Nase und ich blinzelte unentwegt, weil meine Augen juckten. Doch zu guter Letzt schaffte ich es, das Gipsbein aus dem Fenster zu hieven.

In diesem Moment entdeckte ich Gregor, wie er aus dem Imbiss trat. In der einen Hand trug er eine Tüte, in der anderen etwas Längliches, wahrscheinlich ein weiteres Metallrohr oder eine Flinte. Wir tauschten Blicke, doch im Gewusel seiner Barthaare und Brauen konnte ich seinen Gesichtsausdruck nicht richtig erkennen. Sofort bekam ich weiche Knie. Mein Gipsbein schlotterte, ich rutschte ab und fiel rücklings auf den Bürgersteig. Ich griff nach meinen Krücken, Gregor kam über die Straße gerannt und brüllte irgendetwas. Ich beobachtete unter dem Unterboden des Autos, wie seine Füße auf mich zukamen und streckte die Krücken in die Luft. Als er das Taxi umrandet hatte und direkt über mir stand, stieß ich einen Kampfschrei aus und fuchtelte mit den Gehhilfen vor ihm herum. Ich wusste, dass es aussichtslos war, ihn damit zu beeindrucken, aber ich hoffte, dass ich durch das Gefuchtel und Geschrei einen Vorbeifahrenden auf mich aufmerksam machen konnte. Gregor warf das Rohr auf den Boden, stellte die Tüte auf das Dach des Taxis und entriss mir beide Krücken. Sofort warf er sie beiseite und grapschte mit seinen dreckigen Händen nach meinen Oberarmen. Ich schrie und nutzte meine letzte Chance, hob mein Gipsbein an und rammte es ihm in den Schritt. Gregor keuchte, ließ mich los und fiel vornüber. Er kniff die Augen zusammen und fletschte die Zähne. Schnell kroch ich unter ihm hervor und krabbelte von ihm fort, doch er packte mich am Gips und zog mich zurück. Immer noch keuchend drückte er mit den Knien auf meine Schienbeine und ich fuchtelte wie verrückt mit den Armen herum. Durch den Tränenschleier erkannte ich nichts mehr und mir ging langsam die Puste aus. Gregor umfasste meine Handgelenke.

»Was wollen Sie von mir?«, brüllte ich ihn an.

»Nur was zu essen bringen«, keuchte er und zeigte mit seinem Kinn auf die Tüte auf dem Autodach.

»Ich glaube Ihnen nicht! Sie wollen mich doch verschachern, verstümmeln oder umbringen!«, keifte ich.

»Zum Verschachern sind Sie zu alt. Außerdem habe ich dem Türken mein Wort gegeben, dass ich auf Sie aufpasse«, sagte er ruhig.

»Ich traue Ihnen nicht.«

Er nickte aufgeklärt, ließ von mir ab und steckte seinen Oberkörper durch das Beifahrerfenster. Vielleicht hätte ich in diesem Moment abhauen sollen, aber ich war wie gelähmt. Womöglich stand ich unter Schock.

Gregor kam mit einer Handvoll Munition zurück, zog eine Pistole aus seiner Hose und stopfte eine Kugel nach der anderen hinein. Ich saß da und machte Glupschaugen. Wie ein Reh im Scheinwerferlicht. Dann hielt er mir die Knarre hin.

»Können Sie damit umgehen?«, fragte er mich.

Ich schüttelte den Kopf. Wahrscheinlich hatte ich immer noch Glupschaugen.

»Das ist eine 9-Millimeter-Browning. Schauen Sie hier. Das ist die Sicherungsraste. Wenn Sie die Waffe entriegeln, können Sie sofort schießen.« Er hielt sie mir erneut hin. »Wir essen jetzt. Ich hab auch Hunger. Wenn ich etwas Unanständiges mache, dürfen Sie mich abknallen.«

Wie ein Geist, der seinen toten Körper verlässt, beobachtete ich mich selbst dabei, wie ich die Waffe an mich nahm. Sie war nicht schwerer als Corinnas metallener Tesafilmroller. Ganz anders als Hubsis Trommelrevolver. Groß, doch viel leichter und eleganter. Trotzdem trug ich die Browning wie ein rohes Ei vor mir her und zielte auf die Schlaglöcher im Asphalt. Gregor fixierte die Sicherung und fummelte gebratene Nudeln und Geflügelfleisch aus der Tüte.

»Darf ich mal abdrücken?« Mein Arm war ein wenig zittrig.

»Nicht hier und nicht um diese Tageszeit«, erwiderte er nur.

Ich drehte die Knarre und schaute in den Lauf. Sofort riss Gregor mir die Waffe aus der Hand und legte sie auf die Heckklappe.

»Ich dachte, die ist gesichert«, sagte ich trotzig.

»Und ich hab schon Pferde vor der Apotheke kotzen sehen«, entgegnete Gregor und durchpflügte wieder die Nudeln.

Ich stellte mich zu ihm und fischte etwas Fleisch aus dem Karton.

»Was soll denn das ganze Waffenarsenal in Ihrem Auto?«, fragte ich schließlich.

Gregor schluckte kurz. »Ich verkaufe das Metall auf dem Schrottplatz«, antwortete er.

Ja, und verarschen kann ich mich allein, dachte ich. Gregor sah auf, als hätte er meine Gedanken gelesen. Seine grünen Augen durchbohrten meinen Schädel und ich verlor erst mal den Drang, ihm weitere Fragen zu stellen.

Der Nachmittag strich dahin und verdunkelte sich unter der trüben Wolkendecke. Ich war ausgelaugt und viel zu träge, um mich nicht von Gregor nach Hause fahren zu lassen. Ich gab ihm Richtungsanweisungen, wie er nach Hamme fahren sollte, doch er schien die Gegend bereits gut zu kennen.

»Was war das für ein Chinese?«, fragte ich leise.

»Die machen gute Nudeln«, sagte er.

»Und was noch?«

Er guckte mich an. »Nichts weiter.«

»Sie wollen mir erzählen, Sie fahren nur wegen der guten Nudeln nach Castrop-Rauxel? Was war das für ein Metallzeugs, was Sie da mitgebracht hatten?«

»Schrott«, sagte er und blitzte mich mahnend an. »Nur Schrott.« Es sah nicht so aus, als wolle er weiter darüber diskutieren und ich schwieg.

Sein Taxi hielt direkt vor dem Adolfo's. Eine Bande Halbstarker prostete sich an der Kreuzung mit Wodkaflaschen zu. Dann übten sie Weitwurf und schleuderten ihre leeren Flaschen über die Straße hinweg – wahrscheinlich in der Hoffnung, den dortigen Mülleimer zu treffen. Allerdings gelang es keinem der Jungs und die Pullen zerschellten an der Bürgersteigkante.

»Nette Nachbarschaft«, kommentierte Gregor.

Ich riss die Beifahrertür auf und stolperte aus dem Auto.

»Morgen früh um neun geht's weiter«, gab er bekannt und brauste davon, kaum dass ich die Tür zugeknallt hatte.

Um neun Uhr werde ich nicht da sein, dachte ich.

Ein paar Meter weiter parkte der Twingo am Straßenrand. Ich hatte nicht mehr die Muße nachzuschauen, ob das Schloss noch intakt war. Sicherlich hatten die sogenannten Kameraden vor dem Lackieren einen Zweitschlüssel machen lassen. Nur für den Fall, dass ich irgendwann einen Schlüsseldienst brauchte. Ich schloss die Haustür auf, sah die Treppe hinauf und stieß leise Flüche aus.

Vier verdammt harte Wochen in Gips standen mir bevor.

Gegen zwei Uhr morgens erwachte ich. Ich hatte von Gregor geträumt, wie er mit einem Flammenwerfer versuchte, meinen Twingo abzufackeln. Regungslos beobachtete ich das Geschehen. Neben mir stand der Türke, der mir den Twingo gebracht hatte. Er formulierte immer wieder den gleichen Satz: »Ne, schmilzt nicht.«

Aber davon war ich nicht wach geworden. Es war das Handy, das auf meinem Nachttisch bimmelte.

»Schlafen Sie schon?«, drang Gregors Stimme aus dem Apparat.

»Jetzt nicht mehr.«

»Sie waren doch interessiert daran, Richard Pfeiffer zu finden, richtig?«, fragte er weiter.

Sofort saß ich kerzengerade im Bett. Woher zum Teufel wusste er das? Und wieso gab Metin ohne mein Wissen meine Nummer an wildfremde Typen weiter? »Ziehen Sie sich an, ich bin in zehn Minuten vor Ihrem Haus.«

»Was ist passiert?«

»Ich glaube, sie haben ihn gefunden. Und ich denke, das sollten Sie sich nicht entgehen lassen.«

6.

Zehn Minuten später saß ich im Taxi und zitterte vor Aufregung am ganzen Leib. Den Gestank im Wagen nahm ich gar nicht wahr. Gregor fuhr in südwestliche Richtung und rauchte gelassen eine Zigarette runter. Hunderte Fragen bevölkerten meine Gedanken. Ich wusste nicht, wohin es ging, was mich erwartete und warum Gregor davon wusste. Mir kam der Gedanke, dass er mehr als nur ein alkohol- und nikotinsüchtiger sowie bis an die Zähne bewaffneter Penner war, der in einem Heizölferrari fragwürdigen Schrott durch die Gegend fuhr. Allerdings hatte ich keinen blassen Schimmer, wer oder was er wirklich war.

Wir passierten die Stadtgrenze zu Hattingen. Kurz vor der Ruhrbrücke bei Winz-Baak registrierte ich zahlreiche Blaulichter am Ruhrufer des Campingplatzes. Fahrzeuge der Feuerwehr und der Polizei parkten wild durcheinander und Polizisten waren gerade dabei, das Gebiet abzusperren. Eine Menschentraube drängelte hinter dem Plastikband.

Gregor fuhr die gepflasterte Gasse in Richtung Surfschule ›riverside‹ hinab und hielt unmittelbar vor dem kleinen Gastronomiebetrieb, der nur einige Meter vom Ufer entfernt stand. Die Futterbude war geschlossen und abgeriegelt, das Holzmobiliar auf der Terrasse angekettet. Einige Presseleute waren auf die Holzbänke gekraxelt und versuchten, auf wackeligen Füßen das beste Foto zu schießen.

Gregor hielt unmittelbar neben dem Anbau. Das schaulustige Publikum versperrte uns die Sicht, aber trotzdem wurde mir bei dem Anblick der ganzen Szenerie heiß und kalt.

Es war wie im Fernsehen.

Gregor stieg aus und zog mich vorsichtig aus dem Wagen. Wegen des aufgeweichten Rasens und meiner Butterarme verzichtete ich auf die Krücken und stützte mich stattdessen auf seinen Schultern ab. Er ging schnurgerade auf die Unglücksstelle zu und ich wusste nicht, was er vorhatte. Grob pflügte er sich durch die Menschenmasse und schaffte es bis nach vorn. Als er das Absperrband über seine Schulter warf, blieb mir das Herz stehen.

»Ist schon in Ordnung«, beruhigte er mich.

Ein Mann kam auf uns zu. Er war ein sportlicher Typ mit dunklen Haaren und einem akkurat rasierten Bart. Er trug eine schwarze Jeans und kniehohe Gummistiefel. Sein helles Hemd war von Modder verdreckt. Er nickte Gregor wortlos zu und schaute postwendend mich an. »Edgar Ansmann«, stellte er sich vor.

Ich zögerte. Den Namen hatte ich irgendwann schon mal gehört. »Esther Roloff.«

»Tozduman«, ergänzte Gregor.

»Metin Tozduman«, machte Ansmann weiter. Der Unterton in seiner Stimme gefiel mir nicht.

Abwehrend schüttelte ich den Kopf, denn jetzt fiel es mir wieder ein. Ansmann war der unkooperative Typ vom Bochumer K 11. »Hören Sie«, beschwichtigte ich. »Dass ich hier bin, hat nichts mit Tozduman Securities zu tun.«

»Gut, dass Sie mich daran erinnern, dass Kriminalbeamte mit Leuten wie Ihnen nichts zu schaffen haben.« Er leuchtete mir mit der Taschenlampe ins Gesicht. »Also. Was machen Sie hier? Und was ist mit Ihrer Nase?«

»Ein Sportunfall«, gab ich knapp zurück und sah Hilfe suchend zu Gregor. Ansmann verfolgte meinen Blick mit der Taschenlampe und die Männer starrten sich durchdringend an, ohne irgendeinen Laut von sich zu geben. Dann nickte Ansmann und seine Neugier schien sich in Wohlgefallen aufzulösen. Es war eine irritierende Situation. Wieder leuchtete er mir ins Gesicht. »Denken Sie nicht, ich wüsste nicht, wer Sie sind. Ein Klebezettel mit Ihrem Namen hängt an meinem Flipchart, direkt unter: ›Leute, die nach Toten fragen, bevor sie überhaupt tot sind.‹« Er machte eine Pause und ich unterdrückte den Impuls, ihm zu widersprechen. »Wir unterhalten uns nachher«, sagte er dann und ging wieder. Verschreckt blinzelte ich ihm hinterher und es dauerte eine Weile, bis ich mich wieder an die Dunkelheit gewöhnt hatte. Unkoordiniert flog mein Blick über das Szenario vor mir. Dann sah ich, was eigentlich passiert war: Ein Wagen steckte zur Hälfte im Fluss. Das Heck ragte heraus wie der Hintern einer scheuernden Putzfrau. Ich erkannte das Auto sofort.

»Das ist der Audi von Hugo Sachs!«, erklärte ich Gregor.

»Der Fahrer sitzt da vorn im Streifenwagen«, antwortete er. Ich folgte seinem Blick zu einem Polizeiauto. Es war zu dunkel, um irgendetwas darin erkennen zu können. Mein Puls klopfte mir in den Ohren und ich schlug die Hand vor den Mund. Der monströse Haken des Abschleppwagens zerrte an dem Audi und die Heckklappe federte auf und ab. Sie war wohl bereits geöffnet worden.

Sehr langsam und sehr konstruktiv reihten sich meine Gedanken aneinander: Gregor behauptete am Telefon, man hätte Richard Pfeiffer gefunden. Und was auch immer ich mir seiner Ansicht nach an der Hattinger Ruhrwehr ansehen sollte, Richard Pfeiffer gehörte nicht dazu. Oder doch? Ich schielte noch einmal zu dem abgesoffenen Audi hinüber. Plötzlich fiel es mir wie Schuppen von den Augen.

»Pfeiffer ist da drin«, sagte ich.

Gregor räusperte sich. »Sie konnten ihn bislang noch nicht einwandfrei identifizieren.« Flugs war ich in Watte eingepackt. Ich fühlte die Menschen hinter meinem Rücken und registrierte das Blitzlichtgewitter der Presseleute. Ich hörte ein Rumoren und ein Gebrabbel, aber ich verstand kein Wort mehr von dem, was sie sprachen. Als befände ich mich in einer milchigen Glaskiste. Ich starrte auf den Audi und seine schwingende Heckklappe. Polizisten breiteten hinter uns eine Plane aus; ein Zelt, um den Tatort abzuschotten.

Hinter mir, dachte ich.

Die Leute sollten die Leiche nicht sehen. Doch ich stand vor der Plane. Ich stand hinter dem Auto. Und der Abschleppwagen zog den silbernen Audi direkt auf mich zu. Nur einen Moment später erreichten alle vier Räder festen Untergrund. Wassermassen trieben aus dem Motorraum und ich dachte unweigerlich an das Wasserbett in Pfeiffers Haus. Ein paar Leute in weißen Anzügen umstellten den Kofferraum. Sie sahen aus wie die Ärzte aus E. T.

Die Spurensicherung.

Dann öffneten sie die Heckklappe und ich steckte schnell meinen Kopf unter Gregors Arm. Ein Raunen war zu hören. Rasselnder Polizeifunk drang an mein Ohr, Geplapper und das Gebrülle der Beamten hinter der Plane, dass es hier nichts zu sehen gäbe. Plastik raschelte.

»Drei Einstiche. Einer vorn, zwei hinten«, sagte einer der E.-T.-Spurensicherer. »Nein. Vier.«

Ich kannte Richard Pfeiffer nicht. Ich weiß nicht einmal, wie er ausgesehen hat – ob er graue Haare hatte oder eine Glatze. Das Einzige, was ich von ihm wusste, war, dass er tot war. Und es war alles, woran ich denken konnte. Ich sah zu Gregor hinüber, dessen Silhouette ich vor dem plötzlichen Tränenschleier nur noch verschwommen wahrnahm. Gefasst und geordnet stand er da, seine Augen abgeklärt aufs Ufer gerichtet, seine Arme vor der Brust verschränkt. Mir wollte nicht in den Kopf, woher er von dem Tatort wusste und warum er es für nötig hielt, mich hierhin zu schleppen. Warum er überhaupt in der Lage war, durch den Tatort zu marschieren. Er schien die Polizisten zu meiden. Und doch gehörte er nicht zum Pulk hinter uns. Doch wo zum Teufel gehörte er hin?

Ich drehte meinen Kopf und sah der Spurensicherung zu. Die Luft war drückend. Haarföhntemperatur. Und trotzdem begann ich zu zittern. Ich schlang meine Arme um meinen Oberkörper, Gregor rückte zwei Zentimeter näher an mich heran, sodass sich unsere Ellenbogen berührten. Diese Geste wiederum brachte meinen Hormonhaushalt völlig durcheinander und ich konnte nichts anderes tun, als loszuflennen. Gregor umfasste mit einer Hand meinen Oberarm. Da war sie. Meine erste Leiche. Und es war ganz anders, als ich es mir immer vorgestellt hatte.

Nach einer guten Stunde wurde Pfeiffer in einen Metallsarg verfrachtet und in den Leichenwagen geschoben. Ich saß mit Gregor und Edgar Ansmann auf einer festgeketteten Holzbank und starrte in meinen Kaffeebecher. Der Kaffee stammte aus der kleinen Trinkhalle und der Pächter, der über dem Lokal wohnte, hatte seine gute Stube für die Ermittler und Spurensicherer außerhalb der Geschäftszeiten geöffnet und bot Mittagssuppe und Kaffee an. Es war nach drei Uhr morgens.

»Der Gasthausbesitzer hat Hugo Sachs dabei beobachtet, wie er versuchte, seinen Wagen in der Ruhr zu versenken. Doch Sachs hatte seine Rechnung weder mit dem Wirt noch mit dem flachen Ufer gemacht. Der Wagen blieb stecken und der Motor soff ihm buchstäblich ab. Als wir kamen, versuchte er gerade, den Audi in den Fluss zu schubsen. Aber die Reifen klebten wohl in dem Modder fest.« Ansmann hatte sich mittlerweile zu uns gesetzt. Eine gewisse Amüsiertheit zeichnete sich in seinen Zügen ab. Ich konnte seinen Humor nicht teilen. Insbesondere auch deswegen, weil ich nicht verstand, warum er sich überhaupt zu uns setzte. Lag es an mir oder an Gregor?

Ansmann sah zu mir herüber »Ich will Sie später auf der Wache sehen. Ich möchte mit Ihnen über den Klebezettel sprechen«, wies er mich an.

Ich nickte und sofort zischte er auch schon wieder ab. Gregor zog einen Flachmann aus seiner Hosentasche und kippte sich den letzten Inhalt in den Hals. Es roch nach Kräuterlikör.

»Warum haben Sie mir hierhin gebracht?«, fragte ich ihn.

Er stieß auf und wischte sich mit dem Handrücken über den Bart. Dann grinste er. »Weil ich es kann.«

»Die Antwort reicht mir nicht. Wer sind Sie?«

Sein Grinsen erstarb. »War es ein Fehler, dass ich Sie hergebracht habe?«

Ich schüttelte den Kopf.

»Dann vermasseln Sie es nicht.« Er stand auf. »Kommen Sie. Ich bringe Sie heim.«

Wenn ich überhaupt geschlafen hatte, dann mit offenen Augen. Gegen fünf, sieben und neun habe ich auf die Uhr geschaut. Zweimal habe ich nach meinem Handy auf meinem Nachttisch gesehen. Als ob mir jemand zwischen vier und sechs Uhr morgens eine Nachricht schreiben würde.

Gegen zehn Uhr rollte ich mich schließlich von der Matratze und fluchte, als mein Gips auf den Holzboden knallte. Ich betrachtete mich im Spiegel und stellte fest, dass mein Nasenrücken ganzheitlich violett und meine Augen mausgrau schattiert waren. Meine Wange war immer noch wund und gerötet, die Wimperntusche lag abgebröckelt und in kleinen Klötzen auf meinen Tränensäcken.

Im Bad trat ich die Klamotten von vorgestern beiseite und warf Hose und T-Shirt von gestern daneben. Mit einem Bein in der Wanne und dem Gipsbein auf der Badematte ließ ich das Wasser zwischen meine Schulterblätter prasseln. Ich nahm eine ordentliche Portion Duschgel und schäumte mich gründlich ein. Schließlich wusch ich mir das linke Bein bis zum Gipsrand ab und konnte plötzlich an nichts anderes mehr denken als an die Kofferraumklappe. Ich schüttelte mich.

Ich habe seine Schuhe gesehen, dachte ich.

Pfeiffers Füße, gekleidet in tiefschwarze, glänzende

Halbschuhe. Sie lugten aus dem Plastik hervor, in welches er gewickelt war, als die Spurensicherer den Kofferraum inspizierten. Und ich habe hingesehen, nur ganz kurz, weniger als eine Sekunde lang, und trotzdem war mir anders geworden. Genauso wie jetzt.

Ich stieg aus der Dusche und bemerkte, dass mein Gips in einem Moment der Unaufmerksamkeit etwas feucht geworden war. Als ich das Konstrukt nach Schwachstellen abtastete, rutschten mir ein paar weiße Bröckchen zwischen die Finger und ich warf den Fön an, um den Verband zu trocknen. Ich stakste in den Flur, stopfte das invalide Bein durch Unterwäsche und Jeansrock und sammelte vom Schrankboden ein zerknülltes Hemd auf. Ich legte ein wenig Make-up auf und arbeitete mich ohne Krücken die Treppe hinunter. Es dauerte eine Ewigkeit.

Mittlerweile war es halb elf und ich war froh, dass sich der müffelnde Waffenschmuggler nicht wie verabredet blicken ließ. Wahrscheinlich schlief er immer noch wie ein Baby, während ich mir die Nacht von Emotionen getrieben um die Ohren hatte schlagen müssen.

Warum hatten die Polizisten ihn einfach so durch die Absperrung spazieren lassen?

Ich rieb mir den ersten dünnen Schweiß von der Stirn. Ich brauchte dringend eine Pause von alldem. In meinem Kopf schepperte eine Bowlingkugel gegen die Schädeldecke und ich konnte keinen klaren Gedanken mehr fassen. Es ist einerlei, mit allen möglichen Leuten darüber zu spekulieren, ob und wie eine Person zu Tode gekommen sein könnte. Ist die Leiche einmal gefunden, verweichlicht dieser Moment sämtliche Gelenke und man fühlt sich persönlich betroffen. Als hätte man es verhindern können, wenn man nicht so viel geschwafelt hätte. Ganz zu schweigen davon, dass die Leiche aus dem gleichen Auto gehoben wurde, das mich einige Stunden zuvor beinahe überrollt hätte. Mich schüttelte es erneut.

Das war alles zu viel für mich.

Ich musste erst einmal weg. Ich brauchte einen freien Kopf, frische Luft, etwas mehr Routine und Gewohnheit. Daher beschloss ich, für den Anfang zu meinen Eltern zu fahren.

Ich hinkte zum Twingo, warf meine Tasche auf den Beifahrersitz und ließ mich hinters Steuer plumpsen. Mit dem Gipsfuß probierte ich ein wenig an der Kupplung herum, trampelte eine Weile das Pedal wie eine Fußluftpumpe. Als ich glaubte, ein gutes Gefühl entwickelt zu haben, startete ich den Motor und legte den ersten Gang ein. Grobmotorisch ließ ich die Kupplung kommen, würgte den Wagen ab und die Karre hüpfte ein paar Zentimeter nach vorn und kollidierte mit dem kleinen A-Klasse-Mercedes direkt vor mir.

Hoppla.

Ohne groß darüber nachzudenken, legte ich den Rückwärtsgang ein und verschaffte mir ein wenig mehr Raum zum Rangieren. Bis zur Autobahnauffahrt war es nicht weit und auf der A 40 würde es im fünften Gang ein Kinderspiel sein.

Ich machte einen erneuten Versuch und scherte aus der Parklücke aus. Ich fuhr im zweiten Gang die Dorstener Straße hinunter, während der Motor wie der abgesägte Auspuff eines frisierten Motorrollers röhrte. Hin und wieder versuchte ich zu schalten, trat mit Elan die Kupplung durch, legte den dritten Gang rein, riss den

Fuß von der Kupplung und die Karre flog nach vorn, sodass ich das Gefühl hatte, ich würde gleich abheben. An der nächsten roten Ampel überprüfte ich, ob ich mein Handy vom Nachttisch genommen hatte. Es war nicht in der Tasche. Aber dafür lag Gregors Knarre drin.

Scheiße. Innerlich fluchte ich.

Ich glotzte auf die Waffe, als läge eine abgehackte Hand zwischen meinen Sachen und der Magen drehte sich mir um. Ich fuhr eine geladene, vermutlich nicht registrierte Waffe spazieren. Ohne Waffenschein. Ohne Bedienungsanleitung. Es war schockierend. Gleichzeitig war es aufregend. Ich deckte die Pistole wieder zu, fuhr im dritten Gang auf die A 40 auf und hüpfte auf Höhe von Bochum-Harpen durch einen zwei Kilometer langen Stau. Das Bein war durch den Gips schwer geworden und mein Hintern begann bereits vom Schweiß zu jucken.

Warum hat Sachs ihn umgebracht?, dachte ich plötzlich. War der Konkurrenzdruck in der Firma zu groß? Wollte Sachs ihn aus dem Weg räumen, weil er zu viel wusste? Ich blendete das getrocknete Blut zwischen den Parkettfliesen ein und rührte weiter in meiner Motivsuppe. Womöglich hatte Sachs ein Verhältnis mit der Pfeiffer und die beiden wurden während ihres Schäferstündchens in Eppendorf vom überraschend nach Hause gekommenen Richard erwischt. Ich rümpfte die Nase. Die Vorstellung, Sachs würde seine Hagen-Frau für ein Paar Origami-Brüste verschmähen, wäre in meinen Augen nicht nur ein Ding der Unmöglichkeit. Der Eifersuchtsstreit wäre außerdem sicherlich in die andere Richtung gegangen und der fremdgehende Sachs läge jetzt im Kofferraum des eifersüchtig gewordenen Pfeiffer.

Ich rutschte hin und her und stieß mich mehrmals an

dem überhitzten Faltdach. Der Schweiß stand mir auf der Stirn und das Haar klebte auf der Haut wie tote Fliegen auf einem Honigstreifen.

Richard Pfeiffer hatte sich in der Firma bereits per E-Mail verabschiedet. Vielleicht wollte er ja abhauen. Womöglich hatte er beruflich Bockmist gebaut und wollte sich der Verantwortung entziehen und untertauchen. Und Sachs hatte davon Wind bekommen und ihn abgefangen. Womöglich wusste die Kamphausen sogar davon. Dies würde immerhin ihre stinkige Art erklären. Und warum Sachs unmittelbar vor meinem Erscheinen das Weite suchte.

Mein Fuß rutschte von der Kupplung und mir soff zum sechsten Mal die Karre ab. Allmählich lagen meine Nerven blank. Der Autotross schloss im Minutentakt bestenfalls um einen halben Meter auf und ich hatte keine Lust mehr, meinen klopfenden Bleifuß für die paar Zentimeter zu belasten. Ich wartete und ließ die Lücke bis zu fünf Meter lang werden. Dann erst rollte ich mit knatterndem Getriebe voran. Ich stand auf dem linken Fahrstreifen. Einige Fahrer hinter mir hatten die Faxen dicke von meiner Platzverschwendung, überholten mich rechts und gestikulierten mir ihren Ärger durch die Seitenscheibe. Ich reagierte abwechselnd mit dem Mittelfinger oder zeigte ihnen den Vogel. Als ein Fahrer ausstieg und mit grimmiger Miene auf mich zukam, rutschte meine Hand in die Tasche und ich legte die Knarre gut sichtbar auf das Armaturenbrett. Schnurstracks machte der Verärgerte auf dem Absatz kehrt und setzte sich in sein Auto zurück, ohne ein weiteres Mal in den Rückspiegel zu sehen.

Mann, war das ein geiles Gefühl.

Am späten Vormittag stand das Haus meiner Eltern in der vollen Sonne und das Geäst der gewaltigen Platane neben dem Gartentor warf einen breiten Schatten über die Straße. Die stacheligen Kugelfrüchte zwischen dem ahornblättrigen Laub waren noch grün und fest mit dem Holz verwachsen. Im Spätsommer würden sie wie kleine Fusselbomben auf die Leute und Autodächer knallen und auf dem Boden zernadeln wie platt gefahrene Igelfamilien. Sie waren eine Plage in der Bergarbeitersiedlung. Genauso wie die Tauben, die in den Platanen vor sich hin gurrten und mit Hochdruck auf die Vorhöfe kackten. Gäbe es die Bäume nicht, hätten die Tauben keinen Landeplatz und müssten sich ihr Plumpsklo woanders einrichten. Aber die Bäume durften nicht gefällt werden. Sie waren zu groß, zu alt, zu dick und wahrscheinlich wäre es auch zu teuer, wenn sie gefällt und entsorgt werden müssten.

Ich kletterte aus dem Twingo und ließ das Gartentor über die Pflastersteine galoppieren. Eine Taube schreckte auf, flatterte im Geäst und feuerte eine Ladung Taubenscheiße auf die Motorhaube. Der Fleck war so groß wie ein Spiegelei, schillerte in zahlreichen Grautönen und bekam auf der rillenförmigen Oberfläche eine kontrastreiche Struktur.

»Hallo auch«, grüßte ich zurück und zeigte der Taube den Mittelfinger. Dann erklomm ich die Steintreppen zur Haustür und drückte auf die Klingel, die durch den Schornstein aus dem Haus herausschrillte. Mein Vater öffnete die Tür. Er trug seinen hellgrauen Jogginganzug aus Ballonseide und ein labberiges farbloses T-Shirt. Seine rechte Socke hatte ein Loch und der zweite Zeh schaute heraus.

»Was verschafft uns denn die Ehre?«, begrüßte er mich.

»Nichts weiter. Ich war in der Gegend.«

»Was ist mit deinem Fuß passiert?«

»Bin die Treppe heruntergefallen«, log ich.

Mein Vater nickte dem Fuß zu. »Du wirst immer mehr wie deine Mutter.«

Ich biss mir auf die Unterlippe. Seit ich denken konnte, wollte ich nicht wie meine Mutter sein. Andere Mädchen wollten Tierärztin oder Lehrerin werden, aber ich hatte keine derartigen Präferenzen. Ich wollte nur nicht wie Mutti werden. Denn dann wäre ich mit 60 faltiger als ein Meishan-Schweinchen und müsste 80 Euro im Jahr für ärztliche Visiten und den Notdienst berappen.

Ich ging in die Küche und lehnte mich gegen den kalten Kohleherd. Das Haus wurde ausschließlich mit diesem Ofen beheizt. Der auf Hochglanz polierte weiße Herd hatte eine gusseiserne Kochplatte und ein Innenleben aus hitzebeständiger Schamotte. Als einziger Heizkörper war er zwangsläufig der Mittelpunkt des Roloff'schen Haushaltes. Der Kamin in seinem Rücken war ein verlängerter Schornstein, durch dessen Schacht die verrußte Hitze aus dem Haus gepustet wurde. Wenn zweimal im Jahr der Schornsteinfeger kam, blieben im Erdgeschoss die Türen geschlossen. Das Geschirr verschwand im Schrank, die Tischwäsche wanderte in die obere Etage. Jeder verließ das Haus oder verzog sich in seine Kajüte. Schließlich brach der grandiose schwarze Pfeifenreiniger vom Dach durch den Schornstein zum Mittelpunkt des Hauses hinunter und befreite ihn von sämtlichem Dreck, indem er ihn von oben nach unten durch das Mauerwerk direkt in unsere Küche pustete.

Abschließend sausten alle zurück ins Haus und putzten fluchend den Ruß und Staub von den Wänden ab. Es war ein Ritual, aber auch Teil der debilen Traditionsgeschichte des Bergmannes Gustav Roloff und seiner Frau Herta, die zwei Kinder zeugten, damit sich ein Kind um die Kohlen und das andere um das Unkraut in den Steinfugen kümmern konnte.

»Möchtest du was essen?«

»Was hast du denn?«

»Würstchen.«

Ich zog eine Schnute. »Na gut. Wo ist Mutti?«

»Die guckt oben gerade einen ihrer Schockerfilme.« Er fummelte einen Stahltopf aus dem Schrank und ließ kaltes Wasser ein. Ich legte mich derweil im Wohnzimmer auf das Sofa und ließ die Füße über die Lehne baumeln. Ich schloss die Augen und wurde irgendwann von meiner Mutter aufgeschreckt, als sie mit schlurfenden Hausschlappen die Treppe hinunter und in die Küche stapfte. Sie röchelte wie ein leer gefahrener Oldtimer und suchte den direkten Weg zu ihrem Zigarettenvorrat in der obersten Schublade der Spanplattenkommode unter dem Fenster. Anschließend schubsten ihre Füße die Schlappen aus der Küche und verschwanden mit dem Rest von ihr im Badezimmer. Ich hörte noch das Klappern des Besteckes im Stahltopf, als Paps die Würstchen ins heiße Wasser brachte. Dann war ich auch schon wieder eingeschlafen.

Als ich aufwachte, lag mein einbetonierter, bemalter Fuß auf dem Beistelltisch und das Kissen war auf den Boden gefallen. Mein Nacken fühlte sich wie gehärtetes Leder an und ein Verspannungsschmerz zog sich bis über beide

Schulterblätter. Ich stand auf, ging in die Küche und sah um die Ecke. Mutti saß auf ihrem Lieblingsplatz. Aufgeplatzte Würstchen trieben auf dem blubbernd kochenden Wasser umher. Ich lugte in den Kühlschrank und riss mir ein kaltes Würstchen unter den Nagel.

»Wo ist Paps?«, fragte ich Mutti.

Sie machte einen Fingerzeig in Richtung Haustür und ich schlenderte an ihr vorbei.

»Was ist mit deinem Fuß?«, erkundigte sie sich und grabbelte an einer HB-Schachtel, die aufgeklappt vor ihr auf dem Tisch lag. Einige Zigaretten lugten daraus hervor.

»Hingefallen«, sagte ich. Die Aussage reichte ihr.

Draußen herrschte Evinger Idylle. Vögel zwitscherten im Chor, eine dicke rot gestreifte Katze trabte über den Rasen und pinkelte am Beetrand auf eine Rasenparzelle, die besonders dicht mit Gänseblümchen bewachsen war. Mein Vater stand am Gartentor und unterhielt sich mit Che Guevara. Sofort hechtete ich die Treppe hinunter und kam mit rotem Gesicht zwischen den beiden zum Stehen.

»Ist das Auto in eine Teergrube gefallen?«, fragte mein Vater sofort.

Gregor klemmte seine Wuschelhaare hinter die Ohren und die Tätowierung blitzte hervor. Ich gab Paps einen Hieb in die Seite und er stierte mich überrascht an. Er hasste Nazis mehr als alles andere und ich wollte ihm nicht in Aussicht stellen, dass seine Tochter sich mit derartigem Abschaum abgab.

»Deine Würstchen kochen über!«

»Mensch!« Ohne sich umzusehen, hastete er zurück ins Haus. Ich zwängte mich durch die schmale Öffnung des Gartentores und streifte Gregor an der Schulter. Sein Mund war zu einem einzigen Strich geworden und seine herabgezogenen Augenbrauen warfen einen ungesunden Schatten auf seine Augen. Zwischen den Brauen bildete sich eine wulstige Falte und es war keine Kunst, zu erkennen, dass der Strich, der Schatten und die Falte ausschließlich mir galten. Entsprechend wortkarg holte ich daher meine Tasche aus dem Twingo und stellte mich an der Beifahrertür des Mercedes auf. Gregor schritt mit durchgestreckten Beinen zum Taxi, ich fühlte seinen Blick im Nacken und hatte das Bedürfnis, irgendwo in Deckung zu gehen.

»Ich habe vor Ihrem Haus gewartet«, sprach er mit strenger Stimme.

»Und Sie sind nicht zum vereinbarten Zeitpunkt gekommen«, argumentierte ich.

Gregor nahm Schwung und schlug mit geballter Faust auf das Autodach. Ich zuckte zusammen und betrachtete die Beule. Er riss die Fahrertür auf. »Fahren wir, bevor er wiederkommt«, sagte er und starrte auf meine Kehle, die sich postwendend zuschnürte. »Ich möchte die Unterhaltung mit Ihrem Vater nicht fortsetzen.«

Ich versank im verrunzelten Ledersitz und ließ die Tasche zwischen meine Füße fallen. Mit einem dumpfen Rumpeln schlug die Knarre in der Tasche auf dem Boden auf. Meine Augen wanderten zu Gregor, während der Rest meines Gesichts starr ausharrte. Ich roch den Kräuterlikör, den er sich in der Nacht zuvor in den Hals gekippt hatte. Vielleicht kam es aus den Klamotten, vielleicht trieb sich der Duft schon seit Stunden in der Fahrerkabine herum. Vielleicht hatte Gregor aber auch ordentlich einen im Tee. Er ließ die Zündung an und würdigte mich oder die Tasche keines Blickes. Stattdessen ging er ganz darin auf, das Gaspedal bis zum Anschlag durchzutreten, gleich nachdem er die Handbremse gelöst hatte.

»Sind Sie irgendwie sauer auf mich?«, wollte ich vorsichtig wissen. Gregor schoss mit dem Taxi um die Kurve und ich flog gegen die Beifahrertür.

»Ich mag es nicht, wenn mich jemand versetzt.«

»Aber wir hatten neun Uhr abgemacht.« Kaum hatte ich es ausgesprochen, bereute ich es schon. Gregors Blick bohrte sich wie eine heiße Nadel durch meine Schädeldecke. Er ging in die Eisen und vermutlich wäre ich nach vorn geflogen, hätte ich mich mit den Händen nicht am das Armaturenbrett abgestützt.

Wir standen mitten auf der Hauptstraße. Autos begannen bereits zu hupen. Ich glotzte ihn an und keuchte wie ein ausgemergelter Windhund. Ich horchte in mich hinein, ob mein Herz noch schlug. Gott sei Dank. Ich lebte noch.

»Schnallen Sie sich an«, forderte er mich auf.

Ich tat es sofort, auch aus Rücksicht auf die wartenden Fahrer hinter uns. Ich wollte nicht riskieren, dass auch nur einer von ihnen ausstieg, um Gregor die Leviten zu lesen. Für solche Sperenzchen wäre er nicht zu haben gewesen.

Gregor legte den ersten Gang ein und zog beherrscht den Fuß von der Kupplung. Dicke Adern zeichneten sich auf seinen Unterarmen ab und seine Lider waren durch Krähenfüße gequetscht. Daher schob ich es auf, ihn auf die Pistole in meiner Tasche anzusprechen, insbesondere auf die Frage, wie die Wumme ihren Weg dorthin gefunden hat. Es wäre eine Lüge gewesen, hätte ich gesagt, dass mir eine Pistole in der Tasche etwas ausmachen würde. Und wenn Gregor meinte, ich müsse mich schützen, musste ich seinen Willen respektieren.

Gregor verließ noch vor Wattenscheid die Autobahn und steuerte auf die Stadtmitte zu. Ein paar Schilder wiesen in Richtung Tierpark und Bergbau-Museum und mir schwante langsam, wohin die Reise überhaupt ging.

Das Polizeipräsidium Bochum war ein rotbrauner, verwinkelter und spätexpressionistischer Bau mit zahllosen Fenstern, einem Eckturm und einem Innenhof. Hinter dem Gebäudekomplex ragte das grünblau schimmernde Fördergerüst des Deutschen-Bergbau-Museums empor. Vom Polizeiparkplatz aus sah der Doppelbock wie ein imposantes, 70 Meter großes A aus. Gregor stellte das Taxi in einer Parklücke ab und machte keine Anstalten, auszusteigen. Stattdessen ging sein Blick schnurgerade zum Löwenzahn, welcher sich drei Meter vor dem Wagen aus einer Steinfuge quälte. Ich drückte die Beifahrertür auf.

»Lassen Sie Ihre Handtasche im Auto«, befahl er mir und ich tat es, wohl wissend, dass es ihm um die Knarre ging. Ich stakste über den Parkplatz, glimmende Sonnenstrahlen auf der Kopfhaut fühlend. Ungelenk stieß ich die Eingangstür auf, erfreute mich kurz an der klimatisierten Luft und kam vor einer Theke mit Hochsicherheitsdurchreiche zum Stehen. Eine Uniformierte mit streng gebundenem Pferdeschwanz nahm mein Erscheinen wortkarg zur Kenntnis, ließ sich die Personalien durchgeben und rief Ansmann per Kurzwahl auf den Plan. Eine Minute später kam Edgar Ansmann aus dem Keller heraufspaziert. Sein Hemd quoll lässig aus dem Hosenbund und besaß die typischen Quetschfalten eines langen Arbeitstages im Bürostuhl. Saschas Hemden hatten ähnliche Falten. Wir gaben uns die Hand. Ansmann lächelte nicht, schien aber auch nicht unglücklich über mein Kommen zu sein. Ohne große Floskeln deutete er mir, ihm in den Keller zu folgen, was ich nicht unbedingt begrüßte. Ich kannte das Bochumer Polizeipräsidium nicht so gut; ich war mehr bei der Wattenscheider Wache zu Hause. Aber ich wusste, dass sich im Keller die Arrestzellen und Verhörsäle befanden.

»Werde ich jetzt verhört?«, fragte ich Ansmanns Rücken, während ich versuchte, mit meinem Gipsfuß auf den Treppen Schritt zu halten.

»Nur eine Zeugenbefragung.« Ansmann winkte mich durch eine Tür mit Doppelverglasung und wies mit einem Fingerzeig in den ersten Raum des Ganges. Das Zimmer hatte weiß verputzte Wände, einen turnhallengrauen Linoleumboden sowie karge weiße Möbel, bestehend aus zwei rücklings aneinander gestellten Schreibtischen und zwei Paar weißen Plastikstühlen. Die Tische waren abgenutzt, die Stühle mit Kratzern übersät, in denen sich über die Jahre trüber Dreck abgesetzt hatte. Ich roch essighaltiges Putzmittel.

»Setzen Sie sich.« Ansmann bot mir einen Stuhl an und ich nahm nur widerwillig Platz. Die Metallbeine rutschten über den PVC und quietschten schrill. Unbeeindruckt ließ er einen Bleistift unter seinem Zeigefinger hin und her rollen, während er in losem Papierwerk, das ausgebreitet vor ihm auf dem Tisch lag, schmökerte.

»Esther Roloff. 34 Jahre alt, ledig, kinderlos. Derzeitige Beschäftigung: Private Ermittlerin.« Er sah auf und ich nickte zustimmend. »Mildes Strafmaß für den Tatbestand der falschen Verdächtigung. Das Urteil wurde im März ausgesprochen«, sagte er und blätterte in seinen Papieren.

Ich spürte, wie ich langsam rot anlief.

»Eine Geldstrafe in Höhe von 600 Euro. Ausgesetzt als Spende für mildtätige Zwecke?«

Ich nickte erneut. Eine tolle Zeugenbefragung war das.

Ansmann federte seinen Oberkörper gegen die Stuhllehne. »Sie verdächtigen gern irgendwelche Leute, oder?«

Ich sah ihn mit tellergroßen Augen an, doch sein Blick blieb stoisch auf meinem Scheitel haften.

»Das ist ja auch mein Job.« Ich fand meine Antwort amüsant, doch Ansmann lachte nicht.

»Bei allem Respekt. Wenn es für Sie dazugehört, Geldbußen und Vorstrafen einzuheimsen, scheinen Sie entweder einen miserablen Job zu haben oder Sie machen ihn nicht gut.«

Seine Argumentation schnürte mir die Kehle zu, denn ich musste zugeben, dass er recht hatte.

»Wie dem auch sei.« Er richtete sich auf. »Am Freitag haben wir miteinander telefoniert. Bei dieser Gelegenheit verdächtigten Sie Ulrike oder Richard Pfeiffer eines Gewaltverbrechens.«

Ich schluckte, doch ein Klumpen Luft blieb mir im Halse stecken.

Daher wehte also der Wind. »So war es doch gar nicht gemeint!«

»So oder so«, unterbrach er mich. »Jetzt ist einer von ihnen tot.« Sein rechter Mundwinkel zuckte. »Entweder haben Sie einen guten Instinkt – und das glaube ich nicht – oder Sie haben schon am Freitag von der Tat gewusst.«

Hitze strömte über meine Schädeldecke und floss wie heißes Wasser an mir herunter. Schweißperlen trieben aus meinen Poren und meine Hände waren binnen Sekunden feucht und rot. Ich wusste selbst nicht, ob ich wütend war oder Angst hatte. Vielleicht war es auch eine Kombination aus beidem. Tränenwasser stieg mir hoch und es störte mich gewaltig. Ich wusste nicht, was mit mir geschah. Doch vor allem wollte ich nicht vor einem Polizisten losheulen. So etwas täte meiner Karriere überhaupt nicht gut.

»Ich weiß nicht, wer Richard Pfeiffer ist! Ich habe ihn nie zuvor gesehen. Ich war wegen des Hundes in seinem Haus, diesem invaliden Scheißköter, den ich immer noch finden muss. Es war nur seine Frau da. Sie hat die obere Etage halb leer geräumt und wollte mich nicht lange da haben.«

Ich rieb mir die Tränen von den Wangen. Ansmanns Blick ruhte abgeklärt auf meinen Händen. Wahrscheinlich tastete er meine Körpersprache auf weitere verräterische Signale ab.

»Und dann hab ich dieses Blut gesehen. Getrocknetes, dunkles Blut in den Ritzen auf dem Schlafzimmerboden.«

In seinem versteinerten Gesichtsausdruck deutete sich eine Regung an.

»Vielleicht war es auch kein Blut«, gestand ich schnell ein. »Ich weiß es nicht mehr. Metin ist mir fast an die Kehle gegangen, als ich es ihm erzählte.«

»Metin Tozduman? Warum?«

»Weil es nicht mein Job ist, in Angelegenheiten herumzuwühlen, für die ich nicht bezahlt werde.«

Ansmanns Kiefermuskeln traten hervor, was ein Indiz dafür war, dass er die Zähne zusammenbiss. »Was haben Sie gestern vor dem Haus von Hugo Sachs gesucht?«

Ich schilderte ihm mein Gespräch mit der Assistentin Kamphausen sowie meine Begegnung mit dem Audi hinter dem Garagentor. Von der Prügelei musste er nichts wissen. Als ich fertig war, starrte er eine Weile auf meinen Gipsfuß, seinen Bleistift fest zwischen den Fingern verkeilt.

»Ich sage Ihnen jetzt, wie ich darüber denke«, kündigte er an, lehnte sich tief in den Stuhl zurück und warf den rechten Fuß über das linke Knie. »Für die Befragung von Kamphausen und Sachs hatten Sie keinen Ermittlungsauftrag. Wie Sie dennoch an Ihre Informationen gelangt sind, lasse ich erst mal dahingestellt. Vermutlich haben Sie diese Leute belogen oder in dem Glauben gelassen, Sie wären zu diesen Handlungen befugt.«

Ich biss mir auf die Unterlippe. Seine mandelförmigen Augen starrten, als suche er nach Denkanstößen unter meiner Hirnrinde.

»Ich rate Ihnen dringend, sich zukünftig nicht mehr einzumischen und keine eigenmächtigen Ermittlungen oder Verdächtigungen anzustellen. Es ist Zeitverschwendung, es behindert die Ermittlungen der Polizei und, wie es Ihr Chef so nett ausgedrückt hat, es ist nicht Ihr Job.«

Ich nickte demütig.

»Sie werden vom Gewerbeamt als Privatermittlerin *geduldet*. Noch ein paar mehr von diesen Albernheiten und ich werde dafür sorgen, dass Ihnen die Gewerbeerlaubnis entzogen wird.«

Erneut nickte ich pflichteifrig und rollte meine Finger ein.

»Na gut. Gibt es sonst noch etwas, das ich wissen sollte?«

Abgesehen davon, dass ich illegal eine Knarre in der Handtasche trug, mit einem ordnungswidrig gemeldeten Auto fuhr und mich wahrscheinlich der unterlassenen Hilfeleistung schuldig gemacht hatte, indem ich zu einem Besoffenen ins Auto stieg? »Nein, eigentlich nicht«, antwortete ich.

»In Ordnung.« Eifrig stapelte Ansmann seinen Papierkram aufeinander. »Das war's. Sie können gehen.«

Ich war einigermaßen erleichtert, aber auch enttäuscht. Ich hatte mir mehr aus diesem Gespräch erhofft. Bilateralität zum Beispiel.

»Hat Hugo Sachs irgendetwas ausgesagt?«, fragte ich sehr vorsichtig und untermalte mein Anliegen mit einem geschmeidigen Augenaufschlag.

Ansmann musterte mich unterkühlt. »Er verweigert die Aussage.« Seine linke Hand wies mir die Tür. »Und jetzt gehen Sie nach Hause und kurieren Sie Ihren Knöchel aus. Die Sache ist für Sie erledigt.«

7.

Angenervt humpelte ich über den Parkplatz. Mein Fuß juckte unter dem abgebröckelten Gips und ein Schweißrand bildete sich am Knöchel. Gregor lehnte derweil gegen sein Taxi und rauchte eine Fluppe. Er trug eine Baseballkappe und die dunklen Locken quollen unter der Mütze hervor. Als ich mich ihm näherte, schnippte er die Kippe auf den Parkplatz.

»Alle Fragen beantwortet?«, erkundigte er sich und richtete die Kappe gegen die Sonne aus. Sein trüber Blick schien langsam wieder klar zu werden und auch seine Stimmung war etwas aufgehellt.

»Das waren keine Fragen, das war eine Maßregelung«, schimpfte ich und stieg sofort in das Taxi. Gregor ließ sich in den Fahrersitz plumpsen und knallte mit Elan die Tür zu.

»Das dachte ich mir«, sagte er und grinste schwach.

»Kennen Sie Edgar Ansmann?«

»Wir hatten flüchtig miteinander zu tun.«

Was heißen könnte, dass Ansmann ihn vielleicht mehr als einmal in den Knast gebracht hatte. Er ließ die Zündung an und steuerte das Taxi vom Parkplatz.

»Wo fahren wir hin?«, fragte ich.

»Zu Bernhard Nowak.«

Herrlich.

»Was soll das werden? Sind Sie jetzt mein Anstandswauwau?«

Gregor schwieg.

»Außerdem habe ich Hunger«, maulte ich.

»Das erledigen wir im Anschluss.«

Ich hielt den Kopf aus dem Fenster. Eigentlich war es mir nicht ganz unangenehm, dass ich jemanden hatte, der mich durch die Weltgeschichte kutschierte. Ein müffelndes Taxi war immer noch besser, als mit dem Gips am Bein die Linienbusse abzuklappern. Es war reine Formsache, dass ich gegen Metin ordentlich vom Leder zog. Schließlich hatte er mich vor Gregor diffamiert und der Pseudopenner sollte nicht den Eindruck haben, ich ließe alles mit mir machen.

»Meinetwegen«, lenkte ich also ein. »Aber diesmal entscheide ich, wo wir was essen.« So eine Überraschung wie vor der Mafia-Chinabude wollte ich nämlich nicht noch einmal erleben.

Gregor fuhr uns zu einem Neubaukomplex in Gelsenkirchen-Rotthausen. Die Hausfassaden waren weiß verputzt und die untere Hälfte rot geklinkert. Rund geschnittene Buchsbäume säumten die Zufahrt und eine hohe Hecke trennte die Wohnsiedlung von der angrenzenden Bundesstraße. Die Sonne knallte auf ein paar Solarzellen, die auf den Dächern angebracht waren. Diese Gegend erschien mir wesentlich freundlicher als die Wohnsituation der Exfrau.

Bernhard Nowak lebte in einem Vierparteienhaus am Ende der Häuserreihe. Gregor drückte auf die Klingel und ein gellendes Kläffen drang durch die Fernsprechanlage. Ein Erfolg versprechendes Geräusch.

»Wer ist da?«, erklang eine männliche Stimme.

»Hier ist Esther Roloff von Tozduman Securities. Wir haben ein paar Fragen zu Ihrem Hund.«

Der Summer wurde betätigt und wir betraten den nass gewischten Hausflur. Nowaks Wohnung befand sich in der unteren Etage und ein kniehoher Haufen Wolle, der offensichtlich ein Hund war, bäumte sich bereits zitternd vor der Wohnungstür auf. Sein Kläffen schallte gegen die Wände und meine Lider zuckten bei jedem Ton. Je näher wir ihm kamen, umso unkontrollierter rutschten seine Pfoten auf den nassen Fliesen herum, sein Stummelschwänzchen wirbelte dabei wie ein batteriebetriebener Milchaufschäumer. Persönlich hatte ich nicht viel für Hunde übrig und diese Töle gehörte definitiv zu dem Schlag, den ich lieber als Schädling bezichtigte, weil er ganz fraglos zu jedem Anlass kläffen musste. Und sei es nur, dass der Klodeckel auf die Brille schepperte.

»Sei still!«, befahl Bernhard Nowak, ein blasshäutiger Typ mittlerer Größe mit rotbraunem Haar und Sommersprossen, so weit man sehen konnte. Er begrüßte uns in einer schlaff herabhängenden Sporthose und T-Shirt. Die Teppichratte folgte seiner Anordnung, hielt inne und setzte sich artig auf den nassen Boden, die schwarzen Knopfaugen starr auf uns fixiert. Dem Tier schien es nichts auszumachen, dass sein Fell langsam durchnässte. Allerdings zitterte er vor Aufregung und leckte sich nervös den Zahn ab.

»Ihr Hund?«, fragte Gregor sofort.

Nowak nickte. »Spartakus«, klärte er uns auf und schaute herab.

»Ein gemeingefährliches Tier«, sagte Gregor.

»Wie bitte?«

»Ich rede von dem Wasserschaden in Pfeiffers Haus.«

Nowak verdrehte die Augen. »Ach, *die* Geschichte. Ja, davon hab ich auch gehört.«

»Was haben Sie denn gehört?«, hakte ich nach und machte einen Schritt zurück, als der Köter Anstalten machte, meine Knie zu lecken.

»Marisa hat ihn mir klatschnass zurückgebracht. Sagte, er hätte ein wenig überreagiert und ein Loch in ein Wasserbett gebissen.«

»*Ein* Loch?«, hakte ich nach.

»Vielleicht auch zwei oder drei. Ist doch egal. Sind Sie deswegen hier?«

Ich nickte. »Spartakus hat eine halbe Etage unter Wasser gesetzt.«

»Und wenn schon. Dafür ist er doch versichert, oder?«

»Es gibt da nur ein Problem.« Ich verschränkte demonstrativ die Arme vor der Brust. »Ich glaube die Geschichte nicht.«

Nowak stieß ein hämisches Lachen aus. »Deswegen sind Sie hier? Um mir zu sagen, dass Sie Marisa nicht für voll nehmen? Dann erzählen Sie mir mal was Neues.« Er lehnte sich gegen den Türrahmen. »Für wen arbeiten Sie noch mal?«

»Für die Versicherung.«

»Und Sie wollen sie baumeln sehen«, schlussfolgerte er.

»Was meinen Sie damit?«

»Na, Sie wollen sie doch wegen Versicherungsbetrug drankriegen, oder?«

Ich zuckte mit den Schultern. »Womöglich.«

»Die ist bei dieser grünen Versicherung, oder? Die mit der Fernsehwerbung. Die werden sie bestimmt hart rannehmen.« Ihn schien der Gedanke nicht zu quälen.

»Kennen Sie Ulrike Pfeiffer?«, fragte ich.

»Wen?«

»Die Geschädigte.«

»Die Geschädigte«, äffte er mich nach und schüttelte den Kopf. »Wie hört sich das denn an? Ist mein Hund ein Killer?«

Plötzlich ging Gregor einen Schritt auf ihn zu, faltete seinen Oberkörper auseinander und schob das Kinn nach vorn. Als er sich räusperte, wich Nowak kleinmütig zurück.

»Haben Sie die Hand aufgehalten?«, erkundigte sich Gregor.

Nowak starrte ihn an. »Wie bitte?«

»Der Hund ist elf Jahre alt. Mit zwölf Wochen bezahlten Sie ihm seine erste Wurmkur und sämtliche Krankheiten wurden von dem gleichen Tierarzt behandelt. Sechs Jahre später betritt Marisa für ein Weilchen Ihre jämmerliche Bühne.« Gregor starrte auf die Töle herab. »Sie ist weg. Aber der Hund ist noch da.«

»Klar. Ist ja auch meiner«, sagte Nowak.

»Warum ist sie dann als alleinige Besitzerin und Entschädigungsempfängerin in der Versicherungspolice ausgewiesen?«

»Nein, nein.« Wieder verdrehte er die Augen. »Das mit der Versicherung war ihre Idee.«

»Für wie viele Haftpflichtschäden war die Versicherung in den letzten drei Jahren aufgekommen?«

Nowak brummte irgendetwas.

»Wie viele?«, brüllte Gregor und schleuderte seine Faust gegen den Türrahmen. Nowak und ich zuckten zusammen.

»Fünf.«

Das musste ich erst einmal schlucken. Gregor hatte

von Anfang an gewusst, wie Nowak zu packen war. Er hatte sich auf dieses Gespräch vorbereitet. Und ich bin wie Hein Blöd mitgegangen und hatte von alldem keine Ahnung.

»Hören Sie«, setzte Nowak mit dünner Stimme fort. »Da ist nicht viel bei rumgekommen. Das hat sich nie für mich gelohnt.«

»Bis letzte Woche«, warf Gregor ein.

»Ich habe ihr gesagt, sie soll das nicht machen. Ein Hund mit einem Zahn kaut eine Matratze kaputt. Wer glaubt denn den Scheiß?« Er zeigte uns den Vogel. »Aber sie wollte das unbedingt. Sie war richtig abgedreht deswegen.«

»Schade. Hätte sie mal auf Sie gehört«, schaltete ich mich ein. »Jetzt werden Sie genauso baumeln.«

»Ich fasse es nicht!« Er schlug die Hände über dem Kopf zusammen. »Ich hatte nichts damit zu tun. Gar nichts! Sie kam einfach hereingeschneit, griff sich den Hund und ging wieder. Ehrlich!« Er starrte mich an. »Kommt man dafür etwa in den Knast?«

Ich ließ nichtssagend meine Schultern kreisen.

»Bitte«, flehte er mich an. »Können Sie da nichts machen?«

Ich zupfte meine Visitenkarte aus der Tasche und reichte sie ihm. »Sprechen Sie mit Metin Tozduman. Er kann bestimmt zwischen den Fronten vermitteln.«

Nowak riss mir die Karte aus der Hand und nickte überschwänglich. Ich verabschiedete mich mit einer Kopfbewegung und drehte mich um, als mir plötzlich der Hund in die Kniekehle sprang und seine nasskalte Schnauze gegen meine Haut klatschte.

»Iih!« Erschrocken kickte ich das Fellbündel wie einen

Fußball weg. Das Tier quiekte kurz auf, stellte sich aber sofort wieder auf die Pfoten und wedelte mit seinem Stummelschwänzchen.

»Hey«, maulte Nowak betont defensiv.

»'tschuldigung«, murmelte ich und humpelte eilig die Treppe hinunter.

Gregor grinste, als wir aus dem Haus traten. Ohne ein weiteres Wort darüber zu verlieren, stiegen wir ins Taxi. Ich schnallte mich an, Gregor fischte den Flachmann aus der Autotür, warf den Kopf in den Nacken und kippte sich den kompletten Inhalt in den Hals. Mit offenem Mund starrte ich auf seinen zuckenden Adamsapfel. Als er fertig war, flog das Odeur von Whiskey aus dem Flaschenhals. Er stieß kurz auf, stupste den Aschenbecher an und stopfte sich eine halb gerauchte Kippe zwischen die Lippen.

»Das war's?«, fragte ich.

»Nicht ganz.« Er versuchte, den Stummel anzuzünden. Doch die Fluppe wollte nicht aufglühen und zappelte auf und ab, als er weitersprach. »Ich hab mir diese fünf Schadensmeldungen angesehen.«

»Sie wussten davon?«, unterbrach ich ihn.

Er reagierte nicht darauf. »Sie hat Auffahrunfälle fingiert, indem sie den Hund vor fahrende Autos stellte. Für derartige Kleinigkeiten reicht der Versicherung ein Kostenvoranschlag von der Werkstatt, um einen Scheck zu schicken.« Erneut versuchte er, die Zigarette zu entfachen, doch diesmal streikte das Feuerzeug. Nur ein paar Funken schlugen aus dem Reibrad und Gregor schmiss das Ding auf den Rücksitz. Er nahm die Kippe aus dem Mund. »Eine Haussanierung ist eine ganz andere Nummer. Hier korrespondieren die Baufirmen mit der Versicherung direkt und der Geschädigte sieht keinen Cent.«

»Dann war dieser Betrug wohl ein Griff ins Klo.«

»Oder es war gar keiner.«

Angestrengt stöhnte ich auf. »Die Versicherung sieht das aber anders.«

Er schürzte die Lippen. »Die Versicherung interessiert nur die Kosten. Und die wurden unnötig in die Höhe getrieben.«

Mir fiel die Kinnlade runter. »Sie haben auch das Gutachten gelesen?«

»Ich habe kurz reingeschaut.«

Ich schüttelte den Kopf. »Und was ist mit Bernhard Nowak? Für mich klang seine Version ziemlich überzeugend. Hat er gelogen?«

»Nein«, sagte er ruhig. »Er wusste es nur nicht besser.«

Ich rieb mir die Stirn. »Ich kapier gar nichts mehr.«

Gregor zeigte sich unbeeindruckt. »Wo möchten Sie essen?«

Ich blähte die Backen auf. »Bei Adolfo's. Da bekomme ich Nachbarrabatt.«

Es war mittlerweile nach drei am Nachmittag. Die Sonne gleißte wie eine extraterrestrische Glühbirne über der Dorstener Straße und über dem Asphalt flimmerte die Luft. Wegen Platzmangel musste Gregor in einer Seitenstraße parken und ich überlegte während des Fußmarsches, ob ich einen Blick auf mein Handy in der Wohnung werfen sollte.

Das Adolfo's war für einen Dienstagnachmittag relativ gut besucht. Das Geplärr der Gäste übertönte die italienische Folkloremusik. Nussbaumfarbene Tische waren mit rot-weiß karierten Tischdecken angezogen, die Stühle mit roten Sitzkissen geschmückt. Dicke blutrote Leinenvorhänge dunkelten das Restaurant ab und simulierten die Atmosphäre einer fensterlosen Pinte. Stielkerzen wachsten über ihre Kerzenständer und drei schwach ausgeleuchtete Kronleuchter flimmerten zusätzlich in romantisch-tragischer Manier. Als wir eintraten, jonglierte Anastasios gerade ein paar Tomatensalate zwischen den Tischen vorbei und begrüßte uns mit einem herzhaften: »Ciao, Ragazzi!« Ich winkte ihm zu und machte eine kurze Handbewegung, das Zeichen für Lasagne. Anastasios nickte und sein Pferdeschwanz wackelte eifrig zwischen seinen Schulterblättern. Dann verschwand er in der Küche.

Wir nahmen in einer rückengeschützten Nische Platz. Ein Gemisch aus Whiskey und Schweiß dünstete aus Gregors Haut. Trotzdem verhielt er sich überaus klar, taxierte die Kundschaft und machte sämtliche Not- und Hinterausgänge aus.

»Ich glaube, Sie sind mehr, als Sie vorgeben«, wagte ich mich nach vorn.

Er reagierte mit einer unverhohlenen Empörung. »Ich habe niemals vorgegeben, irgendjemand zu sein.«

»Was sind das für andere Jobs, die Sie machen?«, schnüffelte ich und sammelte das weiche Wachs am Fuße des Kerzenhalters auf.

»Hin und wieder bin ich im Vermittlungsgeschäft aktiv oder betreibe Warenverkehr für antiquarische oder schwer beschaffbare Waren.«

Ich zerdrückte das Wachs zwischen Daumen und Zeigefinger. Schwer beschaffbare Waren. Das konnte alles

Mögliche bedeuten. Uran im Schlüsselanhängerformat zum Beispiel.

»Und Sie sind Taxifahrer. Und Schrotthändler.«

Sein Kinn zuckte und ich mutmaßte, dass dies wohl ein Nicken war.

Ich hob argwöhnisch eine Augenbraue, aber er blieb ernst. Ich riskierte einen Schritt nach vorn. »Woher kennen Sie Ansmann?«, fragte ich.

»Wie gesagt, wir hatten miteinander zu tun«, sagte er sichtlich genervt und starrte mich an.

»Was kann man mit jemandem von der Kripo zu tun haben, dass er Sie durch einen Tatort marschieren lässt?«

Als hätte Gregor mich nicht gehört, stand er plötzlich auf und ging zum Tresen, hockte sich auf einen Barhocker und ließ sich von dem Inder eine Vase Bier zapfen. Ich folgte ihm an die Bar, aber er ignorierte mich mit derart abweisender Körperhaltung, dass mir die nächste Frage nach Ansmann im Halse stecken blieb. Offenbar war er dieser Art von Fragerei wieder einmal überdrüssig geworden und ich dachte an seine Bemerkung, dass ich es besser nicht vermasseln sollte. Ich wollte es nicht vermasseln. Deswegen stichelte ich in eine andere Richtung. »Was glauben Sie, warum hat Sachs ihn umgebracht?«

»Gier, Neid oder Eifersucht« Er kippte sich einen ausgewachsenen Schluck den Hals hinunter.

»Ansmann sagt, er hat bisher nicht ausgesagt.«

»Das gibt sich schon noch, wenn die Beweise kommen.« Er sah mir auf die Füße. »Aber eine Leiche im Kofferraum macht ihn nicht gleich zum Mörder.«

Ich runzelte die Stirn. »Welche Beweise denn?«

Er begoss noch einmal seine Kehle. »Lassen Sie das mal

Sorge der Bullen sein und hören Sie auf, Ansmann ans Bein zu pissen.« Er pustete mir seine Bierfahne entgegen, die den Whiskey ansatzweise übertünchte. Zwischen seiner feuchten Oberlippe und seiner gekräuselten, dunkelhaarigen Schnodderbremse triefte ein dünner weißer Schaumbart. »Ansmann versteht keinen Spaß und kann es nicht leiden, wenn so eine blonde, blauäugige Amateurin wie Sie in seiner Suppe rührt.« Mit halb geöffneten Augen sah er an mir herunter und blieb an meinem Gipsbein hängen. »Wir möchten doch nicht, dass Sie sich noch mehr wehtun.«

Ich war so überrumpelt, dass ich einige Sekunden lang überhaupt nichts sagte. Gregor erhob sein Bierglas und nahm einen letzten Zug.

»Dieser Typ, der seinen Audi mitsamt der Leiche in der Ruhr versenken wollte, hat versucht, mich umzubringen!«

Der Inder am Zapfhahn bekam große Ohren, verschwand aber, als Gregor ihn mit einem drohenden Ausdruck abstrafte.

»Da hatten Sie wohl den Papst in der Tasche und nur eine Schramme abbekommen. Welch eine Freude.« Er wandte sich von mir ab, erhob die Hand und bestellte drei Pinchen Jägermeister.

»Ich habe noch ganz andere Sachen in der Tasche«, entfuhr es mir und ich biss unweigerlich die Zähne zusammen.

»An Ihrer Stelle würde ich den Mund nicht zu voll nehmen. Beim letzten Mal hätten Sie sich damit beinahe die Birne weggeschossen.«

Bei dem Wort ›weggeschossen‹ verschüttete der Inder versehentlich das dritte Pinchen Hörner-Whiskey, entschuldigte sich maßlos und schenkte Gregor zur

Beschwichtigung ein drittes und viertes Schnäpschen ein. Feixend prostete Gregor ihm zu.

»Stellt sich nur die Frage, wer von uns hier im Moment den Mund zu voll nimmt«, sagte ich, starrte auf den Jägermeister und applaudierte mir in Gedanken für das gelungene Wortspiel. Dann kippte Gregor das zweite und dritte Pinchen nacheinander hinunter und seine Augen wurden glasig.

Zeit abzuhauen, dachte ich.

Ich humpelte zum Tisch zurück und nahm sofort die Lasagne in Empfang. Sollte er doch sitzen bleiben und sich abfüllen. Ich war fertig mit ihm. Und ich war fertig mit Spartakus. Ob die Nowak nun Geld gesehen hat oder nicht, spätestens morgen würde sich ihr Ex bei Metin ausheulen und sie anschwärzen, damit er seine eigene Haut retten konnte. Dann könnte ich den Haftpflichtschaden endlich ad acta legen und Gregor könnte sich in seinen Pappkarton verziehen und seine Beziehungen für jemand anderen spielen lassen. Ich brauchte seine Connections nicht. Ich würde auch so erfahren, was aus Hugo Sachs werden würde. Auch ich hatte Quellen. Und ich war vom Fach.

Der Duft von in Soße geschmolzenem Käse trieb mir in die Nase. Ich sah Gregor, wie er geruhsam auf dem Hocker saß und leer getrunkene Gläser stapelte. Drahtige blaue Adern traten unter der Haut seiner Unterarme hervor. Die Masche des stereotypen Versagers, der seine Emotionen in Alkohol ertränkt, hatte er echt drauf. Aber ich war nicht so blind wie die anderen. Ich wusste, dass er Einfluss hatte. Und ich wusste, dass man ihn weder unterschätzen noch reizen sollte.

Nach dem Essen taperte ich langsam das Treppenhaus hinauf. Gregor war mit seinem Taxi bereits abgezogen. Er war bezecht wie eine Edelkirschpraline, aber ich war nicht für ihn verantwortlich. Ich schloss die Wohnung auf und humpelte zuerst zu meinem Nachttisch, um mein Handy aufzulesen. Im Laufe des Tages hatte Metin 15 Mal versucht, mich anzurufen. Meine Güte.

Ein Anruf von Olaf war auch dabei. Mit einer quer liegenden Lasagne im Bauch ließ ich mich ins Bett fallen und rief zuerst Metin an.

»Scheiße, Äther, wo warst du?«, keifte er sofort.

»Ich habe mein Handy liegen lassen«, klärte ich ihn auf. »Warum hast du nicht Gregor angerufen? Der war doch die ganze Zeit bei mir.«

»Ach, der geht nie ran. Kommst du heute noch mal rein?«

Auf gar keinen Fall. »Hatte ich nicht vor.«

»Dann komme ich vorbei.« Er legte auf. Wundervoll.

Als Nächstes wollte ich meine Beziehungen spielen lassen und rief Sascha an.

»Guck mal auf den Zeiger«, murrte er. »Ich war schon auf dem Sprung nach Hause.«

»Hast du irgendetwas über Hugo Sachs mitbekommen?«, fragte ich.

»Über wen?«

»Den Typ mit der Leiche im Kofferraum.«

»Ach so, *der*. Nö.«

So viel zu meinen Beziehungen. »Kannst du mich bitte auf dem Laufenden halten, wenn bei dir irgendetwas über ihn aufschlägt?«

»Bei mir schlägt gar nichts auf«, sagte er. »Ich bin im

33 und das Einzige, was bei mir aufschlägt, sind Annegrets abgemurkste Datensätze.«

»Und wenn du dich mal ein bisschen umhörst?«

»Du hast vielleicht Nerven. Ansmann ist der Einsatzleiter und gar nicht gut auf dich zu sprechen. Wenn der was mitkriegt, reißt er mir den Kopf ab.«

Ich hörte, wie er mit der Zunge schnalzte. »Das wird dich also einiges kosten.«

Ich pustete die Luft in das Mikrofon. »Meinetwegen.« Hoffentlich würde ich es nicht irgendwann bereuen.

Mit einem leicht überhöhten Puls legte ich auf und wählte direkt Olafs Nummer.

»Schön, dass du anrufst«, ließ er seine Stimme vernehmen. »Ich habe ein Foto auf den Tisch bekommen. Ein freier Fotograf war letzte Nacht am Campingplatz Ruhrbrücke. Sagt dir das etwas?«

Mein Herz machte heute eine echte Berg- und Talfahrt mit. »Sprich es nicht aus.«

»Du warst ein reizendes Motiv. Eine heulende Frau zwischen all den Polenten. Was hast du da gesucht? Und wer ist dieser bärtige Kerl neben dir?«

»Das ist eine verdammt lange Geschichte«, sagte ich.

Er seufzte. »Ich wollte dich nur vorwarnen, falls unsere Eltern das sehen.«

»Wirst du den Report schreiben?«

»Habe ich schon. Aber vielleicht hast du noch ein paar Insiderinformationen für mich?«

Ich hörte durch den Hörer, dass er grinste. Ich ließ die Frage unbeantwortet und legte nach einer kurzen Abschiedsfloskel auf.

Zehn Minuten später schellte Metin an meiner Haustür.

»Was soll das mit dem Toten? Warst du das?« Er rief es mir aus dem Treppenhaus entgegen und ich wurde verlegenheitsrot. Dass kein Nachbar davon etwas mitbekommen hatte, war so wahrscheinlich wie die Entdeckung von außerirdischen Überresten auf Muttis Komposthaufen. Metin keuchte jämmerlich, als er seinen gedrungenen Körper durch meine Wohnungstür schleppte.

»Warum kommst du nicht ins Büro?«, hechelte er. »Glaubst du etwa, ich würde das mit dem Toten nicht rauskriegen? Ich kriege alles raus, Perle.«

Ich runzelte die Stirn. »Ich bin invalide. Schon vergessen?« Ich zeigte zur Erinnerung auf meinen Gipsfuß.

»Dönekes. Wo ist Panko?«

Panko?, fragte ich mich im Stillen.

»›Panko‹ ist dem Sonnenuntergang entgegengeritten. Er hat seine Mission erfüllt.«

Und ich war froh drum. Zwei weitere Tage mit ihm und er hätte vermutlich meinen Schädel gespalten. Metin zückte sein Handy.

»Ruf ihn besser nicht an«, lenkte ich ein.

»Warum? Hat er wieder einen im Kahn?«

Ich nickte und er schüttelte seufzend den Kopf.

»Gestern ist ein Arbeitsverweigerer reingekommen und Sven ist wieder bis oben hin voll. Corinna setzt sich morgen zu dir in die Karre. Die tut eh nichts Gescheites für ihr Geld und kann sich mal nützlich machen. Wo ist die Eierkitsche?«

»Bei meinen Eltern«, sagte ich. »Aber Corinna hat doch gar keinen Führerschein.«

»Aber einen Popelschein.«

»Popelschein?«

»Darf beim Fahren popeln, während du aufpasst.«

»Du meinst begleitetes Fahren.«

Er drückte seine Nasenflügel zusammen. »Mein Kollege klemmt sich morgen die Karre unter den Arm. Mann, du machst einen ganz schönen Haufen Arbeit.« Er schob seine Tränensäcke nach oben. »Was ist mit der Teppichratte?«

»Beschiss hoch drei«, flunkerte ich. »Der Exmann wollte seine Verflossene morgen bei dir anschwärzen.«

»So ist es richtig. Immer schön der Alten ans Bein pinkeln.« Er grinste.

Ich verschränkte die Arme vor der Brust. »Sag mal, was ist dieser Panko eigentlich für ein Typ?«

Metin inspizierte seine Schuhe. »Ein Söldner. Nichts weiter.«

»Woher kennst du ihn?«

Er winkte ab. »Von den Bullen. Ist schon eine Weile her.«

Plötzlich hatte Metin es äußerst eilig, aus meiner Wohnung zu kommen. »Kümmere dich morgen früh um den Blaumacher. Corinna bringt die Akte mit.« Damit drehte er sich einfach um und watschelte durch die Tür. »Und lass den Pfeiffer unter der Erde, klar? Ich will die Polypen nicht wegen Leichenfledderei im Haus haben.«

Wieder hallte seine Stimme für alle hörbar durch den Flur und ich schlug die Wohnungstür zu.

Der hatte vielleicht Nerven.

Der nächste Morgen war ein Mittwoch. Ich stand um neun auf und kroch mit halb offenen Augen ins Bad. Vor dem Spiegel legte ich den Scheitel von der einen Seite zur anderen, um das Volumen frisch gewaschener Haare zu simulieren. Anschließend hielt ich meinen Kopf aus dem Fenster, um mich zu vergewissern, dass mein Twingo wieder sicher im Hafen eingelaufen war. Und tatsächlich fand ich ihn gut verwahrt vor der Haustür. Es hatte etwas Bequemes, Kleinkriminelle um sich zu haben.

Ich lümmelte vor dem Wandschrank und zog eine Cargohose und ein T-Shirt an, ging in die Küche und frühstückte direkt vor dem Kühlschrank. Etwa eine Stunde später klingelte Corinna. Sie blieb unten vor der Haustür stehen und plapperte in die Gegensprechanlage. »Können wir gleich losfahren? Dann komm runter. Ich hab keinen Bock, die ganzen Treppen hochzulaufen.«

Das war doch mal ein Wort.

Ich öffnete die Wohnungstür und fand als Erstes eine Ausgabe der WAZ auf meiner Fußmatte. Ich war einigermaßen erstaunt, denn ich hatte die Zeitung nie abonniert. Als ich allerdings einen schärferen Blick auf die Titelseite warf, wusste ich genau, warum sie zu dieser Zeit an diesem Ort herumlag.

Ich war auf dem Titelblatt.

Ich schlug die Zeitung auf und überflog den Artikel, der den Mord an einem Manager einer weltweit agierenden Unternehmensberatung behandelte. Der Text streute Hinweise auf einen festgenommenen Verdächtigen, einen weiteren Manager des Unternehmens. Ruud van Houten stand für eine Stellungnahme nicht zur Verfügung, doch er ließ ausrichten, dass er erschüttert und aufgebracht sei. Und mittendrin prangte eine Schwarz-Weiß-Aufnahme von Gregor und mir. Der Wagen war lediglich in Ansätzen zu sehen und auch die Leute der Spurensicherung waren nur in Bewegungsunschärfe abgebildet. Uns sah man umso mehr im Detail. Meine rechte Hand krallte sich in sein T-Shirt, die linke hatte ich vor den Mund geschlagen. Meine Augen waren vom Heulen aufgequollen, mein Wangen aufgedunsen. Gregor gab den klassischen Penner, kratzte sich am Bart und ließ die andere Hand genügsam in der Hosentasche stecken. Sein Bart und seine Kopfbehaarung waren schwärzer und dichter als in natura und die körnige Fotoaufnahme ließ jede Pore meines Gesichtes größer erscheinen. Und Olaf sei Dank konnte die Redaktion sämtliche interessierte Leser darüber aufklären, dass es sich bei der aufgedunsenen, verheulten und großporigen Frau um niemand anderen handelte als um Esther Roloff, jene populäre Privatermittlerin von Tozduman Securities.

Danke, Olaf.

Ich warf die Zeitung in meinen Korbsessel und ließ die Tür hinter mir krachend ins Schloss fallen. Vor dem Haus fand ich Corinna gegen die Wand gelehnt. Eine monströse Sonnenbrille verlieh ihr das Aussehen einer Stubenfliege. Sie stand im handtuchgroßen Schatten der klappbaren Menütafel des Adolfo's und ich bezweifelte, dass sie dort Kühle und Schutz erfuhr.

Wir begrüßten uns mit einem Nicken und mich überkam ein mulmiges Gefühl, als ich ihr meinen Schlüsselbund übergab.

»Wie oft bist du schon gefahren?«, fragte ich.

»Weiß nicht. Ich fahr meinen Alten immer zur Kneipe«, antwortete sie.

Na super.

Corinna öffnete die Fahrertür und fächerte die stehende Luft aus dem Auto. Eine ähnliche Prozedur wiederholte sie, als sie die Kofferraumklappe hob. Vielleicht eine Voodoo-Beschwörung. Sie guckte in den Kofferraum.

»Seit wann ist der Killer wieder frei?«, fragte sie mich.

»Warum sollte der Killer frei sein?«

»Weil er tot in deinem Kofferraum liegt.«

Scheiße. Scheiße. Scheiße. Ich fluchte innerlich.

Ich humpelte zu ihr an den Kofferraum. Das Blut schäumte in meinen Adern und ich bekam einen Schwindelanfall. Eigentlich wollte ich es nicht sehen. Ich wollte nicht wissen, ob er stinkt oder Einschusslöcher hatte.

Er ist noch nicht lange tot, beruhigte ich mich. Solange sein Globus nach wie vor auf den Schultern war, dürfte es nicht so schlimm sein. Ich zögerte ein wenig, doch meine Füße hatten mich schon bis ans Ziel gebracht. Und noch ehe mein Hirn ein Signal an die Augen schicken konnte, sie sollen gefälligst alle Schotten dicht machen, schaute ich hinein.

Der Kofferraum war leer.

Corinna lachte. Ihr Lachen war blechern und schepperte wie leere Konserven, die man an die Stoßstange eines Hochzeitsautos gebunden hatte. Es war das unterirdischste Lachen, das ich jemals gehört hatte. Ihre Haare schlugen Wellen über ihren Rücken, der unter dem Lachen zuckte und zitterte.

Corinna hatte also Humor.

»Du hast also auch schon davon gehört«, sagte ich.

»Klaro.«

Gackernd ging sie nach vorn und setzte sich ins Auto. Ich knallte die Kofferraumklappe zu, nahm neben ihr Platz und beobachtete sie, wie sie sich langsam auf dem Fahrersitz entfaltete und an den Sitz- und Spiegeleinstellungen herumklamüserte. Dann warf sie ihr Haar nach hinten und ihre Nackenwirbel knackten wie platt getretene Chitinpanzer.

»Wohin fahren wir? Zur Witwe oder zur Killergattin?«, wollte sie wissen, nachdem sie ihre Wirbel mit kreisenden Bewegungen wieder eingerenkt hatte. Sie grinste immer noch.

»Wie bitte?«

»Da kommt endlich mal Action in die Bude und du willst mich raushalten? Kommt mir nicht in die Tüte. Für schnöde Nasenplattdrückerei bin ich nämlich nicht im rappelvollen Bus durch die Botanik gegondelt. Meine ganze Klasse weiß von dem Kill und ich will was zu erzählen haben.«

»Chef sähe das aber überhaupt nicht gern«, merkte ich an. Ihr Blick verfinsterte sich und sie fixierte eine Stelle zwischen meinen Augenbrauen. Unweigerlich begann meine Stirn zu kribbeln.

»Beim Chef ist schon lange der Bart ab. Als er heute Morgen die Zeitung las, ist er komplett im Dreieck gesprungen. Fragst du dich nicht, warum er bei dir noch nicht Sturm geklingelt hat?«

Ich schüttelte den Kopf.

»Hat sein Handy kaputt gekloppt. Nicht aus Absicht. Ist ihm auf dem Weg ins Büro aus dem Auto geflogen.« Sie fing wieder an zu gibbeln. »Geil, oder? Das kommt davon, wenn man so viel Schiss hat.«

»Schiss wovor?«

»Vor den Bullen.«

»Ja, das höre ich auch öfter. Keine Ahnung, warum er so einen Bammel hat.«

»Weil sein Laden der reinste Beschiss ist. Der leuchtet so illegal wie eine nuklear verseuchte Dönerbude. Sieht doch jeder.«

Ich hatte das nicht so gesehen.

»Metin hat einen Kellerraum angemietet«, erzählte sie weiter. »Den Schlüssel dafür hat nur er.«

Ich zuckte mit den Schultern. »Vielleicht hält er sich eine Panzerfaust.«

Ich hatte einen Witz machen wollen, aber Corinna schien ernsthaft darüber nachzudenken.

»Komm. Lass uns Metin beschatten.« Ihre Pupillen weiteten sich; sie war bereit, ihrer Beute ins Genick zu springen.

»Das nächste Mal vielleicht«, wehrte ich mich und blätterte die Akte des potenziellen Arbeitsverweigerers durch. Roland Hegel war 45 Jahre alt und von Beruf Schlosser. Er war wegen Rückenbeschwerden bereits öfter krank geschrieben gewesen. Eigentlich hatte ich keinen Bock darauf, mich einem weiteren Blaumacher an die Fersen zu heften. Ich sah auf die Uhr. Es war fast halb elf.

»Bestimmt arbeitet Hegel irgendwo schwarz. Dann ist er um diese Uhrzeit schon aus dem Haus. Ich denke, wir haben Zeit, uns mit anderen Sachen auseinanderzusetzen, ehe der Typ nach Hause kommt.«

Corinna drückte langsam, aber kräftig den ersten Gang in die Führung und das Getriebe knatschte lang genug, damit sich in meinem Magen der Ansatz eines Geschwürs bilden konnte.

»Welche Richtung?«

»Geradeaus Richtung Eppendorf. Wir hätten noch genügend Zeit, der Witwe Pfeiffer zu kondolieren.«

Als wir vor Pfeiffers Haus standen, rumorte ein riesiger Klumpen in meiner Magengegend. Außerdem hing mir ein dicker Kloß im Hals und ich wusste nicht, ob ich in

Gegenwart von Frau Pfeiffer auch nur irgendein Wort von der Leine lassen konnte. Sie war eine Witwe. Ihr Mann war eines gewaltsamen Todes gestorben. Wie könnte ich ihr da kondolieren und sie anschließend verhören?

»Hast du Muffensausen?«, fragte Corinna und strafte mich mit schlitzigen Augen ab.

»Ich plane nur eine Strategie«, log ich.

In Wahrheit überlegte ich, wie ich schnellstmöglich wieder von hier verschwinden konnte, ohne den Eindruck zu erwecken, ich würde den Schwanz einziehen. Ich rutschte tiefer in den Beifahrersitz und beobachtete das Treiben vor dem Haus. Die Sanierungsarbeiten waren in vollem Gange. Ein kleiner Lieferwagen mit weißem Baustellenstaub auf den Planen parkte vor der Hausgarage und ein paar Handwerker schleppten säckeweise Baumaterial ins Haus. Ihre blauen Arbeiterhosen waren verblichen und in Schmutz paniert. Ich überlegte, ob es der richtige Zeitpunkt war, als ich plötzlich beobachtete, wie ein anderes Arbeitergeschwader die Parkettfliesen aus dem Haus schaffte. Wie von einer Ziege gebissen schnellte ich hoch.

»Scheiße! Die schaffen die Beweise weg!« Ich riss die Beifahrertür auf, hetzte humpelnd über den Rasen und blieb unmittelbar vor dem Schutthaufen stehen. Ich vergewisserte mich, dass die Pfeiffer außer Sichtweite war und begann, die Fliesen nacheinander auf ihre Beschaffenheit abzuklopfen.

»Die sind nicht mehr zu gebrauchen. Gehen Sie von der Baustelle weg«, pöbelte ein Handwerker.

Ich zeigte ihm meinen Ausweis und schickte ihn mit dem Hinweis, ich würde private Ermittlungen durchführen, zurück ins Haus. Als er mir den Rücken kehrte, wusste ich, dass er der Hausbesitzerin Bericht erstatten würde. Mir blieb also nicht viel Zeit. Ich wühlte wie eine Wahnsinnige und stieß dabei den halben Haufen um. Staub flog auf und ich fächerte mir Luft zu. Überall wirbelte weißer feiner Schutt herum und trieb mir in sämtliche Poren. Ich musste niesen. Im Hintergrund hörte ich die Handwerker reden und lachen, aber schließlich konnte ich eine verdächtige Fliese ausfindig machen. Ich sprang hoch und drückte sie Corinna, die mir bereits neugierig im Nacken saß, in die Hand.

»Zurück ins Auto damit. Und warte dort!«, flüsterte ich und humpelte hüstelnd der Eingangstür entgegen. Zwar hörte ich Corinna fluchen, sie wolle viel lieber die Pfeiffer wie eine Zitrone ausquetschen, aber ich schenkte dem keine Beachtung. Ein paar Sekunden später erschien Ulrike Pfeiffer im Türrahmen.

»Sie schon wieder«, gab sie sich entrüstet. »Wie sehen Sie denn aus?«

Ich sah an mir herab. Ich war über und über mit Baustaub bedeckt. Ich schüttelte meine Haare und der Staub rieselte wie Schnee an mir herunter.

»Guten Tag, Frau Pfeiffer. Zum Tode Ihres Mannes möchte ich Ihnen mein Beileid aussprechen.«

Ulrike Pfeiffer trug Sandaletten mit paillettenbesetzten Schmetterlingsmotiven. Ihre Bluse war sonnengelb und sie roch nach robustem Duftwasser. Unter ihrem Blusenkragen wölbte sich eine unförmige, in einen Büstenhalter gequetschte Masse und ich musste mich zwingen, nicht zu glotzen. Das hatte ich Sieke zu verdanken, dem debilen Gutachter mit der Drei-Titten-Theorie. Ich konzentrierte mich auf ihr Gesicht. Sie blinzelte müde und träge, ihre Haare waren in überdimensionierte Lockenwickler eingedreht. Ihr spitzes Kinn warf einen Schatten auf ihr Dekolleté.

»Dafür sind Sie hierher gekommen?«, fragte sie.

»Ich habe auch noch ein paar Fragen an Sie.«

»Hören Sie, Schätzchen. Das Schlafzimmer ist komplett abgeräumt. Hier gibt es nichts mehr zu sehen. Also stören Sie bitte nicht meine Handwerker. Jede zusätzliche Minute bedeutet nur mehr Stress für alle Beteiligten.« Sie wedelte wehleidig mit ihren Armen.

Ich mochte ihre Art nicht. Es soll Leute geben, die ihre Trauer durch Arbeit ersticken, aber ich hatte nicht das Gefühl, dass diese Frau ihren Mann vermisste.

»Eigentlich habe ich Fragen zum Tode von Richard Pfeiffer.«

Sie starrte mich ungläubig an. »Was hat die IHK mit meinem Mann zu schaffen?«

»Ich komme nicht von der IHK. Ich bin Privatermittlerin.«

Ihre Lider verschwanden in den Augenhöhlen und die Leuchtdioden hinter ihren Augäpfeln flackerten auf. »Sie sollten schleunigst verschwinden, bevor ich die Polizei rufe.«

»Denken Sie nicht, dass die Polizei nicht schon weiß, dass ich hier bin?«, warf ich ein. Ich fühlte, wie sich der Klumpen in meinem Magen langsam verflüssigte und mit einem Blubbern bemerkbar machte. Entweder hatte ich Hunger oder ich bekam gleich Durchfall. Ich tippte auf Letzteres. Ein typisches Symptom bei Lampenfieber.

»Ich bin nicht von gestern, Schätzchen. So eine Privatschnüfflerin wie Sie ist doch ein gefundenes Fressen für die Polizei.«

Ulrike Pfeiffer kehrte mir den Rücken und ich bekam

umgehend Kammerflimmern. Ich hatte die Wahl: Entweder zog ich die Reißleine und verdrückte mich oder ich blieb, um mich von Ansmann abführen zu lassen. Eine Alternative war, Druck auf sie auszuüben, um mir Gehör zu verschaffen. Zwischen meinen Ohren rumpelte es gewaltig.

Ich hielt sie am Arm fest. »Ich weiß, dass Ihr Mann in diesem Haus gestorben ist«, flüsterte ich ihr in den Nacken, um zu vermeiden, dass die Arbeiter etwas mitkriegten.

Sie stockte und blieb eine Ewigkeit stehen, ehe sie sich mir zuwandte. Sie glotzte mich an, als stünde der Papst persönlich vor ihr. Ich musste in der Zwischenzeit bereits puterrot angelaufen sein, denn mein Kopf fühlte sich wie eine glühende Eierkohle an.

»Wie können Sie es wagen!«

»Ich habe Beweise.« Ich starrte auf den Holzhaufen vor ihrem Haus.

Sie folgte meinem Blick. »Einen Dreck haben Sie. Sie haben ja keine Ahnung.« Ihre Stimme bebte.

»Ich schlage vor, wir gehen hinein und Sie erzählen mir, wovon ich keine Ahnung habe.«

Grobmotorisch ging sie durch den Flur und ich folgte ihr auf dem Fuße. Mein Herz wummerte und ich hatte das Gefühl, mir würde gleich die Halsschlagader platzen.

Gleich wird sie gestehen, dachte ich.

Sie würde sich ans Fenster stellen und mir vorheulen, wie leid ihr alles täte, aber ihr Richard liebte das elende Schlafzimmer und wollte ihr einfach kein neues kaufen. Ich versuchte, mich bereits auf das kommende Geheule und Gejammer vorzubereiten. Ich mag keine heulenden Leute. Sie machen mich matschig im Gehirn. Ein Staubsaugervertreter könnte mir eine ganze Generation von Vorwerk-Staubsaugern verkaufen, wenn er dabei nur rumheulen würde. Das war wohl eine Schwäche von mir, aber niemand ist perfekt.

Pfeiffer ging ins Wohnzimmer. Bodentiefe Fenster ließen die warmen Strahlen der Sonne in den Raum fallen. Sie reflektierten auf den weißen Fliesen und schlugen gegen die kükengelbe Wand, vor der eine rostbraune Ledercouch die Gäste begrüßte. Das Leder knarrte, als sie sich setzte.

Ich zog es vor, neben ihr stehen zu bleiben. Ich wollte über allem stehen, was sie mir erzählte.

»Am Montagabend war die Jubiläumsfeier von dem Ranghöchsten in Richards Firma, Maart van Houten. Eine richtige Party. Alle haben etwas getrunken, vor allem Richard. Und er neigte schon immer dazu, den Bogen zu überspannen, wenn er betrunken war. Ich habe ihn dabei erwischt, wie er Hugos Frau an die Brüste grapschte.« Sie rümpfte die Nase. »Erika hat ihm dafür ordentlich eine gepfeffert.«

Ich griff mir intuitiv an die Wange.

»Erika ging, aber ich habe mich mit Richard noch eine ganze Weile gestritten, bis er schließlich nach Hause fuhr. Ich hatte zwar keine Lust mehr auf die Feier, aber ihm hinterherfahren wollte ich auch nicht. Also bin ich geblieben.«

»Und was hat Hugo Sachs in dem Moment getan?«

»Das weiß ich nicht. Ich habe Erika gesucht, aber sie und Hugo waren nicht mehr aufzufinden. Ich denke, sie sind auch sofort gefahren.« Verspannt schlang sie ihre Finger ineinander.

»Sie haben sie danach nicht noch einmal angesprochen?«

Pfeiffer schüttelte den Kopf. »Ich fuhr gegen Mitternacht nach Hause und bereitete mich schon auf den nächsten Streit vor. Ich ging die Treppe hinauf und bemerkte plötzlich all dieses Wasser. Und im Schlafzimmer fand ich schließlich diesen schändlichen Blutfleck.« Sie zog eine angewiderte Grimasse.

»Keinen Richard?«, hakte ich nach.

»Nein.«

»Und was haben Sie daraufhin getan?«

Pfeiffer quetschte angespannt die Finger zusammen und ihre Fingerknöchel traten weiß hervor. »Ich habe es sauber gemacht. Das mit dem Wasserschaden war eine Mär.« Sie sah zu mir hoch. »Tut mir leid, dass ich Ihnen deswegen solche Umstände gemacht habe.«

Ich rollte mit den Augen wegen dieser Belanglosigkeit. Also war es doch Beschiss. »Warum sind Sie nicht zur Polizei gegangen?«

»Ich hatte Angst. Uns haben doch alle dabei beobachtet, wie wir gestritten haben. Und vielleicht wurde er in unserem Haus ermordet! Was soll die Polizei da schon denken?« Sie schniefte.

Ich tätschelte ihre Schulter und fühlte, dass ihr Körper bereits zitterte. Gleich wird sie es tun, dachte ich. Gleich wird sie losheulen.

»Erika Sachs hätte aussagen können«, sagte ich.

Pfeiffer lachte auf und ein paar Krokodilstränen fielen ihr in den Schoß. »Denken Sie, die Frau hätte mir den Rücken gestärkt, wenn ich ihren Mann des Mordes an Richard beschuldigt hätte?«

Da hatte sie wohl recht. Unter meiner Hand begann sie

zu schlottern und ich machte einen Schritt zurück. Ihre Geschichte erklärte das Blut auf dem Parkett. Es erklärte selbst den Wasserschaden, den sie offenbar nicht aufhalten *konnte*, weil sie nicht vor Ort gewesen war. Aber das war auch schon alles.

»Bei allem Respekt, Frau Pfeiffer. Aber ich glaube nicht, dass ein Mann wie Hugo Sachs wegen einer kleinen unsittlichen Annäherung zu einem Mörder wird.«

Ulrike Pfeiffer sah zu mir auf und ihre durchwässerten Augen blieben an meinem demolierten Nasenrücken hängen. Ihr spitzes Kinn ragte wie ein kleines Mahnmal hervor. Dann wanderte ihr Blick an meiner Schulter vorbei und tastete die Wände des Wohnzimmers ab. Die zappelnden Finger waren gegensätzlich zu ihrem stoischen Gesichtsausdruck. In ihrem Kopf gärte es.

»Sie haben recht«, presste sie schließlich hervor und stand auf. »Warten Sie hier.«

Eilig verschwand sie durch eine Seitentür und ich war mir unsicher, ob ich ihr wegen drohender Fluchtgefahr folgen müsste, entschied aber, zu bleiben. Papier raschelte. Sie wühlte in irgendwelchen Unterlagen. Als sie zurückkam, hatte sie bereits einen Besen verschluckt. Ihr Schulterkreuz war aufgerichtet, ihr Ausdruck beherrscht.

»Das hier habe ich vor ein paar Tagen in Richards Dokumentensafe gefunden.« Sie reichte mir eine sandfarbene Dokumentenmappe. In ihr stapelten sich diverse Protokolle, Notizen und Schwarz-Weiß-Kopien. Auf dem Aktendeckel prangte der Stempel einer Detektei aus dem Bochumer Norden.

»Was ist das?«, fragte ich.

»Ich weiß es nicht. Aber ich glaube, Richard hatte einen Detektiv engagiert, weil ihm Hugos Arbeitsweise nicht so koscher vorkam. Sehen Sie, Hugos Name taucht hier überall auf.«

»Und was haben die Detektive herausgefunden?«

»Ich habe keine Ahnung. Ich kenne mich in kaufmännischen Dingen nicht aus. Aber Richard verwahrte die Akte in seinem Safe. Die Informationen mussten ihm sehr wichtig gewesen sein.«

»Stellt sich nur die Frage, ob sie wichtig genug waren, um dafür zu töten.«

8.

Ulrike Pfeiffer verabschiedete sich von mir mit dem Versprechen, baldmöglichst zur Polizei zu gehen. Sie nahm es sich für das Wochenende nach der Beerdigung vor. Mein Instinkt verriet mir, dass sie es nicht tun würde. Nicht umsonst riss sie das halbe Haus ab. Sie wollte Beweise loswerden, und zwar im ganz großen Mafia-Stil.

Ich würde den Teufel tun und bei Ansmann anschellen. Genauso gut könnte ich ihm persönlich meine Gewerbeabmeldung in die Hand drücken. Von dem Blut hatte ich ihm bereits auf dem Verhörstuhl erzählt und wenn er meinte, er müsse mich nicht für voll nehmen, dann war das ganz allein seine Sache. Sollte er sich doch später dafür rechtfertigen müssen, dass er einem wichtigen Hinweis nicht nachgegangen war.

Außerdem war ich selbst auf dem besten Wege, die Sache allein hinzubiegen. Und wenn ich sie erst mal im Sack hatte, müssten Metin und Ansmann ihre Meinung über mich noch einmal gründlich überdenken. Ich musste nur Durchhaltevermögen zeigen. Kein Problem für eine Tochter, deren Mutter alle zwei Jahre einen Kohleherd in die Luft jagte und die der Meinung war, bei grünen Flammen würde Kesselwasser am besten kochen.

Stolz wie Oskar humpelte ich mit der Akte unter dem Arm die Wiese hinunter. Corinna saß im Auto, den Kopf in die Nackenstütze gedrückt, und schnarchte. Haarsträhnen klebten an ihren Lippen und flogen auf, wenn sie ausatmete. Ihr blasses Make-up glänzte wie Penatencreme.

Ich stand vor der Beifahrertür und wollte sie gerade öffnen, als mich eine Hand am Nacken packte und so kräftig zudrückte, dass ich gequält aufschrie. Corinna schreckte auf und schrie auch. Ich versuchte, einen Blick auf die Person hinter mir zu erhaschen, doch sie stand im toten Winkel und drückte meinen Kopf immer mehr nach vorn. Mein rechter Arm flatterte, die Akte war unter den linken geklemmt. Irgendwann ließ der Druck im Nacken etwas nach, aber mein Despot hielt mich immer noch fest im Schwitzkasten. Ich hechelte den Mief von Zigaretten ein.

»Was wollen Sie hier?«, quäkte ich.

Gregor ließ von mir ab. »Ich bin Ihnen gefolgt«, sagte er kurz.

Mein Herz klopfte. Unter Gregors Barthaaren nahm ich den Schatten von Grübchen wahr und die Krähenfüße amüsierter Augen machten ihn um fünf Jahre älter. Hohn bekam ihm nicht.

»Metin traute Ihnen nicht. Zu Recht, wie ich feststelle.« Er schien wieder einigermaßen nüchtern zu sein, auch wenn mir eine Fahne entgegenkam. Gregor sah auf die Dokumentenmappe und wollte sie mir aus der Hand nehmen, aber ich wich zurück. Dann sprang er hinter mir her und riss an der Pappe, sodass meine Haut durch den groben Kontakt quietschte. Als er darin herumblätterte, registrierte ich, wie die Grübchen und Krähenfüße langsam verschwanden.

»Wer hat Ihnen das gegeben?«, fragte er.

»Pfeiffers Witwe.«

»Hat *sie* es gesehen?« Seine Stirn zeigte auf Corinna

und ich schüttelte den Kopf. »Gut. Sie soll verschwinden. Sofort. Und Sie kommen mit mir.«

»Aber sie darf nicht allein fahren, sie hat einen Popelschein.«

»Einen was?«

»Begleitetes Fahren«, korrigierte ich mich.

Gregor starrte mich ungläubig an. Dann steckte er seinen Wuschelkopf durch das Seitenfenster. »Wo wohnen Sie?«, wandte er sich an Corinna.

»Höntrop.«

Er musterte mich. »Das ist um die Ecke. Das schafft sie allein. Los, fahren Sie«, befahl er Corinna.

»Nix da. Ich hau doch nicht ab, wenn es gerade spannend wird.« Sie machte Katzenaugen.

Gregor schien damit gerechnet zu haben. Geschmeidig griff er in seine Arschtasche und entnahm ihr eine Geldbörse aus büffelbraunem Leder, durchforstete sämtliche Fächer und angelte schließlich eine knitterige und ausgeblichene Visitenkarte heraus. Ohne ein weiteres Wort ließ er sie in Corinnas Schoß segeln. Ich konnte nicht erkennen, was auf der Karte stand, doch sie zeigte eine nicht zu übersehende Wirkung. Corinnas Katzenaugen wurden tellerrund. Flink zerquetschte sie die Karte in ihrer Faust, stopfte sie in ihre Hose und ließ den Motor an. Blitzschnell ruckelte sie an der Gangschaltung, trampelte auf der Kupplung und der Wagen flog mit einem Keuchen nach vorn. Abgesoffen. Nach dem zweiten Versuch zischte der Twingo wie eine Silvesterrakete über den Bürgersteig und haarscharf an einem BMW vorbei. Ich zuckte zusammen, stieß einen stummen Schrei aus und verkrampfte meine Finger irgendwann, als der Wagen außer Sichtweite war, in meinen Haaren.

Gregor war gegen jede Art von Widerstand gerüstet. Ich wollte mir gar nicht ausmalen, welche Drohmittel er für mich noch in petto hatte, denn tiefe Löcher auszugraben, gab es bei mir genügend.

»Sie haben eine Todessehnsüchtige mit meinem Auto wegfahren lassen«, blökte ich. »Haben Sie nicht ihren Aufzug gesehen, ihre Schminke, ihren irren Blick in den Augen?«

»Kommen Sie.« Seine Hand umfasste meinen Arm und er lotste mich in die Querstraße, wo sein Taxi parkte. Es stand da wie ein Fels in der Brandung. Wie eine Fähre inmitten von tuckernden Motorbooten. Als ich einstieg, kurbelte ich das Seitenfenster hinunter. Es wurde zu einer reinen Gewohnheit.

»Was ist los?«, wollte ich wissen.

»Das erzähle ich Ihnen später«, wimmelte er mich ab und nahm sein Handy aus der Tasche. Es dauerte nur ein paar Sekunden, ehe sich jemand auf der anderen Leitung meldete.

»Wo ist Ansmann?«, fragte er sofort durch den Hörer. Als ich das hörte, schwollen meine Lauscher an. Wollte er mich etwa verpfeifen? Gregor horchte in sein Telefon.

»Gut. Ruf mich an, wenn er aus dem Haus ist. Ich brauche einen Verhörsaal für Sachs.« Dann legte er auf.

»Was war das denn?«, erkundigte ich mich.

»Das hier ist ein Motiv.« Er wedelte mit der Mappe. »Hören wir uns an, was Sachs dazu zu sagen hat.«

»*Wir* wollen ihn verhören? Wir können doch nicht einfach so in die Wache platzen. Was sagt Ansmann dazu?«

»Ansmann wird nicht dabei sein.« Gregor steuerte den Wagen um eine Kurve und sah mich an. »Wir wollen doch nicht, dass er die Motten kriegt, wenn er Sie sieht.«

Nach einem kurzen Anruf von der Wache stellte Gregor das Taxi auf dem Besucherparkplatz ab. Mit breiten Schritten ging er über den Parkplatz und ich hatte Mühe, ihm mit meinem Gipsbein zu folgen. Abgeklärt musterte er das Foyer, während er mir die Tür aufhielt.

Ein Typ mit blondem Flaum auf dem Schädel fing uns vor der Empfangstheke ab. Sie nickten sich zur Begrüßung zu und schienen sich zu kennen.

»94«, sagte er und überreichte Gregor einen Schlüssel. Dann zog er wieder ab und wir gingen die Treppe hinunter. Hinter der Verbindungstür steuerte Gregor ein Kopiergerät an und legte die Akte auf das Glas. Warmes Papier kroch aus dem Auswurf. Er steckte sich das Original in den Hosenbund und stülpte das T-Shirt darüber. Die Kopie rollte er in seinen Händen ein. Gregor machte einen aufgeräumten Eindruck, während ich vor Aufregung langsam zerfledderte.

Ein paar Meter den Gang hinunter steckte er den Schlüssel in die Tür des Raumes Nummer 94.

Der Verhörsaal war kalt, vielleicht aus psychologischen Gründen. Ein paar Leuchtstoffröhren leuchteten den Raum aus. Es gab keine Fenster, sondern lediglich einen quadratischen Tisch sowie einen Haufen gestapelter Stühle im hinteren Bereich des Zimmers. Es war wie im Fernsehen.

Ein Mann mit graubraunen Pudellocken saß am Tisch. Er trug einen Einreiher mit weißem Hemd, dessen oberste drei Knöpfe offen standen. Ein paar Brusthärchen lugten hervor. Seine aufgeknotete Krawatte hing leblos von seinen Schultern herab. Die Augen waren müde, die Lider träge und gerötet. Er schien mich nicht wiederzuerkennen. Ich bekam dafür am ganzen Körper eine Gänsehaut. Immerhin stand ich einem Mörder gegenüber.

Gregor warf ihm wortlos die Kopien vor die Füße.

»Was ist das?«, fragte Sachs und schaute auf den Boden.

Gregor ließ keinen Ton hören.

Sachs hob die Unterlagen auf und blätterte sporadisch die Seiten durch. Zwischen seinen Augenbrauen begann sich die Haut zu wölben und der Kieferknochen trat hervor. Er blätterte langsamer. Ich meinte zu sehen, dass sein Teint eine Nuance röter wurde.

»Ich möchte mit meinem Anwalt sprechen«, sagte er, ohne aufzusehen.

Gregor nickte, drehte sich um und ging. Ich folgte ihm aus dem Raum und er schloss hinter mir die Tür wieder zu.

»Das war alles?« Ich war verdutzt.

»Ja.«

»Sie haben ja komische Verhörmethoden. Ich dachte, Sie würden ihn ordentlich ausquetschen.«

Er grinste.

»Und jetzt?«

»Jetzt warten wir.«

Ich folgte ihm aus dem Polizeigebäude zurück ins Taxi und war noch immer ein wenig aufgewühlt. Gregor hingegen blieb unverschämt gelassen.

»Warum tun Sie das?«, herrschte ich ihn entrüstet an.

»Gestern haben Sie mich noch darauf hingewiesen, ich soll Ansmann nicht ans Bein pinkeln. Und jetzt schaffen Sie mich her, um in seinem Revier zu wildern.«

»Ich wusste, dass Sie nicht aufhören würden«, rechtfertigte er sich. »Deswegen entschied ich mich, Ihnen ein wenig unter die Arme zu greifen.«

»Sie können nicht einfach so über meinen Kopf hinweg *entscheiden*«, meckerte ich und schnallte mich an.

Gregor legte den Gang ein und wandte sich mit seinem Oberkörper zu mir. »Wenn es um Ihre Sicherheit geht, dann schon. Alles andere wäre Unterlassene Hilfeleistung.«

»Unterlassene Hilfeleistung?«

Er reagierte nicht darauf. »Eigentlich hatte ich vor, Sie an den Türken auszuliefern. Dann habe ich diese Akte gesehen.« Er betrachtete den Sammelhefter. »Ich möchte diese Sache beenden, bevor jemand Weiteres verletzt wird.«

Ich glotzte ihn an. »Bevor jemand verletzt wird?« Ich kam mir vor wie ein Papagei.

»Sie haben keine Ahnung, was drinsteht, nicht wahr?«

»Wie denn auch? Sie haben mir die Akte aus der Hand gerissen, ehe ich einen Blick darauf werfen konnte!«

Gregor steuerte die Autobahn an. Er beschleunigte auf der A 40 und ich wurde tiefer in den Sessel gedrückt.

»Ich schlage vor, wir unterhalten uns«, sagte er schließlich. »Haben Sie vielleicht ein paar Bier zu Hause?«

Mit einem Fiege-Sixpack unter dem Arm folgte Gregor mir die Treppen hinauf. Wie immer hechelte ich mir die Seele aus dem Leib, doch für ihn war die Plackerei ein Spaziergang. Tief im Inneren hatte ich immer noch Skrupel, ihn in meine Wohnung zu lassen, doch die Neugier brannte mir unter den Fingernägeln und ich konnte es mir nicht leisten, irgendwelche Bedingungen zu stellen.

Ich öffnete die Wohnungstür. Sofort streunte Gregor durch den Flur und inspizierte sämtliche Zimmerdurchgänge. Seine Augen glitten über die wenigen Accessoires und blieben an den Familienfotos hängen, die ich im Flur aufgehängt hatte. Ich beobachtete ihn dabei, wie er die Bilder mit einem seichten Lächeln betrachtete.

Was für eine Schmach, dass er diesen fusseligen Zierrat im Gesicht trug.

Gregor pflanzte sich in meinen Zweisitzer und öffnete eine Bierflasche mit seinem Feuerzeug. Den Sammelhefter knallte er auf den Tisch.

»Also. Wo liegt das Problem?«, fragte er mich. Der Kronkorken zischte.

»Ich verstehe nicht.«

»Pfeiffer ist tot. Seine Leiche liegt in Sachs' Kofferraum. Sachs ist im Knast. Wo liegt das Problem?«

Ich stand mitten im Wohnzimmer. »Der Wasserschaden.«

Er hob eine Augenbraue und ich lieferte ihm einen kurzen Abriss über meine Unterhaltung mit der Witwe.

»Sie hat das Blut einfach aufgewischt und den Wasserschaden bei der Versicherung gemeldet.« Mich schauderte es. »Total abgeklärt, die Frau.«

Gregor rutschte mit seinem Hintern das Sofa hinunter und parkte seine Füße auf meinem Couchtisch. Ehe ich ihm die Leviten lesen konnte, setzte er mit seinem Aufsatz an.

Er zeigte auf den Hefter. »Das ist eine Handakte der Detektei Brülling & Rowohlt in Bochum-Gerthe. Wirtschaftsdetektive. Ich hatte mit den Typen bereits das Vergnügen. Keine netten Zeitgenossen, aber sehr professionell.« Er führte die Moritz-Flasche zum Mund und wischte sich anschließend die Suppe, die im Bart pappte, an der Schulter ab. »Die üblichen Gesprächsprotokolle und Beobachtungsnotizen.«

»Sonst noch was?«

Er prostete mir zu. »Allerdings. Kopien von Prüfberichten zahlreicher Konzerne aus dem westfälischen Raum.«

Ungläubig wackelte ich mit dem Kopf.

Gregor nahm einen weiteren Schluck und die Kehle schubste das Bier hinunter. Er stieß leise auf und in der Sonne blinzelten Bierreste auf den Barthaarspitzen wie Morgentau in einer Frühlingswiese. »Ich bin kein Experte in BWL, aber die Kopien dokumentieren relativ eindeutig, dass die Bilanzen einiger Großfirmen in den letzten Jahren durch die Unternehmensberatung geschönt wurden.«

Ich runzelte die Stirn. »Heißt das, dass die Firmen nach außen besser gestellt wurden, als es tatsächlich der Fall war?«

Ein Schwall Luft trieb aus Gregors Nase. »Ich habe noch nicht alles überblickt, aber auf der Lohnliste stehen einige Aktiengesellschaften mit Umsätzen in Millionenhöhe. Durch die fingierten Abschlüsse wurden die Aktien über Wert ausgegeben. Für diesen Service dürfte ordentliches Schmiergeld geflossen sein.«

Ich rollte die Lippen ein und Gregor gönnte sich noch einen Schluck. »Wenn das hier ans Licht kommt, können sich einige Manager den Strick nehmen«, sagte er. »Insbesondere die Kollegen aus der Unternehmensberatung.«

»Was ist mit Corinna? Warum musste sie weg?«

»Es bestand die Möglichkeit, dass der Wirtschaftsdetektiv vor Pfeiffers Haus campierte. Ich wollte vermeiden, dass sie etwas vom Inhalt mitbekommt und zum Mitwisser wird.«

»Mitwisser«, äffte ich ihn nach. In meinem Kopf drehte sich alles. »Das klingt wie eine Verschwörung.« Ich rieb mir die Stirn und atmete tief durch. »Warum sollte Pfeiffer solche Informationen sammeln und seine Firma belasten?« Ich setzte mich neben Gregor. Durch die unglaubliche Körperwärme, die er abstrahlte, schwitzte ich sofort.

»Pfeiffer schien an der ganzen Sache nicht beteiligt gewesen zu sein. Gut möglich, dass er Schweigegeld wollte, weil er von dem ganz großen Schmiergeldkuchen nichts abbekam.«

»Er hat also Sachs mit diesen Unterlagen erpresst«, schlussfolgerte ich.

Gregor verzog unentschlossen die Mundwinkel.

»Und Metin hatte recht«, fasste ich zusammen. »Leute wie Pfeiffer kriegen nie den Hals voll.«

Er schmunzelte.

»Ich habe übrigens mit seiner Assistentin gesprochen. Er und Sachs konnten sich nicht ausstehen.«

»Hätte er mich erpresst, hätte ich ihn auch nicht gemocht«, sagte Gregor.

»Pfeiffer hat vor seinem Abgang eine E-Mail an seine Leute in der Firma geschickt und sich verabschiedet. Ob sein Erpressungsversuch fehlgeschlagen ist und er abhauen wollte?«

Gregor griff sich die nächste Flasche und stieß mir den Ellenbogen in die Hüfte, als er das Feuerzeug unter den Kronkorken steckte. »Wenn er abhauen wollte, muss er ziemlich blöd gewesen sein, sich vorher per E-Mail von den Kollegen zu verabschieden.«

Ich nickte ihm ausgelassen zu, denn er hatte vollkommen recht. »Aber nehmen wir mal an, er war so blöd. Dann könnte Sachs ihm zu Hause aufgelauert haben, als er schon auf dem Sprung war.«

»Möglich ist alles«, konstatierte Gregor nur und warf das Feuerzeug auf den Tisch. »Die Mordkommission sollte das Pfeiffer'sche Schlafzimmer vielleicht mal unter die Lupe nehmen.«

»Ansmann weiß schon davon. Aber so oder so dürfte es dafür zu spät sein. Pfeiffer hat die obere Etage bereits abgeräumt. Und wenn Ansmann von ihr erfährt, dass ich dort rumgeschnüffelt habe, legt er mich in Ketten.«

Beinahe gleichzeitig zogen wir unsere Augenbrauen zusammen.

»Und das wollen wir doch nicht«, resümierte er und setzte wieder die Flasche an.

Plötzlich klingelte mein Handy. Es war Sascha. »Auf dem Server ist mir ein neuer Dateneintrag quasi in den Schoß gefallen, weil die dösige Annegret es mal wieder nicht geschnallt hat und ich die Datensätze komplett umkleistern musste. Also, der vorläufige Obduktionsbericht ist durch. Ich habe eine gute und eine schlechte Nachricht.«

»Zuerst die schlechte«, sagte ich und bereitete mich auf das Schlimmste vor.

»Pfeiffer ist definitiv tot.« Sascha kicherte spitzbübisch durch den Hörer.

»Und die gute?«

»Ich kann dir sagen, wie lange er schon tot ist und wie man ihn um die Ecke gebracht hat.«

»Einen Eintrag über das Warum hast du zufällig nicht in petto?«

»Ne, leider nicht.«

»Dann erzähl mir, was du hast.«

»Also, wir haben vier Treffer mit einem runden, bleistiftdünnen Gegenstand. Todeszeitpunkt zwischen Montagabend um neun und Dienstagmorgen um eins. Bauchlage nach Todeseintritt, Rückenlage im Audi.«

»Bauchlage nach Todeseintritt?«, fragte ich.

»So steht's drin«, antwortete Sascha. »Frag mich nicht. Ich hab von so etwas keine Ahnung.«

Ich puzzelte ein wenig mit meinen Gedanken, was nicht schwierig war. Denn im Gegensatz zu Sascha hatte ich tatsächlich sehr viel Ahnung von solchen Sachen: Mit 20 hatte ich die Biografien der wahnsinnigsten Serienmörder dieses Planeten gelesen. Mitte der 90er kam dann das Internet zu uns nach Hause und ich durchstöberte das Web nach Beiträgen zu forensischer Medizin und Spurensicherung. Mit 25 wusste ich um die Stadien der Verwesung, konnte Ein- von Austrittswunde unterscheiden und verstand, wie man am besten den Todeszeitpunkt feststellte. »Totenflecken«, brach es schließlich aus mir heraus und ich hörte ein Räuspern durch den Hörer.

Gregor sah auf.

»Totenflecken?«, wiederholte Sascha.

»Eine logische Rechnung. Zwischen sechs und zwölf Stunden ab Exitus drückt die Schwerkraft das nicht weiter zirkulierende Blut nach unten. Liegt der Tote auf dem Rücken, lagert auch das Blut im Rücken, beim Erhängen an den Füßen und so weiter. Dann, nach allerspätestens zwölf Stunden, wird das Blut so zähflüssig, dass es beim

Umlagern nicht mehr so einfach durch den Körper fließen kann. Wie hart gekochtes Eidotter sozusagen. Ergo können wir davon ausgehen, dass unser Herr Pfeiffer bereits zwölf Stunden auf dem Bauch gelegen hat, ehe er letztendlich im Kofferraum geparkt wurde. Und zwar in Rückenlage.«

»Klingt sehr dünn«, sagte Sascha.

»Klingt nach einer chemischen Reaktion«, erwiderte ich. »Danke, Sascha.« Ich legte auf und bemerkte eine Kurznachricht von einer mir unbekannten Handynummer. Ich las eine hauptsächlich in Fäkalsprache abgehaltene Mitteilung von Metin, dass er ab sofort unter dieser Nummer erreichbar wäre und dass er den Schlüssel für seine Munitionskiste griffbereit in die Schreibtischschublade gelegt hatte. Nur für den Fall, ich würde in nächster Zeit wieder ins Büro hereinschneien.

Heiliger Strohsack.

Ich unterrichtete Gregor kurz von Saschas Neuigkeiten.

Er grinste verschmitzt. »Ein Informant auf der Wache. Sehr pikant. Schlafen Sie mit ihm?«

Entrüstet stierte ich ihn an. »Natürlich nicht! Ich kenne ihn über meinen Vater.«

Gregor lachte und bleckte dabei seine weißen Zähne. »Das hätte ich an Ihrer Stelle auch gesagt. Woher wissen Sie so gut über Forensik Bescheid?«

»Fernsehen. Internet. Bücher.«

Er musterte mich lange. »Das ist Ihr Ding, oder?«

»Was meinen Sie?«

»Tötungsdelikte.«

Ich zuckte mit den Schultern. »Seit ich ein Kind war, wollte ich zur Polizei.«

»Aber Sie sind es nicht«, stellte er fest. »Was war los? Haben Sie die sportlichen Prüfungen nicht gepackt? Oder hat Ihr Allgemeinwissen schlapp gemacht?«

»Ich habe ein gutes Allgemeinwissen!«, entrüstete ich mich.

»Machen Sie sich nichts draus. An der physischen Prüfung scheitern die meisten.«

Ich kniff die Augen zusammen. »Woher wissen Sie das so genau?«

Er sah mich an, als hätte ich ihn eines Verbrechens beschuldigt. »Das ist Statistik. Sie können es googeln.«

Fünf Bierflaschen später brach der späte Nachmittag an. Gregor fläzte mit ein paar Promille immer noch auf meinem Sofa herum, die Akte lag sperrangelweit offen auf seinen Schenkeln. Eine unsichtbare Dunstwolke aus Schweiß und Alkohol trieb über ihm ihr Unwesen und es dürfte Stunden dauern, um diesen Mief wegzubekommen. Ich stand gegen die Wand gelehnt am Fenster und sinnierte vor mich hin. Fragen prallten gegen meine Schädeldecke, sodass ich Kopfschmerzen davon bekam. Eine von ihnen war, wie es meinem Twingo bei Corinna wohl gerade erging.

»Warum hat die Pfeiffer den Wasserschaden überhaupt gemeldet?«, fragte ich ihn.

Gregor klappte die Akte zu. »Sie zahlt jedes Jahr in die Hausratversicherung ein. Warum sollte sie ihn nicht melden?«

Ich stemmte meine Hände in die Hüfte. »Weil sie vielleicht erwischt werden könnte?«

»Überschätzen Sie sie nicht. Sie ist es pragmatisch angegangen. Und den Schaden trotz Versicherung nicht zu melden wäre wahrscheinlich noch auffälliger gewesen.«

Ich klopfte mit dem Hinterkopf gegen die Hauswand. »Wahrscheinlich haben Sie recht.«

»Es macht Sinn.«

»Zumindest ist dadurch der hohe Wasseraustritt geklärt. Pfeiffer konnte den Schaden nicht eingrenzen, weil sie schlichtweg nicht dort war.« Ich sah ihn an. »Jetzt muss ich das nur irgendwie Metin beibringen.«

Gregor köpfte die letzte Flasche. Er nahm ein paar Schlucke und stieß gegen seinen Handrücken auf. Ich setzte mich ihm gegenüber auf den Boden, rieb meinen nackten Fußballen an meiner eingegipsten Ferse und beobachtete ihn dabei, wie er die Bierreste aus seinem Schnauzbart wischte.

»Sind Sie ein Bulle?«, forschte ich ihn aus.

In seinen Zügen regte sich nichts. »Sie sind zu neugierig«, stellte er fest. »Irgendwann wird es Sie noch den Kopf kosten.«

»Ist das eine Drohung?«

Er grinste kaum merklich.

»Also, was ist? Sind Sie Polizist?«

»Nein.«

»Aber Sie waren es mal.«

Er stand auf und streckte sich. Muskeln traten an seinen drahtigen Unterarmen hervor und das T-Shirt spannte wie eine zweite Haut über seinen Oberkörper. Es war kaum zu übersehen, dass Gregor auf sich achtete, indem er Sport trieb oder irgendwelche Steroide schluckte, um sich in Form zu halten. Ich gab mir Mühe, nicht länger zu starren als nötig, aber ich fühlte mich ertappt, als er sich vorbeugte, um meinen Blick zu suchen. Kindischerweise sah ich zu Boden. Daraufhin klemmte Gregor sich ein paar leere Flaschen unter die Achsel und hob das geöffnete Bier mit zwei Fingern hoch.

»Wollen Sie jetzt gehen? Habe ich Sie verschreckt?«

»Ich habe noch andere Dinge zu erledigen«, informierte er mich und schlich langsam aus dem Wohnzimmer. Ich krabbelte auf meine Füße und folgte ihm. Mein Gips kloppte wie ein Holzhammer auf dem Parkett.

»Bis morgen«, sagte er und drehte sich nicht um, als er durch die Tür ging.

»Bis morgen, Panko«, gab ich zurück.

Gregor blieb kurz stehen und trabte dann mit einem Kopfschütteln die Treppe hinunter. Ich hörte, wie die untere Haustür mit einem Krachen ins Schloss fiel. Missmutig stolperte ich durch meine Wohnung und sah mein Handy auf der Fensterbank liegen. Ich schaute eine ganze Weile auf das graue Display und überlegte, wie ich Metin die Sache mit dem Haftpflichtschaden erklären konnte. Ganz zu schweigen von dem Zeitungsartikel. Ich hatte keine Ahnung, aber ich rief ihn trotzdem an.

»Es gibt Leute, die sind schon für viel weniger umgenietet worden«, begrüßte er mich. Seine Stimme war eine Nuance tiefer als sonst.

»Tut mir leid«, flüsterte ich mit schwacher Kehle.

»Die Scheißpresseleute klingeln Sturm und labern mir eine Klinke am Arsch, weil du deine Fott in Großaufnahme zur Verfügung gestellt hast.«

»Ist doch klasse. Dann bekommst du mal richtig Publicity.«

»Ich will keine Scheißpublicity! Meine Geschäftspartner kriegen Fracksausen bei Publicity. Und Fracksausen ist schlecht für den Laden, Mann.« Er grämte sich und knurrte wie ein alter Köter durch den Hörer.

»Geschäftspartner?«

»Dafür bist du noch zu klein. Das erzähl ich dir mal, wenn du groß bist.«

Ich messe 1,84 Meter. Wie viel größer sollte ich denn noch werden?

»Mach, dass das weggeht, Esther.«

»Wie denn?« Verständlicherweise klang ich ein wenig gereizt. Nichts konnte ich bei Metin richtig machen. Alles, was ich in Angriff nahm, war schlecht fürs Geschäft. Nichtstun war schlecht, Publicity bringen war schlecht, mein Auto war scheiße und meine Frisur sowieso. Langsam glaubte ich wirklich, die ganze Detektei war nur ein einziges Scheingeschäft. Dem musste ich dringend auf den Grund gehen. Irgendwann.

»Mir egal. Ich will, dass die Scheißpublicity aufhört. Sonst kannst du von Glück reden, wenn ich dich *nur* rausschmeiße.«

»In Ordnung«, sagte ich dann. »Ich werde meinen Bruder anhauen, dass er etwas Besseres schreibt. Ihm wird schon irgendetwas einfallen.« Ich hätte beinahe aufgelegt, als mir wieder einfiel, wofür ich ursprünglich angerufen hatte. »Was ist Panko eigentlich für ein Spitzname?«

»Was fragst du mich? Ich bin nur ein Türke. Mit den deutschen innenpolitischen Gepflogenheiten kenne ich mich nicht aus.«

»Gepflogenheiten? Du meinst damit seinen rechtsextremen Touch.«

»*Touch*«, wiederholte er. »Reden wir hier von Schminke?«

»Ich dachte eher an seine Tätowierung.«

»Welche Tätowierung?«, fragte Metin.

»Tu nicht so«, sagte ich sofort. »Oder hast du Tomaten auf den Augen?«

»Hör auf mit dem Krawall!«, pöbelte er zurück. »Was willst du eigentlich?«

Ich rollte meine Lippen ein. »Wie ist Gregors richtiger Name?«

»Keine Ahnung.«

»Wie lange kennst du ihn schon?«

»Puh. Sehr lange. Sehr sehr lange«, klärte er mich auf.

»Und trotzdem kennst du seinen Nachnamen nicht?« Ich war außer mir.

»Wozu denn? Damit ich ihm eine Postkarte schreiben kann, oder was? Mach nicht auf offiziell und hör auf, dir wegen solcher Kinkerlitzchen in die Hosen zu machen.«

Ich nickte mehr für mich als für ihn. »War Panko ein Polyp?«

»Mann. Du stellst vielleicht Fragen«, stöhnte er.

»Fragen, die du offensichtlich nicht beantworten willst«, giftete ich ihn an.

»Ach ja?«, giftete er zurück. »Wo wir gerade von Tomatenaugen quasseln: Was ist mit Mutti Roloff? Steht endlich mal eine Alk-Therapie an? Oder glaubt sie immer noch, unter 15 Tonic Water mit Schuss pro Tag besteht kein Reha-Bedarf für Leib und Leber?«

Wie von selbst verknoteten sich meine Finger in den Haaren. Noch nie hatte Metin das Thema so direkt angesprochen. Wenn ich es mir recht überlegte, hatten wir nie zuvor darüber geredet. Er hatte meinen Novellen gelauscht und es schweigend hingenommen. So wie ich mir seine Tiraden über Mama Tozduman einverleibte. »Das ist unsere Privatsache«, sagte ich kühl.

»Dito«, sagte er. »Und ich gebe dir einen Rat: Spiel nicht den Maulwurf und grab in Pankos Angelegenheiten rum. Wenn er Lunte riecht, könnte das für dich ganz schön danebengehen.«

Ich glaubte ihm.

Am späten Abend lehnte ich mich aus dem Wohnzimmerfenster und beobachtete das Treiben auf der Dorstener Straße. Ein paar Jugendliche pöbelten ausgelassen die Vorbeiziehenden an. Das einzige Mädchen in der Gruppe, ich schätzte sie auf 16, lehnte, mit einem Babybauch, gegen eine Hauswand. Ein paar Minuten später hielt eine Polizeistreife auf dem rechten Fahrstreifen und verscheuchte die Gruppe in eine Querstraße.

Nach wie vor rotierten die Gedanken wie gehäckselte Gemüsezwiebeln durch meinen Kopf. Vor allem machte ich mir Sorgen um meinen Twingo. Er war da draußen, allein, irgendwo in Höntrop. Ich kenne niemanden in Bochum-Höntrop. Hatte Höntrop seine eigene Buffalo-Gang? Vielleicht trieben dort Graffitidosen ihr Unwesen und bedrohten meinen Wagen mit uringelb, kackbraun oder, noch schlimmer, rosa. Ein rosa Twingo. Wenn Metin einen rosafarbenen Twingo vor seiner Tür parken sähe, könnte ich meinen Job endgültig an den Nagel hängen.

Als Zweites trieben diverse Gedanken über Gregor ihr Unwesen in meinem Kopf. Gregor rauchte wie ein Schlot, stank wie fünf Liter abgestandenes Abwasser und war gut Freund mit Asbach und Krombacher. Das Beste, was er von der Bochumer Polizeiwache kennen müsste, war die Ausnüchterungszelle. Stattdessen schwang er den Dirigierstab und gab den Polizeibeamten Aufgaben. Warum sollten sie das hinnehmen, wenn er nicht einer von ihnen war? Diese Trunkenboldfassade stand ihm nicht. Er war gebildet und klug. Und auch, wenn der Konsum von Zigaretten und Alkohol nicht gerade förderlich für seine Gesundheit war, so passte er zumindest auf, dass er konditionell nicht schlapp machte. Allmählich machte mich seine Geheimnistuerei madig. Ich googelte seinen Spitznamen, doch die Suchmaschine filterte nur japanische Mehlsorten heraus. Es lag in meiner Natur, diesem Panko auf die Spur zu kommen. Ich konnte gar nicht anders. Es war schließlich mein Job.

9.

Am Donnerstag war der Himmel wolkenverhangen und die Sonnenstrahlen stießen wie Nadelstiche durch die dichte Wolkendecke. Trotzdem reichte es für ein T-Shirt mit einem Che-Guevara-Motiv. Es war sechs Uhr morgens, und Corinna und ich warteten bereits seit einer Stunde darauf, dass Roland Hegel endlich die Fliege machte.

Wir warteten im Twingo, den Corinna mir unversehrt von Höntrop zurückgebracht hatte. Eigentlich wartete nur ich, denn Corinna schlief und machte dabei komische Geräusche. Sie schnarchte nicht. Es klang vielmehr, als würde man auf einem Blasebalg herumtrampeln.

Allmählich spürte ich meine Beine nicht mehr. Ganz zu schweigen von meinem Hintern, der sich wie erkalteter Kochtopfpudding an den Beifahrersitz schmiegte. Ich breitete meine Arme aus und sofort machte sich der Sonnenbrand auf meinem Nacken und zwischen den Schulterblättern bemerkbar. Meine Fingerspitzen berührten Corinnas Wange und sie muckte auf, fletschte die Zähne, rümpfte die Nase und riss die Augen auf. Sie sah sich um und ließ den Kopf zwischen ihren Schultern kreisen.

»Mein Hintern ist eingeschlafen«, klagte sie mit einem quengeligen Unterton.

»Noch eine Stunde.«

»In einer Stunde sind mir die Beine abgefallen. Wie hältst du das nur aus?«

Ich schmunzelte. »Ich denke dabei an ganz andere Dinge.«

»Meinst du Sex?«

Ich guckte sie konsterniert an. »Wie kommt eine junge, hübsche Dame wie du eigentlich dazu, bei einem gedrungenen Türken mit Topflappenstirn die Ausbildung zu machen?«, lenkte ich ab.

»Ich habe mal für eine Weile mit seinem Sohn rumgemacht.«

»Metin hat einen Sohn?«

Corinna schaute mich an, als säße ein Truthahn auf meinem Hals. »Willst du mich veräppeln?« Abermals durchleuchtete sie mich mit diesem abschätzigen Blick. »Herr Tozduman hat eine dralle Ehehälfte und fünf Sprösslinge. Mit dem ältesten und dünnsten, Mehmet, bin ich ein halbes Jahr gegangen. Doch dünne Leute sind nicht gleich klüger, verstehst du?«

Ich nickte, auch wenn ich überhaupt keine Ahnung hatte, was sie meinte.

»Hast du alle seine Kinder gesehen? Ich meine, warst du bei ihm *zu Hause*?« Ich war völlig perplex. Irgendwie hatte ich mir Metins Privatleben ganz anders vorgestellt. Ich dachte, er würde allein in irgendeiner Baracke an den Kruppwerken leben und sich hin und wieder eine Prostituierte kommen lassen, wenn er zwischendurch ganz dick Kohle gemacht hat.

»Klaro. Vier Jungs und ein Mädel. Oder dachtest du, Cheffe würde in irgendeiner Tropfsteinhöhle wohnen?«

Wir schwiegen für ein paar Sekunden.

»Ich verstehe nicht, wie Metin mit dem Umsatz aus seiner Detektivklitsche eine Großfamilie ernähren und dazu noch C-Klasse fahren kann«, wunderte ich mich.

»Ist schon komisch, oder?«, sagte sie und hatte erneut dieses Funkeln in den Augen. »Und was ist mit dir? Warum arbeitest du bei Metin?«

Ich schürzte die Lippen. Die Wahrheit wäre gewesen, dass Metin schlichtweg der Einzige war, der mich einstellen wollte. Ich hatte weder eine entsprechende Ausbildung noch irgendwelche Vorkenntnisse in Sachen Sicherheit und Wachdienst. Nach Metins Aussage lag mein einziger Marktvorteil darin, dass ich nach meiner Ausbildung zur Sozialversicherungsangestellten Zeit meines Lebens bei einer Krankenkasse gearbeitet hatte und mich mit Versicherungen auskannte. Damals habe ich ihm diese Version abgekauft. Mittlerweile wusste ich es besser: Als Detektivin war ich mit meinem Grundgehalt plus Provision nicht nur günstig zu unterhalten, sondern allem voran war ich auch noch schrecklich naiv gewesen zu glauben, Metin hätte Qualität.

»Ich möchte mich in der Verbrechensbekämpfung profilieren«, erklärte ich aufgeblasen.

»Und warum arbeitest du dann nicht in der Bullerei?«

»Ich war bei der sportlichen Aufnahmeprüfung zu langsam.« Corinna prustete vor Lachen und ich musste mir ein Grinsen verkneifen.

»Gut, dass du für den größten Verbrecher im Revier arbeitest.« Ein schwarzer Fingernagel zeigte auf mich.

Ich wippte von einer Arschbacke auf die andere. »Sag mal, kennst du eigentlich diesen Gregor?«, fragte ich sie.

»Wen?«

»Den Typen, der dich mit meinem Twingo nach Hause geschickt hat.«

»Ach *der*. Seit ich im Laden arbeite, habe ich die Type zwei Mal ein und aus gehen sehen. Ziemlich abgewrackter Kerl.«

»Weißt du irgendetwas über ihn?«

Sie zuckte mit den Schultern und zog eine geringschätzige Schnute. »Hab gehört, der war im Knast. Eine ganze Weile. Sonst nichts.«

Na toll. Erst Polizist, dann Knacki. Es wurde immer undurchsichtiger.

Corinna gähnte. Die Konversation hatte sie überanstrengt. Ihre Lider wurden wieder schwer und hingen schlaff über ihren Pupillen. Doch plötzlich zeigte sie träge aus dem Seitenfenster. »Da ist doch dieser Heini.«

Und tatsächlich. Roland Hegel stand in der Tür und ordnete sorgfältig ein paar Brötchen in einer Papiertüte. Er war ordentlich gekleidet und ein Rucksack hing von seinem Rücken herab. Er ging die Straße hinunter, direkt zu seinem Auto. Wir glotzten ihm hinterher, als wären wir Elvis persönlich begegnet. Als Hegel seinen blauen Opel Astra startete, schüttelte ich Corinna in der Erwartung, sie würde die Verfolgung aufnehmen. Sie drehte den Zündschlüssel, ließ die Kupplung kommen und der Twingo machte keuchend einen Satz nach vorn. Dann war alles aus.

»Was war das?«

»Er ist mir abgesoffen«, nölte Corinna.

»Du hast den falschen Gang drin!«, fauchte ich und rüttelte an dem Schalthebel. Corinna legte den ersten Gang ein und wiederholte die Prozedur, diesmal mit Erfolg. Mit Vollgas wetzte sie die Straße hinunter und bog in die Vorfahrtsstraße ein. Sie flog über einen Zebrastreifen und heizte an einem Stoppschild vorbei. In

Windeseile schloss sie so nah auf den Astra auf, dass ich Hegels Augenfarbe im Spiegel erkennen konnte.

»Meine Fresse«, sagte ich leise.

Hegel hielt vor einem Einfamilienhaus an den Grummer Teichen. Corinna fuhr an ihm vorbei und bog in die nächste Querstraße ein. Sie parkte auf dem Seitenstreifen, wir stiegen aus und hetzten bis zur Kreuzung wieder hoch. Doch wir hatten die Gelegenheit verpasst. Hegel war bereits ins Haus verschwunden.

»Verdammte Hacke. Und jetzt?«, fragte Corinna.

»Sieht mir nach einem ganz normalen Besuch aus«, schlussfolgerte ich. »Ich glaube nicht, dass er dort schwarzarbeitet.«

»Wir sind also fertig für heute?«

»Ich weiß nicht.«

Ich hatte so ein Gefühl. Ich betrachtete das Haus. Es war rundherum freistehend, eine echte Rarität in Bochum. Am Rande des gegenüberliegenden Bürgersteiges wucherten ein paar dickstämmige Nussbäume, die der angrenzenden Parkwiese nachmittags Schatten spendeten. Ich humpelte langsam an dem Haus vorbei und vergewisserte mich, dass niemand vor, um oder hinter dem Haus herumwuselte. Dann ging ich über die Straße.

Die Äste des Haselnussbaums waren dick und wuchsen tief hinunter bis zum Boden. Als Kind war ich häufig auf den Nussbäumen in einem winzigen Park geklettert, einem Hundeklo sowie Treffpunkt für bezechte Frührentner. Mein Herz wurde leicht, als ich die Kindheitserinnerungen in meinem Gedächtnis wiederaufleben ließ. Ich griff nach dem niedrigsten Ast, schwang mein Gipsbein hinüber und umklammerte das Holz wie ein Rucksackteddy mit Klettverschluss. Noch ein Feuerchen unter meinem Hintern und ich würde einen super Spießbraten abgeben.

»Hilf mir hoch!«, bat ich Corinna und sie stieß mit beiden Händen meinen Hintern an. Ihre spitzen Fingernägel bohrten sich in mein Sitzfleisch. Als ich aufrecht saß, kletterte ich weiter und verhedderte meinen Klotzfuß bisweilen in den dünnen Verzweigungen der jungen Triebe. Auf Höhe der oberen Etagenfenster des Hauses hörte ich, wie jemand fluchte. Es war nicht Corinna, denn es kam von oben. Außerdem war die Stimme männlich. Ich schaute hoch.

»Was machst du hier?«

Wie eine Gottesanbeterin kauerte mein Kollege Sven in der Krone und knickte seine knochigen Arme gegen die Sonne. In den Händen hielt er seine extravagante Spiegelreflexkamera.

Ich zog mich an seinem Bein hoch.

»Mach mal Platz«, sagte ich und Sven rückte einige Zentimeter zur Seite.

»Der Ast wird uns nicht beide halten.«

»Mach dir da mal keine Sorgen«, erwiderte ich giftig und ließ mich auf dem knarrenden Ast nieder.

»Was suchst du hier?«, wiederholte Sven.

»Nur eine Beschattung. Und du?«

»Ich auch.«

Dicke Fragezeichen schwirrten über unseren Köpfen. Wortlos sah ich durch das Fenster des Hauses, erfasste aber nur Umrisse.

»Gib mal her«, forderte ich Sven auf und nahm ihm die Kamera aus der Hand.

»Sei bloß vorsichtig mit dem Ding«, mahnte er.

Ich guckte durch die Linse und richtete das Zoom

aus. Ich fand Hegels nackten wirbelnden Hintern über einem massiven Mahagonischreibtisch sowie zwischen den Beinen einer mäßig gebauten Brünetten. Die beiden trieben es vogelwild und die Stellung schien hohe physische Ansprüche an Hegel zu stellen. Immerhin waren ihre Schenkel kurz davor, seine Nieren zu zerquetschen. Ich konnte mir ein Lachen nicht verkneifen.

»Lass mich raten«, sagte ich. »Die Frau geht fremd?«

»Bist du wegen der Frau hier?«

Ich verneinte und gab ihm die Kamera zurück. »Wegen ihm.«

Erleichterung machte sich in seinem Gesicht breit. Wenn man genauer hinsah, konnte man sogar ein Lächeln erkennen.

»Lass mir ein Bild übrig, auf dem seine Visage zu erkennen ist. Mal gucken, ob wir das beim Arbeitgeber verwerten können.«

»Du machst Witze.«

Ich schaute an meinen baumelnden Füßen vorbei nach unten. »Wie soll ich bloß hier wieder runterkommen?«

Sven antwortete nicht. Ich rappelte mit den Füßen und versuchte, mich langsam zum nächsten Ast zu tasten. Dann machte es knack und der Ast, auf dem wir saßen, knickte ab.

Ich rutschte mit den Füßen auf das Geäst unter mir. Sven fluchte wie ein Rohrspatz, hielt sich mit einer Hand in der Krone fest, die andere umklammerte seine Kamera. Seine dünnen Beine fledderten in der Hose und sein T-Shirt war in den Zweigen verwickelt, sodass sich mir seine nackte Hühnerbrust darbot. Es war kein schöner Anblick.

Der eingeknickte Ast hing quer in der Baumkrone. Ich

hangelte mich herunter und landete nicht gerade sachte auf meinen Füßen, sodass ich vor Schmerzen aufquiekte. Sven hing immer noch da oben und drohte mir mit seiner Mäusefaust.

»Können wir ihm nicht irgendwie helfen?«, fragte ich Corinna, die sich sicher im Schatten versteckt hatte. »Er tut mir irgendwie leid.«

»So ist halt die Natur«, bemerkte sie lapidar. »Die einen packen es, die anderen nicht.«

Ich nickte einsichtig und wir traten zügig den Rückzug an, bevor das drollige Liebespaar auf Svens Schelten aufmerksam wurde.

Zurück in Wattenscheid standen Gregor und Metin bereits im Eingang der Detektei. Metin hielt sich im Schatten auf, während Gregor sich die heiße Sonne auf den Skalp scheinen ließ. Mit einem angespannten Blick auf den Boden glitt Corinna zwischen den beiden Mannsbildern hindurch und setzte sich ohne Umschweife an ihren Schreibtisch. Als ich hineingehen wollte, versperrte Metin mir den Weg.

»Ich habe heute Zeitung gelesen. So weit ist es schon mit mir gekommen. Ich lese Zeitung!«

»Krieg dich wieder ein. Ich habe da schon was angeleiert«, log ich.

»Ich will, dass man liest, dass Tozduman Securities der Tod von einem Beratungsfuzzi scheißegal ist. Tozduman Securities arbeitet nicht mit der Polizei zusammen.«

»Soll ich dich zitieren?« Ich drückte mich an ihm vorbei und seine speckige Haut streifte dabei meinen Handrücken. Sein Hemd war schwarz wie der Weltraum und dennoch kalt. Im Büro röhrte sich das Klimagerät wieder die Seele aus dem Leib. An seinen grauen Lamellen pappten Staubfetzen, die im Luftzug flatterten und vibrierten. Der Temperaturregler war ein Drehknopf mit einer Skala und ich konnte erkennen, dass der Regler irgendwo bei 14 Grad stand. 14 Grad? Mein Gehirn spuckte Alarmsignale aus. Meine Haarfollikel richteten sich auf, mein Herz schaltete auf Notstrom und meine Augen produzierten überschüssige Tränenflüssigkeit. Ich ging zur Steckdose und zog das Kabel raus. Mit einem kränklichen Röcheln fuhr das System langsam runter.

»Hast du einen Sockenschuss? Lass das Teil an!« Mit schweren Schritten marschierte Metin hinter mir her und riss mir den Stecker aus der Hand.

»Das Ding ist ein Stromfresser. Und für deine Gesundheit ist es auch nicht gut.«

»Red keinen Tinnef. Oder willst du etwa, dass ich *noch mehr* schwitze?«

Ich schüttelte den Kopf. Selbst bei einem derart schwarzen Hemd konnte ich sehen, wie sich tellergroße Schweißflecken unter seinen Achseln abbildeten. Seine Stirn glänzte und sein Hals war von der Hitze rot und aufgequollen. Er stöpselte den Stecker wieder ein und das Gerät keuchte erbärmlich, als es einen neuen Anlauf startete.

»Wie alt ist das Ding?«

»Hat meine Mama 87 auf einer Butterfahrt gekauft.«

Das erklärte zumindest die bratwurstbraune Tönung auf dem Gehäuse. Bratwurstbraun war in den späten 80ern ein echter Renner.

»Was ist mit dem Säbelzahnterrier? Hast du irgendwas für mich?«

»Hat Nowak noch nicht angerufen?«

Metin schüttelte den Kopf.

»Mist. Ich dachte, der Bluff würde aufgehen.«

»Welcher Bluff?«

Ich kratzte mich. »Irgendwie haben wir ihm mit Knast gedroht.«

»Irgendwie?«

»Es hat sich einfach so ergeben.«

»Einfach so.« Zwiespältig legte er seine schweißbedeckte Stirn in Falten. Schweißtropfen drängten aus den Spalten und rannen ihm an der Nase herunter.

»Ich krieg das schon noch hin«, sagte ich und drehte mich in der Hoffnung zur Tür, Gregor könnte mir Rückendeckung geben. Doch dieser machte schon eine Kehrtwendung in Richtung Ausgang. Metin setzte bereits zu einer Tirade an, aber ich gab Fersengeld und hastete Gregor hinterher.

»Wo wollen Sie hin?«, rief ich.

Gregor drehte sich um und durchbohrte mich mit seinen Augen, die im grellen Sonnenlicht funkelten. Sie waren grün. Er schloss das Taxi auf, griff in seine Hosentasche und fummelte eine nagelneue Fluppe aus seiner Zigarettenschachtel. Die eine Hand bedeckte die Hälfte seines Gesichtes, die andere bearbeitete das Feuerzeug. Er nahm einen tiefen Zug und blies die Dunstwolke genüsslich über das Autodach. Ein kleiner Windstoß trieb mir den Qualm direkt in die Augen und ich zwinkerte.

»Ich fahre nach Gerthe zur Detektei Brülling & Rowohlt.«

»Ich komme mit!«, kündigte ich lautstark an und umrundete das Taxi, hechtete in die Fahrerkabine, kurbelte das Seitenfenster hinunter und steckte den Kopf aus dem Fenster. »Was wollen wir dort?«

Gregor schwang seinen Hintern hinter das Steuer. Er trug eine enge schwarze Jeans, deren Farbe an einigen Stellen abgerieben war. Das T-Shirt, das er anhatte, war im Stil der Batikkunst in Grüntönen gefärbt. Es war wahrscheinlich, dass das gute Stück älter als Corinna war.

»Die Akte der Detektei ist unvollständig.«

»Inwiefern?«

Gregor schwenkte das Taxi aus der Parklücke. Er fuhr langsam in die Kreuzung und beobachtete den Vorfahrtsverkehr. Seine Kippe klemmte zwischen seinen Fingern am Lenkrad, sein Nacken war sonnenbrandrot und auch auf seiner Nase schienen sich erste Verbrennungen abzuzeichnen. Mir ging es nicht anders. Meine Haut war ganzheitlich gespannt und orangerot.

»Es fehlen Seiten. Oder es gibt Anmerkungen zu Unterlagen, die nicht in der Akte zu finden sind.«

»Sie meinen also, da verheimlicht jemand etwas?«

Er stopfte die Zigarette zwischen die Lippen und sie wackelte, während er sprach. Asche fiel zwischen seinen Beinen auf den Sitz.

»Wollen wir herausfinden, was.«

Bochum-Gerthe befand sich im Nordosten der Stadt und grenzte in östlicher Richtung an Dortmund und Castrop-Rauxel. Bislang hatte mich nichts nach Gerthe geführt, meistens war ich nur auf dem Castroper Hellweg hindurch gefahren, um dem wartenden Tross auf der A 40 auszuweichen. Ich nahm den Ordner der Detektei Brülling & Rowohlt in die Hand. Der Stempel auf dem Aktendeckel verriet uns, dass sich die Detektei auf der Dieselstraße befand, die als Sackgasse im nördlichen Gewerbegebiet endete. Gregor befuhr die Hauptstraße. Als er die Kreuzung zum Gewerbegebiet erreichte, rümpfte ich bereits die Nase. Es stank fürchterlich.

Gregor bog ab und fuhr die Dieselstraße hinunter. Zunächst war die Sicht durch die hohen Betonklötze, in denen Autohäuser und Lagerhallen untergebracht waren, versperrt, doch als wir die klobigen Gebäude hinter uns ließen, hatten wir eine freie Sicht auf das Desaster, das sich unmittelbar vor uns abspielte.

»Verdammte Scheiße«, stieß Gregor hervor.

Ich konnte gar nichts sagen. Gregor gab Vollgas und sein Taxi durchstieß mit brüllendem Motor die Rauchschwaden wie eine Lichtschranke. Qualm drang in den Wagen und ich kurbelte schnell mein Fenster hoch.

Die Detektei Brülling & Rowohlt brannte lichterloh.

Mit quietschenden Reifen kam das Taxi zum Stehen und Gregor würgte die Karre ab, als er bei noch laufendem Motor aus dem Fahrersitz sprang.

Das Haus, das brannte, war zweigeschossig. Tiefgraue Rauchwolken trieben zäh aus den unteren Fenstern hervor und quollen über die lichte Wolkendecke. Flammen züngelten an den Fensterrahmen entlang und nagten sich durch das geschwärzte Holz. Fetzen verbrannter Dokumente glitten die heißen Luftschichten entlang, zerstoben und pulverisierten auf dem Boden oder an der Fassade.

Eine Menschentraube hatte sich vor dem Gebäude gebildet. Wir schlossen auf die Masse auf und sofort fühlte ich die Hitze, die uns wie eine zentimeterdicke Wand gegenüberstand und kein Näherkommen duldete. Nur einen Schritt weiter und ich glaubte, ich würde auf der Stelle verglühen.

»Was ist passiert?«, keifte Gregor den Erstbesten an,

den er am Straßenrand stehen sah. Es war ein junger Mann mit Hemd und Krawatte sowie einer fürchterlichen grauen Faltenhose. Er hielt ein paar Papiere und eine Wasserflasche in der Hand.

»Ich weiß auch nicht. Ich wollte gerade diesen Kaufvertrag für einen Daihatsu gegenzeichnen, da roch ich plötzlich diesen Gestank. Und als ich aus dem Fenster sah, merkte ich, dass das Gebäude neben uns in Flammen aufgegangen war.«

Er musterte mich und sein Blick wanderte unstet von meinem Gipsfuß bis zu meiner mittlerweile gelb leuchtenden Nase herauf.

»Wie lange ist das her?« Gregor musste ihn beinahe anbrüllen, weil die Flammen mit einem ohrenbetäubenden Knatschen und Krachen aus den Fenstern schlugen.

»Keine zehn Minuten. Wir haben die Feuerwehr gerufen. Hoffentlich greifen die Flammen nicht auf die anderen Häuser über.«

Wir standen nur 20 Meter von dem Gebäude entfernt. Allen Zuschauern stand der Schweiß millimeterbreit auf der Stirn. Qualm trieb durch meine Mundhöhle und die Luftröhre hinunter. Alles, was an dem Rauch von Substanz war, war pures heißes Gift, das sich auf meinen Schleimhäuten absetzte. Ich fühlte eine beklemmende Benommenheit. Auch die anderen Schaulustigen reagierten auf das Gift und hielten mehr Abstand, indem sie sich nach und nach in die angrenzenden Autohäuser und Fabriken zurückzogen und von dort aus das Treiben weiterverfolgten.

Plötzlich riss Gregor dem jungen Mann die Wasserflasche aus der Hand, drehte den Deckel ab und schüttete sich das Wasser über Kopf und T-Shirt. Dann stülpte er den Kragen über Mund und Nase, warf mir einen kurzen, nichtssagenden Blick zu und rannte schließlich auf das Gebäude zu.

»Gregor!« Panik ergriff mich und ich schrie die übrigen Leute an, sie sollten ihn aufhalten. Doch keiner rührte sich. Stattdessen gafften sie ihm einfach nur hinterher. Chemische Reaktionen fanden in mir statt und ich zitterte am ganzen Leib, obwohl die Hitze des Feuers mir den Schweiß in die Augen trieb. Mein Körper befand sich in Alarmbereitschaft, er war vollständig angespannt und nur der letzte Funken Verstand, der noch nicht dahin geschmolzen war, hielt mich davon ab, ihm hinterherzulaufen. Mein Gesicht war nass und ich wusste nicht, ob es Schweiß oder Tränen waren. Wahrscheinlich beides. Ich hatte fürchterliche Angst.

Aus der Entfernung hörte ich die Sirenen der Feuerwehr. Ich schrie wieder nach Gregor und stieß völlig unsinnige Flüche aus, sodass sich die Leute in meiner unmittelbaren Nähe entrüstet von mir entfernten.

Schließlich sah ich einen Schatten aus den Flammen torkeln. Vielleicht war er nur Sekunden, vielleicht Minuten im Haus. Letztlich war es egal. Die Hauptsache war, dass er überhaupt zurückkehrte.

In meiner Erleichterung erschlafften sämtliche meiner Muskeln und ich hatte Mühe, den weich gewordenen Knien entgegenzuwirken. Ich vergrub meinen Kopf in den Händen und wusch mir die Nässe von den Wangen. Keuchend und in Asche paniert wackelte Gregor auf mich zu. Er zog sich das dampfende T-Shirt über den Kopf und ich bekam unweigerlich seine markige und muskulöse Brust zu Gesicht, deren Brustwarzen mit einer Handvoll dunkler Haare bekleidet waren. Gregor rieb sich unentwegt die Augen und blinzelte gegen die Sonne. Sein Gesicht und seine Brust waren rot und seine Haare an einigen Stellen angesengt. Immer wieder massierte er seinen Nasenrücken und schnäuzte den Ruß aus seinen Nüstern. In der Zwischenzeit starrte ein zusammengewürfelter Haufen Gaffer ihn mit halb offenen Mündern an. Ich hatte das Bedürfnis, ihn irgendwo zu berühren, hielt mich aber zurück. Er hüstelte.

»Da drinnen ist kein Durchkommen. Aber ich habe niemanden gesehen. Keine Leiche, gar nichts!« Er war aufgebracht und wütend und schleuderte sein T-Shirt zu Boden. Mit einer Faust schlug er sich gegen die Stirn und trat das Shirt mit seinem festen Schuhwerk zur Seite. Dann registrierte er die glotzenden Leute. »Was gafft ihr denn so?«, brüllte er sie an.

Feuerwehrwagen strömten wie eine Militärfront herbei und platzierten sich vor dem brennenden Betonklotz. Der Mob rückte zur Seite, entließ uns allerdings nicht aus seiner Aufmerksamkeit. Ich reflektierte ihre Neugier mit einem stählernen Ausdruck, aber das störte sie kaum. Gregor bückte sich, hob sein nasses T-Shirt wieder auf und schüttelte es aus. Zwar registrierte ich einen Schatten zwischen seinen Schulterblättern, doch erst, als er mir den Rücken kehrte, um das Treiben der Feuerwehrleute zu beobachten, welche wie Ameisen um ihre Wagen herumwuselten und Handwerkszeug aus den Türen und Schubladen manövrierten, verstand ich, wem oder vielmehr *was* die entsetzten Blicke der Gaffer wirklich gegolten haben.

Sein Rücken war über und über tätowiert.

Es war ein einziges Motiv, ein Adler, dessen Flügelspannweite sich bis über seine Schulterblätter erstreckte. Sein messerspitzenscharfer Schnabel blitzte in giftigem Gelb und das kugelrunde schwarze Auge, das man aus dieser Perspektive sah, schaute düster und unheilvoll auf denjenigen herab, der den Adler betrachtete. Die Federn des stolzen Vogels waren detailreich ausgestaltet, seine Brust war widernatürlich durch vermeintliche Muskelmasse aufgebläht. Ich bekam eine Gänsehaut. Der Adler war Furcht einflößend anzusehen, und zwar nicht nur aufgrund seiner Monstrosität und seiner genauen Zeichnung, die mir das Gefühl gab, das Tier würde gleich auf mich herabstürzen. Seine riesigen Greifer mit todbringenden scharfen Krallen ruhten auf einem faustgroßen Hakenkreuz. Auf Gregors Rücken prangte der nationalsozialistische Reichsadler.

Gregor drehte sich zu mir um und bemerkte das blanke Entsetzen in meinem Gesicht. Zuerst registrierte ich die Überraschung in seinem Ausdruck, fast so, als hätte er das Monster auf seinem Rücken völlig vergessen. Irgendwann wurde die Überraschung von Erkenntnis und schließlich Bedauern abgelöst. Die Situation war bedrückend und wir beide wussten nicht, was wir sagen sollten. Nur das Geschrei der Feuerwehrleute störte die unangenehme Stille zwischen uns.

»Wir sollten verschwinden, ehe die ersten Streifenwagen auftauchen«, sagte Gregor schließlich und ich folgte ihm auf seinem Weg zum Taxi. Wir stiegen ein, er ließ den Wagen an und fuhr aus dem Gewerbegebiet. Eine ganze Weile sprach keiner von uns und selbst seine Zigaretten rührte Gregor nicht an.

»Glauben Sie, das war Brandstiftung?«, versuchte ich, die Stille zu brechen.

Gregor atmete tief durch. »Natürlich war es das.«

»Was denken Sie, ist mit den Detektiven passiert?«

»Sie sind tot.«

Ich starrte ihn an. »Aber Sie haben doch niemanden gefunden!«

»Sie sind tot«, wiederholte er in einer höheren Lautstärke und guckte mich an. »Entweder sind sie es jetzt schon oder sie werden es in den nächsten Stunden sein.« Wutentbrannt schleuderte er seine Faust gegen das Lenkrad. »Scheiße!«

»Wie können Sie da so sicher sein?«, hakte ich nach.

»Weil es ein logischer Zug ist. Vernichte Beweise, räume Zeugen beiseite.« Er feuerte seine Hand gegen den Aschenbecher und ich schrak zusammen. Anschließend fischte er einen Zigarettenstummel aus der Kiste und steckte ihn sich in den Mund, ohne ihn anzuzünden.

»Ich habe die Situation falsch eingeschätzt«, sagte er und schüttelte mit starrer Miene seinen angesengten Kopf. Ich legte eine Hand auf seinen Arm und er zuckte zusammen. Es war eine unfassbare Situation. Er sah mich an und seine Augen waren von Zorn durchtränkt. Gleichzeitig bedeckte ein Schleier von Schwermut seine Züge. »Ich habe einen Fehler gemacht.«

Gregor setzte mich vor meiner Wohnung ab und brauste mit seinem Taxi davon. Ich machte mir Sorgen, dass er irgendwelche Dummheiten machen könnte, doch ich wusste nicht, wie ich mich ihm in den Weg stellen sollte, ohne von ihm vermöbelt zu werden. Meine Hände zitterten und meine Knie waren weich. Ich ließ mich auf die erste Treppenstufe im Hausflur sinken und fühlte, wie mir die Tränen kamen. Ich schleppte mich die Treppen hinauf, kroch durch den Flur direkt ins Bett und heulte wie ein Schlosshund. Wimperntusche verwischte sich in mein Kissen, das von den Tränen längst durchnässt war. Ich wusste nicht einmal wirklich, warum ich so heulte. Vielleicht aus Mitleid für die Detektive, vielleicht hatte mich Gregors Emotionalität überrannt. Vielleicht war es auch wieder so ein Schockzustand. Ich schloss die Augen und fühlte immer noch die Flammen, wie sie meterhoch aus den Fenstern schlugen. Der Lärm des Feuers schlängelte sich wie ein Parasit um mein Trommelfell und ich konnte ihn nicht abschütteln. Ich spürte, wie eine Welle von Übelkeit gegen meine Kehle brandete.

Ich hoffte, dass niemand in diesem Feuer zurückgelassen worden war. Dass das Schicksal der Detektive ein anderes war als das, welches Gregor vermutete. So etwas wollte ich einfach nicht wahrhaben.

Ich wälzte mich hin und her, starrte an die Decke oder aus dem Fenster und greinte noch eine ganze Weile, bis ich vor Erschöpfung schließlich einschlief.

Ich schlug die Augen auf und fuhr hoch. Kerzengerade saß ich im Bett und mein Herz wummerte. Ich hatte geschlafen, so viel war sicher. Doch irgendetwas hatte mich herausgerissen und ich konnte mich zunächst nicht orientieren. Ich sah auf die Uhr. Es war nach zwölf Uhr am Mittag. Ich hatte eineinhalb Stunden geschlafen. Dann wusste ich, was mich geweckt hatte, denn die Klingel schrillte ein weiteres Mal. Ich sprang aus dem Bett und humpelte eilig zur Tür. Anastasios stand auf meiner Matte und er machte keinen glücklichen Eindruck.

»Kannst du bitte herunterkommen? Dein komischer Freund sitzt an unserer Bar und macht Stress.«

»Gregor?«

»Was weiß ich, wie der heißt. Er ist mit dem Taxi hier.«

Luft blieb bleiern auf meiner Kehle liegen.

»Der Mann ist breit wie ein ausgeklopftes Schnitzel und stört meine Gäste. Außerdem hat er eine Knarre dabei. Goutam schwört, der Typ hätte erzählt, dass er dir gern die Rübe weggeschossen hätte. Das stimmt doch nicht, oder?«

Goutam war der verstörte Inder, der Gregor seinerzeit mit den Schnapspinchen versorgt hatte.

»Nein, natürlich nicht! Habt ihr die Polizei gerufen?« Ich zögerte, denn ich wollte ihn nicht unbedingt dazu ermutigen.

»Noch nicht. Ich möchte das eigentlich nicht. Wegen der Gäste, weißt du. Wir hatten noch nie was mit der Polizei. Und ich möchte nicht damit anfangen. Meine Güte, es ist gerade Mittag.«

Ich holte meine Schlüssel und ging mit ihm die Treppe hinunter. Ich war erleichtert, dass Gregor in der Nähe war, aber ich hatte auch ein wenig Schiss. Er war bezecht, hatte gerade einen außerordentlich schlechten Tag und zu allem Überfluss auch noch seine Knarre dabei. Und allein bei dem Gedanken, ich solle ihn aus dem Adolfo's zerren, machte ich mir beinahe in die Hose.

Ich stand mit Anastasios am Restauranteingang. Ich zählte zehn Gäste an den Tischen, keinen an der Bar – bis auf Gregor, der zusammengekauert hinter der Theke hing und Pinchen stapelte. Es waren mindestens ein Dutzend. Sein T-Shirt pappte an seinem Rücken und meine Röntgenaugen erkannten nach wie vor den Reichsadler, wie er mit seinem Teufelsblick auf mich herabsah.

»Alles in Ordnung?«, fragte Anastasios. »Du siehst blass aus.«

»Alles in Ordnung«, antwortete ich, nahm einen tiefen Atemzug und pirschte mich mit zurückgezogenen Schulterblättern an Gregor heran. Die gaffenden Gäste um mich herum blendete ich vollständig aus. Ich fixierte seinen Ballermann, der gut sichtbar in seinem Hosenbund steckte. Meine erste Strategie war, ihm die Knarre einfach aus der Hose zu ziehen, wenn ich nah genug dran war. Eine zweite Strategie hatte ich noch nicht. Ich tastete mich weiter voran und legte eine Hand auf meine Brust, damit mir das wummernde Herz nicht aus dem Brustkorb sprang. Meiner Wahrnehmung nach machte es ohrenbetäubenden Krach und ich fürchtete, es könnte mich verraten. Gregor starrte weiterhin auf seine Pinchen. Seine Arme waren mit Asche verschmutzt, sein T-Shirt immer noch feucht und dreckig. Ihn umgab ein Gemisch aus Düften von Räucherholz, versengten Haaren und anderen fauligen Gerüchen, die ich nicht zuordnen konnte. Ich sah den Haaransatz in seinem sonnenverbrannten Nacken, seinen Kopf hatte er tief über die Theke gebeugt. Ich näherte mich ihm bis auf einen Meter und registrierte, dass er sich regte. Vielleicht wollte er seinen Arm heben, um ein weiteres Pinchen zu bestellen. Vielleicht wollte er sich im Nacken kratzen. Vielleicht hatte er mich auch gesehen und wollte seine Knarre ziehen. Mir blieben einige Zehntelsekunden, um nachzudenken, was ich tun wollte. Dann setzte mein Herzschlag aus, ich machte einen Satz nach vorn und sprang ihm auf den Rücken.

Ein Raunen ging durch den Saal. Ich warf meine Arme nach vorn und umklammerte seinen Hals. Meine Beine waren in der Luft. Gregor verlor das Gleichgewicht und fiel nach hinten, rücklings auf mich darauf. Er stieß einen Ellenbogen in meine Flanke und ich stöhnte auf. Dann fischte meine Hand im Trüben nach seiner Knarre.

»Nich fummeln«, nölte Gregor.

Ich bekam keinen Ton heraus. Ich bekam ja nicht einmal Luft. Gregor rollte von mir herunter und klatschte kopfüber auf den Boden. Ich kletterte auf seinen Rücken und drückte meine Knie tief in seine Ischiasgegend. Bei der Sachs hatte das auch ganz gut geklappt. Gregor ächzte. Ich bekam die Knarre zu fassen und zog an dem Griff. Jäh holte er Schwung und seine Faust flog zielstrebig über seinen Rücken direkt in mein Gesicht. Meine Wange wurde heiß und das Bild vom Restaurant verzerrte sich für einen Moment. Ein beißender Schmerz breitete sich über meinen Wangenknochen bis zu meiner Schläfe aus und es war, als hätte ich die Bekanntschaft mit einer glühender Bratpfanne geschlossen. Gregor warf mich hinunter, ich fiel zur Seite. Er sprang auf seine Füße, torkelte und richtete sich blitzartig zu seiner vollen Größe auf. Mein Gehirn schickte Signale zu meinen Händen, die wiederum kommunizierten, dass sie leer waren. Ich hatte seine Knarre nicht.

Ein weiteres Raunen ging durch den Saal und Stuhlbeine kratzten über den Holzboden. Ich nahm eine junge Frau wahr, wie sie quiekend ihren Kopf unter die Tischplatte drückte. Ich sah Gregor an. Sein Gesicht war marmoriert und in blaugraue Äderchen gerahmt, er fletschte seine Zähne. Er sah mich an, als erkenne er mich gar nicht. Wie ein tollwütiger Hund. Plötzlich registrierte ich den Lauf seiner Pistole, die irgendwo auf meinen Bauch zielte. Seine Hand zitterte nicht, seine Waffe lag fest und sicher in seiner Faust. Ich wusste nicht, ob ich schielte. Mir kam es vor, als ruhte eins meiner Augen auf seiner Waffe, während das andere den Kontakt mit den seinigen suchte. Er blinzelte einige Male.

Dann erschien es mir beinahe, als würde ich mich selbst dabei beobachten können, als ich mich wieder aufrichtete. Ich faltete meine Arme auseinander und sah in seine Augen. Dann sagte ich irgendetwas und Gregors Hände begannen zu zittern. Mein Herz wummerte über dem Raum, ich hörte das Klopfen überall. Mir war schwindelig vor Angst und ich sah Regenbogenfarben. Dann ging ich auf ihn zu, drückte seine Pistole hinunter und legte meinen Kopf auf seine Schulter.

Es knallte, als die Pistole zu Boden fiel. Gregor umarmte mich und ich spürte, wie er zitterte und schließlich in die Knie ging.

20 Minuten später schleppten Anastasios und ich einen weggeschlafenen Panko die Treppen zu meiner Wohnung hinauf. Hin und wieder reagierte Gregor mit einem Knurren oder mit einem Zucken in seinem Fuß. Doch die meiste Zeit hing er schlaff wie ein Toter zwischen unseren Schultern. Der süßliche Geruch seines Schweißes stieg mir in die Nase und vermischte sich mit meinem eigenen. Ich keuchte und fluchte in den Momenten, als mein Gips über die Treppen stolperte. Und auch Anastasios, der kaum kleiner war als ich, hatte im wahrsten Sinne des Wortes sein Kreuz zu tragen. Wir traten ins Wohnzimmer und ließen Gregor in mein Sofa fallen. Er murrte und zog seine Augenbrauen zusammen.

Ich bedankte mich bei Anastasios. »Und entschuldige bitte den Vorfall.«

»Viel Spaß mit dem. Und *das* solltest du kühlen«, verabschiedete sich Anastasios und zeigte auf meine Blessur.

Ich hielt mir intuitiv die Wange, schloss die Tür hinter ihm und betrachtete mich im Spiegel. Unter dem rechten Auge war der Wangenknochen geschwollen und schillerte in freundlichem Rot, Rosa und Violett. In Kombination zu dem gelben Nasenrücken und der immer noch nicht abschwellen wollenden linken Wange hätte ich ein Preisboxer sein können. Ich lief in die Küche, warf ein paar Eiswürfel auf ein Geschirrhandtuch und legte mir die Eispackung aufs Auge.

Damit ging ich zurück ins Wohnzimmer, zog Gregors Pistole aus meiner Hose und schob sie unter das Sofa. Gregor lag rücklings auf der Couch. Sein Mund war halb geöffnet und er schnarchte wie ein balzendes Wildschwein. Seine Gesichtsfarbe sah ungesund aus. Er war blass, um seine Nase herum war die Haut vergilbt. Er hatte tiefe Augenringe und die Tränensäcke waren von seiner Zeche verquollen. Ich zog ihm die Schuhe und Socken aus und ein unverkennbares Aroma drängte sich mir auf. Ich zupfte an seinem rechten Arm, der halb unter dem Rücken versteckt war. Seine Hand war ganz kalt. Ich legte den Arm quer über die Brust und stutzte, als ich die Narben auf der Innenseite seiner Armbeuge sah. Sie waren rundlich und erhaben und ich nahm an, dass an diesen Stellen vor etlichen Jahren Zigaretten ausgedrückt wurden. Ich wischte die Vorstellung schnell weg und deckte ihn mit einer Wolldecke zu, worauf er mit einem zufriedenen Schmatzen antwortete.

Irgendetwas war anders an ihm. Er sah genauso aus wie immer und stank auch nicht wesentlich schlimmer als sonst. Mir kam es beinahe so vor, als würde ich ihn in einem anderen Licht sehen. Es lag nicht an seiner Tätowierung – und ich müsste lügen, wenn ich sage, ihr Anblick hätte mich nicht berührt. Aber plötzlich schien mir Gregor verletzlich und nahbar. Das Feuerinferno im Industriegebiet hatte ihm stark zugesetzt und ich hätte es nicht für möglich gehalten, dass seine vernarbte und verkrustete Seele zu einer Anteilnahme am Schicksal anderer überhaupt fähig war. Ganz zu schweigen von seinem Gewissen: Er sagte, er hätte einen Fehler gemacht.

Ich lehnte mich gegen die Wand, nahm mein Handy und rief meinen Bruder an. Er ging nicht ran, doch ich sprach auf seine Mailbox. »Hallo, Brüderchen. Sicherlich hast du von deinen Bochumer Kollegen schon von dem Brand hier in Gerthe erfahren. Vielleicht kannst du dich mal umhören und mir ein paar Informationen darüber geben. Wer weiß, vielleicht kann ich mich mit Insiderinfos über den Audimord revanchieren. Melde dich, wenn du etwas weißt.«

Irgendetwas musste es ja geben, um Gregor irgendwie dabei zu helfen, die Angelegenheit zu verarbeiten.

Am späten Nachmittag rollte Panko vom Sofa und knallte auf den Boden. Er stöhnte kläglich, machte aber keine Anstalten, wieder aufzustehen. Ich ging zu ihm und rüttelte an seiner Schulter.

»Wachen Sie auf«, sagte ich leise.

Gregor kniff die Augen zusammen. Ich zog ihn am Arm und er krabbelte auf seine Knie. Dabei brummte er wie ein Bär, der unfreiwillig aus seinem Winterschlaf gerissen wurde. Er setzte sich auf den Boden, überkreuzte seine Beine und vergrub seine Hände in den fusseligen Locken.

»Ich habe einen Kater«, stellte er fest und sah zu mir hoch. »Ich hatte schon lang keinen Kater mehr.«

Ich nickte zustimmend, als wüsste ich, wovon er sprach. Denn es stand völlig außer Frage, dass er nicht verkatert, sondern nach wie vor total besoffen war.

»Was ist denn mit Ihnen passiert?«, fragte er.

Abschätzig blies ich die Luft aus meinen Nüstern. »Sie waren das.«

Jeder andere hätte diesen Vorwurf abgestritten. Gregor hingegen stand einfach auf und ging taumelnd, aber zielstrebig ins Bad, ohne ein einziges Wort zu seiner Verteidigung zu sagen. Nicht einmal eine Augenbraue verzog er. Aus Ärger und Ungeduld schwoll mir langsam die Kehle an.

»Sie hätten mich beinahe abgeknallt!«, tobte ich durch die verschlossene Badezimmertür.

»Nein«, sagte er lediglich, was mich nur noch wütender machte.

»Dreckskerl! Sie haben sich nicht unter Kontrolle. Sie sind eine Gefahr für uns alle!«

Er öffnete die Tür und streckte seinen Rücken durch. Seine Augenbrauen warfen einen unheilschwangeren Schatten über seine Augen und sein Mund formte sich zu einem blutlosen, stählernen Strich. »Nicht für alle. Nur für Leute wie Sie.«

»Was soll das denn heißen?«

»Das.« Er zeigte auf meinen Bluterguss. »War ein reiner Reflex.«

»Reflex?« Ich klang schrill. »Ein Reflex ist, nach dem Furzen die Hand vor den Mund zu nehmen!«

Er grinste schelmisch und bleckte die Zähne, doch ich war nicht zu Scherzen aufgelegt. Ganz im Gegenteil. Ich sah ihm an, dass er einen totalen Flash hatte. Er hatte nicht die geringste Ahnung, was sich im Adolfo's zugetragen hatte und ich begriff, dass er nicht in der Lage war, die Situation wie ein Normalsterblicher einzuschätzen. Er musste dringend wieder nüchtern werden.

»Ich mache Ihnen einen Kaffee.«

»Haben Sie kein Bier da?«, moserte er sofort rum und ich musste mich zügeln, ihm keine runterzuhauen.

Ich ging in die Küche und zupfte eine Filtertüte aus der Packung. Gregor stellte sich hinter mir auf und ich beobachtete aus den Augenwinkeln, wie er seine Finger gegen die Stirn drückte und die Lider quetschte. Nach dem vierten oder fünften Kaffeelöffel wandte er sich von mir ab und taperte im Gänsemarsch durch den Flur. Ich warf die Kaffeemaschine an, ging ins Wohnzimmer und erwischte ihn dabei, wie er sich eine Zigarette anzündete.

Langsam war Ende der Fahnenstange.

Auf hundertachtzig galoppierte ich auf ihn zu und riss ihm die Fluppe aus der Hand. Gregor wiederum reagierte auf die Geste mit einem Griff um mein Handgelenk und der Druck seines Daumens reichte aus, dass ich einen Buckel machte. Ich ließ die Fluppe fallen und als sie zu Boden ging, drückte Gregor sie mit dem nackten Fußballen aus.

»Was stimmt bloß nicht mit Ihnen?«, keifte ich ihn an.

»Das war kein guter Tag«, bemerkte er nur und ließ von mir ab. Er musterte sämtliche Ecken und Winkel meines Wohnzimmers. »Wo ist die Beretta?«

»Sind Sie verrückt geworden? Ich gebe Ihnen auf gar keinen Fall die Knarre zurück!«

»Ich bin bei klarem Verstand.«

»Einen Dreck sind Sie. Sehen Sie sich doch an. Ständig

knallen Sie sich die Birne zu und gehen auf irgendwelche Leute los!« Wütend drohte ich ihm mit dem Zeigefinger und überging sein gereiztes Mienenspiel.

»Nicht irgendwelche Leute. Nur Leute wie Sie.«

»Herrgott noch mal, wer sind denn Leute wie ich? Was mache ich denn?«

»Sie stellen zu viele Fragen.«

Ich biss die Zähne zusammen und die Kiefermuskeln traten hervor. Unsere Blicke prallten einige Sekunden lang aneinander und keiner sagte irgendetwas.

»Fühlen Sie sich von mir bedroht?«

Er schüttelte kaum sichtbar den Kopf. Das Licht in seinen Augen war müde und matt. »Ich möchte Sie nur beschützen.«

Beschützen vor wem? Etwa vor ihm selbst? Wollte er vor mir sein geheimnisvolles Wesen zelebrieren?

Mit mir nicht, Freundchen, dachte ich.

Ich holte seine Waffe aus dem Versteck. »Verschwinden Sie.«

Er nickte, steckte die Knarre in die Hose und unsere Schultern streiften sich, als er an mir vorbeizog. Ich hörte ein Rumoren im Flur, als er sich die Schuhe überstreifte. Und ich hörte das leise und geistlose Bimmeln seines Handys.

»Oskar.«

Gregors Stimme war klangvoll und schien vom Alkohol wie immer unbeeinflusst. Langsam glitt ich durch die Wohnzimmertür und sah seinem Rücken hinterher, als er mit einem kräftigen Ruck die Wohnungstür an seinen Körper zog.

»Rechne nicht damit. Er hat bereits reagiert. Der verdammte Scheißkerl hat reagiert.«

Dann fiel die Tür ins Schloss und ein Nuscheln spazierte mit ihm die Treppen hinab. Ich hinkte zur Wohnungstür und widerstand dem Drang, sie wieder zu öffnen und mir die Blöße zu geben. Stattdessen presste ich mein Ohr an das Holz in der Hoffnung, mit ein paar verständlichen Stichworten jonglieren zu können. Doch ich hörte gar nichts.

In jenem Moment, als ich mein Ohr von der Tür löste, klingelte mein Telefon. Blitzartig fegte ich zu dem Apparat.

»Hallo, Schwesterchen. Danke für deine Nachricht.«

»Und? Kannst du mir helfen?«, fragte ich sofort.

»Wie du weißt, sitze ich in der Redaktion in Dortmund. Aber ich habe mich in der Bochumer Stelle mal umgehört. Ich kann dir allerdings nur Infos aus der Markup-Version geben, also nur das, was morgen früh ohnehin in der Zeitung steht.«

»Egal.«

»Also, der Brandmeister hat vorhin noch keine gültige Stellungnahme abgegeben, weil die Untersuchungen weiterhin andauern. Allerdings glaubt er, dass jemand das Feuer gelegt hat. So etwas habe er im Urin.«

Eine zuverlässige Aussage also. »Irgendetwas über die Opfer?«

»Es war niemand im Haus.«

Ich atmete auf.

»Es gibt nur ein paar rauchvergiftete Gaffer.«

»Irgendwelche Verdächtige?«

»Seit wann redet die Polizei denn mit der Presse?«, höhnte er. »Warum interessiert dich das Thema? Bist du an der Sache dran?«

»Olaf, ich bin so was von überhaupt nicht an der Sache dran. Und genau da liegt das Problem.« Ich erläuterte ihm die Problematik mit Metin und der Publicity.

»Sorry, dass ich dir Ärger gemacht habe«, sagte er.

»Kannst du nicht irgendetwas schreiben, um die Sache ein wenig abzumildern? Was wird denn morgen in der Zeitung stehen?«

»Dass der Audifahrer der Mörder ist.«

Das musste ich erst einmal verdauen. »Hat er gestanden?«

»Nein. Aber seine Frau.«

In meinen Zimmern stand die Luft. Gregors Alkoholfahne trieb sich bis auf Kniehöhe in meinem Wohnzimmer herum und begann bereits, sich in den restlichen Räumen auszubreiten. Ich riss sämtliche Fenster im Wohnzimmer auf und die aufgeheizte Luft von draußen knallte mir entgegen.

Ich wollte es nicht, doch ich konnte nicht verhindern, dass mir die Auseinandersetzung mit Gregor nach wie vor zusetzte. Ich wollte den Zugang in meinem Hirn verschließen, doch ein kleiner neugieriger Wicht drückte die Tür immer wieder auf. Schlimm genug, dass ich keine Ahnung hatte, was den Mann antrieb. Schlimmer aber war es, dass er mir nicht aus dem Kopf gehen wollte.

Ich guckte aus dem Fenster und versuchte mich abzulenken. Olaf hatte mir erzählt, dass Erika Sachs in Vertretung für ihren Mann vor der Presse auf schuldig plädierte, da Hugo bei Richard Pfeiffer horrende Wettschulden hatte. Zum Schluss hätte Sachs sogar sein Haus an seinen Managerkollegen verspielt und selbstverständlich haderte er damit, Pfeiffer die Schlüssel zu übergeben. Diese Neuigkeiten waren in etwa so willkommen wie eine Bowlingkugel, die durch mein filigranes Kartenhaus rollte, denn sie kappten sämtliche Verbindungen zu Ulrike Pfeiffer und ihrem Sammelhefter aus der Detektei Brülling & Rowohlt. Irgendetwas stank gewaltig an der Sache und ich konnte gar nicht anders, als ihr auf den Grund zu gehen.

10.

Sonnenstrahlen funkelten durch die verdreckte Seitenscheibe und vermischten sich mit dem gleichmäßigen Zigarettennebel, der sich unter dem Dach des Taxis ausgebreitet hatte. Ich lehnte mich in meinem Sitz zurück und roch das aufgewärmte Leder, das an meinem Körper klebte. Wir fuhren konstante 80 über den Ring und zahllose Bäume flogen an meinem Fenster vorbei, sodass ich davon ausgehen konnte, dass wir das grüne Stiepel erreicht hatten. Das Taxameter blinzelte rot und der Funk rauschte ein paar drollige Töne aus dem Lautsprecher.

Das Taxi hielt auf einem Seitenstreifen.

»7,60 Euro macht das bitte.« Der Taxifahrer drehte sich zu mir um. Seine Sonnenbrille bedeckte ein Drittel seines Gesichtes und der Zweiwochenbart wuchs ihm zwischen die Augenbrauen. Er hatte orangebraune Haut und schwarzes Haar und ich nahm an, dass er aus dem Nahen Osten stammte.

Ich gab ihm ein paar Münzen und kroch von der Rückbank auf den Bürgersteig. Dann schulterte ich meine Tasche, humpelte die Anhöhe hinauf und huschte intuitiv an dem Garagentor vorbei. Als ich klingelte und der Gong durch die Gemäuer hallte, rollten sich meine Nackenhaare ein.

Ein Teenager öffnete die Tür. Ich schätzte ihn auf 16. Er trug eine kurze Hose in Tarnfarben und ein laubfroschgrünes T-Shirt. Seine Haare waren dunkel und auf 20 Millimeter gekürzt. Eine riesige Brille mit roten

Rändern saß auf seinem Zinken und ein paar babyblaue Augen zwinkerten mich durch die Gläser an. Noch ehe ich etwas sagen konnte, drückte seine Mutter ihn mit der Flanke von der Tür weg. Der Junge zog ab, sie betrachtete mich und warf laut lachend den Kopf in den Nacken. Mir fiel dabei ihre Kehle, die mehr ein Adamsapfel war, sofort auf.

»Sie haben nicht viele Freunde, oder?«

Erst jetzt begriff ich, dass sie wegen meines blauen Auges lachte.

Dass sich mich auslachte.

Erika Sachs war die sprichwörtliche Spitze meines Eisbergs. Für eine Weile sah ich ihr beim Lachen zu und meine Sichtweite verringerte sich wie ein Konzentrat auf etwa 30 Grad. Alles, was sich neben mir und der Frau befand, wurde zu einem dichten Grauschleier. Dafür sah ich sie umso schärfer. Sie trug eine konservative Kombination aus knielangem grauen Rock und einer mehrstündig gebügelten Bluse. Ihr dezentes Make-up war auf ihr Outfit abgestimmt: grauer Lidschatten, mehrstündig gebügelte Gesichtsfalten. Meine Adern pumpten sämtliches Blut in meine rechte Faust. Als ich sie ballte, war sie rot und pulsierte wie ein zweites Herz. Ich spannte meinen Hintern an, drückte die Knie durch, holte aus und feuerte meine Faust direkt in ihre Visage. Sie taumelte nach hinten und schlug ihre Hände über den Kopf. Meine Fingerknöchel schmerzten und Sachs jaulte in ihre Handflächen hinein. Es dauerte nicht lange, bis ihr Sohn herbeieilte. Er sah abwechselnd zu mir und seiner Mutter und war völlig verdutzt.

Genauso wie ich.

»Mama?«

»Mach sie fertig!«, keifte sie, hob ihre Hand und zeigte auf mich.

Ich bemerkte, dass sie eine Platzwunde an der Schläfe hatte. Ein wenig helles Blut quälte sich aus der Wunde und rann an der Seite herunter. Wahrscheinlich war die Einschlagstelle gerade erst frisch mit Botox verstopft worden. Mich erschreckte der Anblick. Nicht zuletzt, weil dies zweifelsohne mein Werk war. Der Junge hingegen schielte hilflos zu mir herüber. Dann grabbelte er im Nacken seiner Mutter, während die Finger seiner anderen Hand wie von selbst seine Unterlippe zerfledderten.

Eine fremde Hand umfasste meinen Oberarm und zog mich zur Seite. Ich stolperte über meinen Gipsfuß und fiel Gregor geradewegs in die Arme. Er sah wesentlich nüchterner, aber nicht unbedingt frischer aus. Graue Schleier hingen unter seinen Augen, seine Lippen waren blutleer. Eine zaghaft qualmende Kippe hing zwischen ihnen. Ich merkte sofort, dass ich starrte, aber ich konnte es nicht abstellen. Mein Gehirn bearbeitete eine Zeit lang die Frage, ob ich seine Gegenwart begrüßte. Ich war froh. Aber ich stellte schnell fest, dass ich nicht glücklich über diese Einsicht war.

»Sie sagten, Sie hätten einen Fehler gemacht«, sprach ich schnell.

Gregor blinzelte überrascht, saugte am filterlosen Glimmstängel und nickte schließlich sehr langsam.

»Welcher Scheißkerl hat reagiert? Worauf hat er reagiert?«, löcherte ich ihn weiter.

Gregor warf einen kurzen Blick auf das Haus und führte mich die Anhöhe hinunter. Er trug ein schwarzes T-Shirt und warf eine unglaubliche Hitze ab, was wohl daran lag, dass die Sonne die dunkle Baumwolle zerfraß. Achtlos spuckte er seine Kippe auf den Asphalt und trampelte ihre Asche platt.

»Ich fahre Sie nach Hause«, läutete er ein.

Ich blieb umgehend stehen. Er stockte in seinem Gang und drehte sich zu mir um. »Ich kann Sie auch über die Schulter werfen und im Kofferraum transportieren«, drohte er.

»Wollen Sie denn gar nicht wissen, was ich bei der Schrapnell zu suchen hatte?«

»Die Schrapnell lügt«, sagte Gregor, packte mich am Handgelenk und zog mich die Straße hinunter.

»Warum sollte sie das tun?« Müßig stolperte ich ihm hinterher und starrte dabei unentwegt auf seinen Rücken.

»Sie sitzt im Vorstand der Unternehmensberatung.«

Abermals blieben wir stehen. Ich trat an seine Seite und suchte seinen Blick. »Sie steckt da also mit drin?«

»Nicht unbedingt.«

»Aber sie weiß Bescheid.«

Er nickte. »Und wenn die Mauscheleien ans Licht kommen, ist sie genauso weg vom Fenster.«

»Aber das passt doch hinten und vorn nicht! Sie *muss* ihre Finger mit drin haben. Wie sollte sie sonst davon erfahren haben?«

Gregor guckte mich vielversprechend an. Schlagartig fiel es mir wie Schuppen von den Augen. »Der gute Hugo hat es seiner Frau erzählt. Hat er sie nach dem Verhör etwa angerufen?«

Er nickte. »Wahrscheinlich erwartete er von ihr, sie würde ihn freikaufen oder eine andere adäquate Lösung finden.«

Ich stellte mir vor, wie sie reagiert haben musste, als er ihr beichtete, dass er sich von Topkonzernen schmieren ließ, um die Reputation der Firma durch den Dreck zu ziehen. So wie ich ihn einschätzte, wird er versucht haben, mit seinem Geständnis auch Druck auf seine Frau auszuüben. Immerhin saßen sie im gleichen sinkenden Boot. An ihrer Stelle wäre ich an die Decke gegangen.

»Tja. Wie es aussieht, hat sie eine adäquate Lösung gefunden«, überlegte ich. »Und anstatt ihn aus der Jauche zu befördern, zieht sie jetzt die Reißleine und lässt ihn mit einer Mär über Wettschulden ins Messer laufen.«

Gregor ging noch weiter. »Hugo Sachs steckt nach wie vor bis zum Hals in der Scheiße. Das Einzige, was die Staatsanwaltschaft davon abhält, Anklage wegen Mordes zu erheben, ist das fehlende Motiv. Und offensichtlich fehlen ihm die Freunde, die ihm den Rücken stärken. Pfeiffers Witwe will ihn genauso gern im Knast sehen und wird die Geschichte fraglos bestätigen. Und seine Kollegen werden alles begrüßen, was sie aus den Ermittlungen raus hält.«

Ich runzelte die Stirn. »Aber diese Akte ist keine Mär. Sie ist real. Und sie liegt auf der Wache. Da werden Geschichten über Wettspiele kaum gegenhalten können.«

Gregor nickte und schob mich vorwärts. »Deswegen hat Hugo noch einen Anruf getätigt.«

Mein Bauch blubberte vor Aufregung. »Sie wollen auf die Brandstiftung hinaus, richtig?« Hibbelig stach ich ihm in die Seite. »Deswegen haben Sie doch mit Oskar telefoniert. Und über irgendeinen Scheißkerl gesprochen.«

Mit einem kaum ernst zu nehmenden Stirnrunzeln guckte er mich an. »Sie haben mich belauscht?«

Ich hörte nicht hin, sondern kombinierte weiter. »Passt doch alles zusammen: Zuerst telefoniert Sachs mit seiner Schrapnell und erzählt ihr von dem Hefter. Vielleicht, um ihr die Pistole auf die Brust zu setzen, damit sie ihren Allerwertesten bewegt, um ihn da rauszuholen. Als die aber keinen Finger rührt, muss Sachs sich selbst um die Beweisvernichtung bemühen und schickt jemanden, der sich um die Detektei kümmert.«

Wir standen vor dem Taxi und Gregor schloss die Tür auf. Ich beugte mich über das Autodach. Das entschlossene Grinsen wich mir langsam von den Lippen.

»Aber warum reagiert er erst jetzt?«, fragte ich. »Man bringt doch keinen um und lässt die Beweise einfach in der Wohnung rumliegen.«

Gregor nickte bekräftigend. »Gut gedacht, Marple. Ich hatte den gleichen Gedanken.«

Stolz schwellte meine Brust. »Vielleicht konnte er die Dokumente nicht rechtzeitig finden?«

Er schüttelte den Kopf. »Er hätte Wege gefunden, es aus der Witwe herauszuquetschen.«

Gregor kroch in den Wagen und entriegelte meine Tür. Schwungvoll riss ich sie auf und setzte mich auf das ausgediente Leder.

»Sie spekulieren also auf etwas anderes«, stellte ich fest.

Prompt boxte er mit Schmackes gegen den Aschenbecher, sodass ein paar Kippen in den Fußraum purzelten. »Sachs konnte die Unterlagen nicht finden, weil er nicht wusste, dass sie existieren.«

Ungläubig schüttelte ich den Kopf.

»Seine Brecheisenreaktion spricht dafür«, sagte er. »Er ist mit der Situation überfordert. Er hätte anders reagiert und vielleicht vorgesorgt, wenn er von den Beweisen gewusst hätte. Jetzt muss er nach dem Strohhalm greifen und mit dem Vorschlaghammer antworten.«

Mir wollte diese Idee einfach nicht einleuchten. »Warum sollte er das tun? Selbst wenn es stimmt, müsste ihm immer noch klar sein, dass die Handakte längst bei der Mordkommission liegt. Und alles, was er anpackt, um es zu vertuschen, wird zwangsläufig auf ihn zurückfallen. So blöd kann doch niemand sein.«

Gregors Lippen umschmeichelte ein Lächeln. »Ich behaupte nicht, dass er blöd ist.« Er popelte im Aschenbecher herum. »Er hat seinen Anwalt angerufen.«

»Seinen Anwalt«, wiederholte ich klanglos.

Gregor nickte. »Der hat Sachs in der Zelle besucht. Und er hat die Handakte mitgenommen.«

Roald Schuster unterhielt eine kleine Anwaltskanzlei in Essen, bestehend aus seiner Frau und ihm selbst. Das Büro lag mitten in der Stadt, nur einen Steinwurf von der Unternehmensberatung entfernt. Gregor hatte sich die Adresse der Kanzlei von einem Polizeikumpanen geben lassen und stellte das Taxi einige 100 Meter entfernt von dem Haus ab, weil die Gegend bereits bis zum Bersten zugeparkt war. Die Sozietät lag im Erdgeschoss eines zwischen zwei Wohnhäuser gepferchten Geschäftshauses. Es gab keine pompösen Schaufenster, was günstig für uns war, sondern lediglich zwei mit Gardinen verkleidete, hoch liegende Fenster. Als Gregor die Tür öffnete, bimmelte ein Glöckchen. Der Trampelpfad vor dem Büro war gewischt, das angeschlossene Zimmer menschenleer.

»Einen Moment!«, trällerte uns eine männliche Stimme entgegen. Es folgten kurzatmige Trippelschritte. Dann lugte ein hageres, eierschalenfarbenes Gesicht durch die Tür. Seine Kieferknochen stachen hervor, seine Haare waren mausgrau gelockt und das Gel, das sie in Form bringen sollte, verzwirbelte sie zu dicken Strähnen, was eine rosablasse Kopfhaut zum Vorschein brachte. Sein Alter war schwer einzuschätzen. Wegen seiner grauen Haare nahm ich an, dass er irgendwo Ende 40 war. Sein Gesicht allerdings sah wesentlich jünger aus. Seine schlüpfrig dreinblickenden Augen lächelten aus ihren Höhlen und er schien keinen blassen Schimmer zu haben, mit wem er es zu tun hatte.

»Ist Ihre Frau da?«, erkundigte sich Gregor und belegte seine Stimme mit einem derart freundlichen Singsang, dass mir vor Verblüffung für eine Sekunde die Luft ausging.

Roald Schuster richtete sich auf, schüttelte abbittend den Kopf und kam auf uns zu. Gregor ging ihm mit gespreizten Armen entgegen. Dann machte er plötzlich einen Satz nach vorn, schnappte nach Schusters roséfarbener Krawatte und riss an ihr wie an einem Glockenseil. Der Oberkörper des Anwalts flog nach vorn, Gregor packte seinen Nacken und knallte das mittlerweile puterrote Akademikergesicht auf die nächstbeste Tischplatte. Wahrscheinlich stieß ich vor Erschrecken einen kurzen Schrei aus. Zumindest glaubte ich, ein Quieken gehört zu haben. Mit einem gekonnten Handgriff knotete Gregor die Krawatte an den Verstrebungen des Tischbeines fest. Schuster begann es langsam zu dämmern und fing an, wie ein auf dem Rücken liegender Käfer mit den Armen zu fuchteln und zu quietschen. Nach dem ersten Schrecken bekam die Situation etwas Amüsantes. Aber das änderte sich schnell.

Gregor setzte sich auf den Schreibtisch und sprach in Richtung Boden. »Sie waren kürzlich im Polizeipräsidium Bochum und haben dort etwas mitgehen lassen.«

Schuster verdrehte seinen Hals, um Gregor anzusehen. »Was reden Sie da?«

Er überging die Frage. »Und Ihr Mandant hat Ihnen Instruktionen mitgegeben. Welche waren das?«

»Ich habe keine Ahnung, wovon Sie sprechen.«

Falsche Antwort.

Gregor stand auf, zog seinen Ellenbogen vom Oberkörper fort, ließ sich nieder und rammte schließlich seine Faust in Schusters exponierte Nierengegend. Der Anwalt stieß einen kläglichen Schrei aus, keuchte und fletschte die Zähne. Wilde Falten sprossen in seinem roten Gesicht.

»Ich wiederhole meine Frage nicht«, sagte Gregor.

»Ich habe Ihnen nichts zu sagen«, stöhnte Schuster.

Plötzlich angelte Gregor ein Klappmesser aus seiner Hosentasche und ließ die Klinge vor Schusters Augen aus den Wangen schnellen. Das Geräusch der einrastenden Klinge war unmissverständlich und ich ging intuitiv einen Schritt zurück. Messer sind mir schon immer ein Gräuel gewesen. Sie waren kompakt und unscheinbar, passten in jede noch so kleine Jackentasche; von der Sekretärin bis zum Musterschüler, quasi jeder konnte eines mit sich herumschleppen und auf einen losgehen. Außerdem verlangte die Auseinandersetzung mit einem Messer einen gewissen Grad an Körpereinsatz. Für Körpereinsätze war ich noch nie der Typ gewesen.

»Ich habe einen ziemlich kurzen Geduldsfaden«, warnte Gregor. »Und du weißt ganz genau, was ich wissen will, du korrupter alter Bastard. Also entweder sagst du es mir oder ich schneide dir scheibchenweise die Ohren ab.«

Ich sah die Adern, die auf dem Handrücken von Gregors Messerfaust hervortraten und beobachtete ihn, wie er die Klinge langsam an das Ohrläppchen heranführte. Gregors Blick war auf Schuster fokussiert, seine Atmung blieb flach. Mir hingegen wurde beinahe schlecht. Schuster kniff die Augen zusammen, riesige Schweißperlen rannen ihm die Stirn hinunter.

»Hören Sie«, beschwichtigte er. »Die machen mich kalt, wenn die das rauskriegen!«

Ungeduldig knallte Gregor das Messer auf die Tischplatte und zog seine Beretta aus dem Hosenbund. Er löste die Sicherung und drückte Schuster den Lauf in den Nacken. Mir blieb sogleich das Herz stehen.

»*Das* können wir auch gleich hier erledigen«, sagte er

und sah mich an. »Geben Sie mir das Kissen.« Er nickte in Richtung des Keilkissens auf dem Schreibtischstuhl unmittelbar hinter mir. Ich drehte mich um.

»Nicht!«, schrillte Schuster.

»Gib mir das Kissen!«, brüllte Gregor mich diesmal an. Er war völlig außer sich.

Die Wut in seiner Stimme prallte wie eine Planke gegen meine Stirn und ich hatte Probleme, einen vollständigen Gedanken zu fassen.

Also funktionierte ich.

Ich beugte mich über den Tisch, griff nach dem Kissen und warf es in seine Richtung. Gregor fing den Schaumstoffkeil, stellte sich auf die Zehenspitzen und drückte Schuster das Kissen auf die Wange. Meine Nerven begannen zu knistern und meine Linsen fixierten die alarmierenden Signale der Situation: Die Knarre, das Kissen, den verängstigten Anwalt und den siedenden Despot, der sich über die Waffe beugte. Ich erfasste alles, doch ich war völlig außerstande, die Lage zu bewerten. Ich war vollkommen überfordert.

»Gehen Sie jetzt raus«, befahl schließlich Gregor und presste den Lauf in das Kissen. Er sah mich nicht einmal an.

Ich starrte auf Schuster. Er wimmerte und zitterte am ganzen Leib. Seine Hände umklammerten die Tischkante und der Rotz lief ihm aus der Nase.

»Das kann ich nicht«, antwortete ich.

Gregor starrte mich verdutzt an. Plötzlich zielte er mit der Beretta auf mich. »Raus«, wiederholte er sachlich.

Eine Welle der Emotionen traf mich und die Tränen rannen mir über die Wangen. Das hier war keine Inszenierung. Gregors Wut war echt, genauso wie die Knarre, die er auf mich gerichtet hatte. Diese Bedrohung war eine andere als in der Kneipe. Gregor war nicht nur fuchsteufelswild, er war vor allem auch nüchtern und vollkommen bei Sinnen.

Er jagte mir eine Scheißangst ein.

»Was machen Sie da? Wollen Sie ihn etwa umbringen?« Ich sah von Gregor zu Schuster. »Er wird Sie umbringen. Tun Sie doch was!«

Als wäre es ein Stichwort gewesen, drückte Gregor plötzlich die Knarre auf das Kissen. Ich hörte einen Schrei. Und der Oktave nach zu urteilen musste ich annehmen, dass es meine Stimme war.

»Wartet!«, quiekte schließlich Schuster.

Gregor zog die Knarre weg und nahm das Kissen vom Kopf des Anwalts.

Schuster spreizte die Finger seiner zitternden Hände. »Also gut. Es gibt da möglicherweise jemanden, dem ich Informationen gegeben habe.«

Schuster sabberte, während er einen Namen ausspuckte.

»Bolker.« Es folgte eine Handynummer. »Mehr weiß ich wirklich nicht!«

»Wer ist dieser Bolker?«

»Ich habe keine Ahnung, wir haben kein Wort miteinander geredet. Meine Order war, ihn anzurufen und ihm die Kopien zu geben. Das tat ich auch. Und so schnell der Typ kam, so schnell zog er wieder ab.«

»Wie sah er aus?«

»Sehr großer Typ, ratzekurz geschnittenes Haar. Gut sichtbare Aknenarben. Er trug einen Anzug.«

Noch immer klemmte Schusters Gesicht am Schreibtisch fest und seine Wange rutschte auf seinem Schweiß.

Gregor ließ von ihm ab. »Kommen Sie«, sagte er zu mir.

Ich machte einen Schritt vorwärts. Meine Knie waren nach wie vor ganz weich.

»Hey!«, rief Schuster uns hinterher. »Binden Sie mich los! Bitte.«

Gregor ignorierte sein Flehen und ich mied es, mich noch einmal umzudrehen. Wir gingen aus dem Haus und Gregor wandte sich mir zu. Sein Gesicht wirkte alt unter den Krähenfüßen, die sich aufgrund seines hämischen Grinsens gebildet hatten. Ihm schien es da drinnen Spaß gemacht zu haben. Bei seinem frontalen Anblick kippte mein Adrenalinspiegel und ich gab ihm eine saftige Ohrfeige.

»Sie Scheißkerl.«

Gregor zeigte sich von meiner Reaktion wenig beeindruckt. Stattdessen neigte er zuvorkommend sein Haupt. »Sie waren sehr überzeugend.«

»Glauben Sie etwa, das war gespielt, Sie Idiot?«, brüllte ich ihn an. »Beinahe hätten Sie da drin irgendjemanden erschossen.«

Er zog seine Augenbrauen zusammen. Fast schien er beleidigt. »Ich erschieße nie *irgendjemanden*.«

Die Kälte, mit der er diesen Satz aussprach, jagte mir einen Schauer über den Rücken.

»Und jetzt? Was machen Sie jetzt, Sie Superheld?«, fragte ich.

»Leider habe ich keinen triftigen Grund, um Sie in Schutzhaft zu stecken. Und abschütteln lassen Sie sich auch nicht. Also sollten wir erst mal etwas für Ihre Sicherheit tun.«

Der Ortszipfel Hustadt im Bochumer Stadtteil Querenburg war eine betongeprägte Region. Kaum ein Wohnhaus trug weniger als fünf Etagen über dem Fundament und auch die Klötze der angrenzenden Ruhr-Universität sowie des Opelgeländes machten das Panorama nicht wesentlich anschaulicher. Nichtsdestotrotz überquerten wir einen Grüngürtel, als wir das Ballungsgebiet der Hochhäuser verließen.

Gregor war bärbeißig. Er fuhr drakonisch über den Ruhrschnellweg, verschmähte die ollen Zigarettenstummel und perzte stattdessen eine fabrikfrische Kippe nach der anderen herunter, nicht ohne die Stummel beim Ausdrücken mit einer gewissen Nettigkeit zu behandeln. Nur für den Fall, dass er sie beizeiten wieder anzünden wollte. Ich hatte mein Seitenfenster bereits heruntergekurbelt, doch dessen ungeachtet wurde der Zigarettennebel im Innenraum zunehmend dichter, wofür wahrscheinlich auch Gregors rauchender Schädel verantwortlich war. Meine Augen tränten und juckten, doch ich mied es, ihn wegen seiner Pafferei zurechtzuweisen. Ich war doch nicht lebensmüde.

Gregor parkte das Taxi halb auf dem Bürgersteig. Ein Metallzaun mit fingerdicken Streben und einem faustgroßen Vorhängeschloss trennte uns von dem kuscheligen eingeschossigen Vereinsheim, welches mir Gregor bereits als adäquaten Übungsplatz angekündigt hatte. Er bearbeitete die Klingel am Rande des Zaunes und eine halbe Minute später trat ein junger Mann zu uns heraus. Seine mittelbraunen dünnen Haare hatte er hinter die Ohren gestopft, seine pubertätsbedingten Pickelchen waren bereits aus einigen Metern zu erkennen. Er trug ausschließlich grüne Kleidung. Sein Sweatshirt hatte einen V-Ausschnitt und unter der Sporthose blitzten weiße Tennissocken hervor. Er kam in Turnschuhen, um seinen Nacken herum waren monströse Kopfhörer geschlungen. Als er Gregor sah, lächelte er zuvorkommend. »Lange nicht gesehen«, sagte er und zog das Tor auf. Als würden sie sich seit Ewigkeiten kennen. Dabei war der junge Mann wahrscheinlich nicht einmal 20.

Wir passierten den Durchgang und ich reichte ihm die Hand. »Esther«, stellte ich mich vor.

»Hallo. Ich bin Michael.« Er zwinkerte. »Hübsches Auge.«

Michael führte uns ins Vereinsheim. Das Haus war rustikal eingerichtet: Holzpaneelen an den Wänden, braune Fliesen auf dem Boden. In der Mitte standen zwei Tische aus massiver Eiche, um sie herum waren die Stühle akkurat aufgereiht. An den Wänden hingen Fotos von dicken Männern, um ihre Hälse ließen sich Medaillen so groß wie Espressoteller ausmachen. Wir gingen die Treppe hinunter. Im Keller war es alles andere als rustikal: Patinagrüne Waffenschränke reichten bis unter die Decke. Auf der anderen Seite des Flurs stapelten sich Kopfhörer und Sichtschutzbrillen. Über den Regalen hingen Rostige Flinten und Plakate von Faustwaffen, in ihre Einzelteile zerlegt. Im Vorübergehen streifte ich einen Mülleimer und sah hinein. Er war voll mit leer geschossenen Projektilen. Es roch nach angebranntem Stein, die Luft war trocken und flüchtig. Der Schießstand war unbesetzt.

»Das Training beginnt erst in zwei Stunden«, sagte Michael. »Solange haben wir Ruhe.« Er guckte Gregor an. »Hast du deine eigene dabei?«

Gregor sah zu mir herüber, dann auf meine Handtasche und ich nahm jene Knarre heraus, die ich seit Tagen illegal mit mir herumschleppte.

Michael nahm sie mir ab und richtete den Lauf sofort auf den Boden. »Eine Browning GPDA 9.« Er warf einen Blick zu Gregor hinüber, der nicht mit Freundlichkeit beschienen war. »Die ist geladen. WBK?«

»Es ist alles in Ordnung«, beruhigte Gregor ihn.

Michael schien nicht beruhigt. Er öffnete den Schlitten, löste das Magazin heraus und legte es auf den Tisch. Dann pulte er eine bleistiftdicke flache Kunststoffschiene aus der Hosentasche und schob sie durch den Lauf. Er gab mir das Magazin und die dekorierte Knarre. Dabei unterließ er es nicht, Gregor mit argwöhnischen Tränensäcken abzufertigen. »Zu deiner Sicherheit.«

Gregor ging einen Schritt voraus und auch ich machte Anstalten zu gehen, doch Michael hielt mich auf.

»Warte.«

Er drehte sich um, zog einen Kopfhörer von der benagelten Wand und stülpte ihn mir über die Ohren. Er tat mit den seinigen das Gleiche. Die Gummimuscheln hefteten sich wie Pömpel an meine Ohren und sie schienen alles, was zwischen meinen Ohren lag, aussaugen zu wollen. Mir wurde ein wenig usselig. Michael klaubte derweil noch ein paar Munitionspackungen aus einer Schublade. Dann folgte ich den Männern durch eine Glastür zu den Schießständen, die wie öffentliche Toiletten mit Spanplattenwänden voneinander getrennt waren. Zwischen ihnen und dem Boden klaffte eine Lücke, die bis zu den Knöcheln reichte, und wäre noch jemand mit uns im Raum gewesen, hätte man seine Füße unter den

Platten gesehen. Unter den Decken der Kabinen hingen Bedienungselemente für den Transport der Zielscheiben. Alles war wie im Fernsehen.

Im Vorbeigehen nahm Michael eine von zahllosen kreisförmigen Zielscheiben aus einem Umzugskarton neben uns, überholte mich auf halbem Wege und klemmte das Papier an die Arretierung der ersten Kabine. Sein Daumen versank in der Blende des Bedienknopfes und das Plakat surrte flatternd nach hinten. Die Fahrt wollte gar nicht aufhören.

»*Das* soll ich treffen?«

Gregor tauchte hinter meinem Rücken auf und grinste, obwohl ich bezweifelte, dass er mich angesichts des Kopfhörers auf seiner Birne überhaupt verstanden hatte. Ich verstand ja selbst kaum ein Wort von dem, was ich sagte. Michael zuckte mit den Mundwinkeln und Gregor ging zur Nachbarkabine, um sich seine eigene Zielscheibe aufzuhängen. Ich schielte an meiner Holztür vorbei. Seine Zielscheibe fuhr einen weiteren Weg als meine.

»Großkotz«, sagte ich laut genug, damit ich es auch verstand.

Gregor richtete seine Flanke zur Zielscheibe aus, zog seine Beretta aus dem Hosenbund, entsicherte die Waffe und streckte den Arm aus. Der andere Arm hing locker von seinem Körper herab. Der Schießarm war in Sekundenschnelle von gut sichtbaren Muskelfasern und Adern durchzogen. Mit den Kopfhörern über den Locken sowie dem ungezähmten Fusselbart sah er aus wie Jeff Goldblum in ›Die Fliege‹. Seine Augen formten sich zu Schlitzen und er rümpfte die Nase, was ich witzig fand. Dann drückte er einige Male ab. Trotz des Gehörschutzes zuckte ich bei jedem Schuss zusammen. Ich hatte nicht den Eindruck, dass die Kopfhörer wirklich gegen den Lärm halfen. Es klang und roch nach Feuerwerk. Gregors Lider zuckten ebenfalls, doch die Waffe blieb fest in seiner Faust, während das Handgelenk geübt den Rückstoß abfederte.

Ich beobachtete ihn fasziniert und war angetan von seiner Körperhaltung und der Selbstkontrolle, die er ganzheitlich ausstrahlte. Es war, als hätte man den besoffenen, angrophilen Heckenpenner einfach gegen einen anderen Menschen ausgetauscht. Gregor löste den Griff, sicherte die Pistole und legte sie auf das kleine Ablagebrett neben der Spanplattenwand. Sofort machte Michael einen Satz nach vorn und vollführte an der Beretta den üblichen Sicherungsprozess. Eine halbe Minute später lugte auch aus Gregors Waffe eine rote Plastikfahne. Gregor sah zu mir herüber und rückte die klobigen Kopfhörer zurecht.

Michael kehrte zurück und begann zu erklären, wie man die Browning zu laden hatte. Ich lauschte und nickte, tat aber keinen Handgriff, sondern schaute Michael dabei zu. Als er fertig war und mir die Waffe gab, bekam ich Herzklopfen.

»Ab jetzt nur noch in diese Richtung zielen!«, sagte er laut und zeigte auf die Zielscheibe. Ich nickte, was mir unter den schlotzenden Kopfhörer Schwindel bereitete, und stellte mich breitbeinig in der Kabine auf. Ich imitierte Gregor nicht, richtete meine Brust frontal zur Zielscheibe aus. Ich streckte den Arm mit der Waffe aus und legte die andere Hand stützend unter die Faust. An meinem Handballen fühlte ich die raue Oberfläche der Griffschalen. Plötzlich wurde die Pistole sehr schwer.

Ich richtete mich nach der verschwindend kleinen Zielvorrichtung über dem Lauf und bekam zittrige Hände, bevor ich abdrückte. Ich kniff die Augen zusammen, bis ich kaum mehr etwas sah, und zurrte den Klammergriff um den Auslöser wie einen geschnürten Sack langsam zu.

Doch es passierte nichts.

»Die Waffe ist nicht entsichert«, merkte Gregor an und löste mit dem Daumen die Mechanik am hinteren Ende des Laufes.

Ich blies die Backen auf, atmete noch einmal durch und drückte ab. Ich fühlte den Rückstoß, der wie ein Stromschlag durch den Schießarm bis zur Schulter schoss. Kaum hatte ich ihn registriert, war es auch wieder vorbei. Ähnlich war es mit dem Schlitten der Pistole, der in Nanosekunden vorrückte und sich neu justierte. Ich schoss insgesamt neun Mal und hatte keine Ahnung, ob und wo ich getroffen hatte.

»Touché«, sagte Gregor.

Meine Atmung flatterte, als wäre ich eben diesen Kugeln, die ich abgefeuert hatte, ausgewichen. Ich fühlte mich gut, sehr gut sogar. Und im gleichen Moment schämte ich mich für das Gefühl.

Gregor ging zu seiner Kabine, um die Zielscheibe heranzufahren. Ich tat das Gleiche mit meiner und Michael pulte in der Zwischenzeit die Plastikfahne durch den Lauf. Die Motoren der Arretierungen surrten genügsam und die Zielscheiben flatterten wie Seidentücher. Gregors Treffsicherheit war wie erwartet hervorragend. Sämtliche abgefeuerte Patronen hatten ihr Ziel erreicht und die inneren Ringe perforiert. Ich hingegen zählte nur fünf Einschüsse.

»Der war doch gut.« Michael zeigte auf ein Loch im mittleren Bereich.

Ich hielt es für den besten Augenblick, um ihm die alles entscheidende Frage zu stellen: »Kann ich bei euch einen Waffenschein machen?«

Er starrte mich ungläubig an. Gregor grinste.

»Einen Waffenschein gibst hier nicht. Du möchtest dir wohl eher einen WBK für eine Waffe zulegen. Sprich: Die Sachkundeprüfung machen.«

Ich nickte eifrig.

Seine Schultern zuckten. »Klar. Dafür musst du bei uns Mitglied werden. 12 Monate. Wettkämpfe. Das ganze Drumherum.«

»Kein Problem«, erwiderte ich sofort.

»Die Aufnahmegebühr beträgt 150 Euro. Jährlich liegst du bei uns bei etwa 100 Euro. Dazu kommen die Kosten für die verschossene Munition. Dafür machen wir üblicherweise einen Deckel auf.«

Ich nickte schwach. »In Ordnung. Kann man bei euch auch in Raten zahlen?«

Die orangefarbene Sonnenscheibe läutete das Ende des Tages ein und die Temperatur war um einige Grade abgesackt. Gregor und ich bestellten diversen Kleinkram in einem Fast-Food-Restaurant und setzten uns ins hinterste Eck der schmuddeligen Bude. Mit seinem seriösen Auftritt in der Schießbude hatte Gregor wieder ein paar Sympathiepunkte gewonnen. Doch hundertprozentig koscher kam mir der Junge nach wie vor nicht vor. Er hingegen schien meine Gegenwart zu genießen. Ansonsten hatte ich kein Argument dafür, warum er sich überhaupt so intensiv mit mir beschäftigte. Vielleicht fehlte ihm eine Aufgabe im Leben. Vielleicht war ihm auch einfach nur langweilig.

»Haben Sie das ernst gemeint, dass Sie mich am liebsten in Schutzhaft stecken würden?«

Er hob die Augenbrauen. »Ich bin kein Polizist. Und selbst wenn ich es wäre, ich würde Ansmann damit eine Freude machen. Und das wäre nicht in meinem Sinne.«

»Sie mögen ihn nicht, oder?«

»Er ist unkooperativ und von sich selbst eingenommen. In seinem Job kann so etwas gefährlich sein. Man muss sich auf seine Leute verlassen können.«

»Das klingt, als hätte er Sie vor einiger Zeit ziemlich enttäuscht.« Gregor sah auf und sein Blick verschärfte sich, als er merkte, dass ich ein paar Informationen aus ihm herauskitzeln wollte.

Ich räusperte mich. »Zurück zu dem Fall«, sagte ich eifrig und räumte die frittierten Hühnchenteile aus meinem Karton. »Sagen Sie mir, wie es aussieht, Sherlock.«

Die Ablenkung half nichts. Gregors Stimmung war umgeschlagen und er klang gereizt. »Ich sage Ihnen, wie es aussieht. Ich schlage mich mit Dingen herum, die eigentlich Sache der Polizei sind. Und das nur, weil Sie sich nicht raushalten können.«

Ich war von seinen Stimmungsschwankungen angenervt. »Dann hören Sie doch auf, sich damit herumzuschlagen.« Ich stopfte mir ein Stück Fleisch in den Mund.

»Das geht nicht mehr. Ich habe den Stein ins Rollen gebracht. Also muss ich es auch zu Ende bringen.« Er befreite seinen Burger von dem Papier.

»Hui«, spottete ich. »Sind Sie irgendeinem Ehrenkodex unterworfen? Oder wollen Sie sich am Ende nur die Medaille einheimsen?« Fleischkrümelchen flogen aus meinem Mund auf den Tisch.

»Nein. Ich will Bolker finden. Und zwar, bevor er Sie findet.«

Ich schluckte, aber mir blieb das Essen im Halse stecken. »Und Sie«, konterte ich schwach.

»Keine Angst. Ich kann auf mich aufpassen.«

»Ach. Und ich nicht?«

Er griente. »Sie haben auf die Zielscheibe der Nachbarkabine geschossen.«

Eine Gruppe Halbstarker pflanzte sich an den Tisch neben uns. Mit einem süffisanten Gebaren warfen sie ihre Beine nach vorn und ließen sich lässig in die Stühle fallen. Sie trugen diese überweiten Jeanshosen mit Taschen, in denen sich problemlos ein Kaninchen verstecken ließ. Weiße Schiesser-Unterhosen blitzten über ihrem Steiß. Die Hierarchie war augenscheinlich nach Alter und Muskelmasse bestimmt. Der Älteste bekam den Platz am Fenster, während die Hühnerbrust sich mit dem Holzhocker begnügen musste. Die Jungs schleuderten die Verpackungsware quer über den Tisch und unterhielten sich in einer unangemessenen Lautstärke. Hin und wieder warfen sie uns, das heißt Gregor und meinem Veilchen, aufständische Blicke zu. Gregor mied nicht den Augenkontakt, den sie offenbar tatkräftig suchten. Es war reines pubertäres Kräftemessen.

»Verraten Sie mir, wer Oskar ist?«

»Oskar ist ein Urgestein. Lebt seit 45 Jahren für seinen Beruf. Länger, als viele Polizisten es aushalten können. Er ist der ungekrönte Polizeipräsident und hat wie kein Zweiter Einfluss auf die Leute. Er steht kurz vor seiner Rente. Das wurmt ihn seit Jahren.«

Ich tunkte etwas Fleisch in meine Soße. »Worüber haben Sie mit ihm gesprochen?«

Gregor sah mir auf die Stirn. »Ursprünglich sollte er arrangieren, dass die Kopien aus dem Verhörsaal der Mordkommission so in die Hände gespielt werden, dass uns keine Formfehler nachgewiesen werden können.«

»Die sind aber nie dort angekommen«, erwiderte ich und versuchte vergeblich, seine Aufmerksamkeit auf mich zu lenken.

»Nein.« Jetzt glotzte er auf meine Hände. »Als einer seiner Lakaien in den Verhörraum ging, waren sie weg.«

»Aber das kann doch nicht sein!« Ich fuchtelte mit meinen Händen und die Soße tropfte vom Fleisch auf meine Hose. »Das muss doch irgendjemandem aufgefallen sein. Solche Anwaltsbesuche finden doch nicht unter Quarantäne statt!«

»Nein.« Er pulte heraushängende Salatblätter aus dem Burger. »Es sieht so aus, als hätte jemand im richtigen Moment in die falsche Richtung gesehen.«

Ich gaffte ihn ungläubig an. »Was soll das heißen? Meinen Sie etwa, jemand wurde geschmiert?«

Er stieß ein gequältes Lachen hervor und strich das Verpackungspapier unter seiner Mahlzeit glatt. »Es wäre nicht das erste Mal.«

Erneut sagte er es mit einem nostalgischen Unterton. Ich steckte mir das restliche Hühnchenfleisch in den Mund, während Gregor die herumliegenden Salatblätter zu einem Haufen zusammenlegte. Kauend beobachtete ich seine Genügsamkeit und mir platzte langsam die Hutschnur.

»Und Sie und Oskar tun nichts dagegen? Sie nehmen das einfach so hin?«

Endlich biss Gregor in das Weizenbrötchen. »Niemand hat tatsächlich gesehen, dass ich Sachs die Kopien zugesteckt habe. Das Verhör hat nie stattgefunden. Und wir beide sind an diesem Tag nie im Präsidium gewesen.«

Ich konnte nicht glauben, dass er und dieses Urgestein eine derartige Unmoral in den Reihen der Polizei einfach so hinnahmen. Entnervt wischte ich mir mit der Serviette den Schnabel ab, das Papier scheuerte auf meiner Oberlippe.

»Hören Sie auf zu schmollen. Oskar wird der Sache noch früh genug auf den Grund gehen. Sie sollten sich lieber um ganz andere Dinge Sorgen machen.«

Ich warf die Serviette hin. »Sie meinen Bolker.«

Er nickte. »Sachs wird ihm gesteckt haben, wer über die Akte Bescheid weiß. Das schließt uns mit ein. Und die Spielregeln sind nun mal, sämtliche Mitwisser auszuschalten.«

Auszuschalten. Meine Eingeweide zogen sich zusammen.

»Also gut.« Ich schluckte träge. »Was machen wir als Nächstes?«

Er seufzte. »Im Moment sind wir in einer Sackgasse. Und die einzig brauchbaren Spuren sind die Lücken in der Akte.«

»Die wir aber nicht mehr füllen können, weil in Gerthe alles abgebrannt ist.«

Er wiegelte ab. »Das mag sein. Aber der Hefter stammt aus dem Dunstkreis der Witwe.«

Ich deutete einen Fingerzeig an. »Sie glauben, die fehlenden Seiten sind noch in Pfeiffers Haus?«

»Vielleicht waren sie es mal. Es wäre dumm, sie länger als nötig zu behalten, wenn sie eine Bedrohung sind.«

Geheimnistuerisch beugte ich mich vor. »Aber wir können es nicht ausschließen.«

Das dröge Gelächter der Clique unterbrach uns. Ein paar Zeitgenossen bewarfen sich mit den Kartons, einer schmiss einen halb vollen Pappbecher um und die Suppe verteilte sich quer über den Tisch.

»Was wollen Sie tun? Wollen Sie Ihrem Freund Oskar stecken, dass wir einen Durchsuchungsbefehl für Pfeiffers Haus brauchen?«

Gregor biss in seinen Burger und schüttelte so vehement den Kopf, dass es Krümel aus dem Brötchen regnete. »*Wir* brauchen keine Durchsuchung, sondern die MK. Und ohne einen stichhaltigen Verdacht, den sie der Staatsanwältin stecken können, durchsucht die gar nichts.« Er würgte das Essen hinunter. »Ohne die Handakte der Detektei haben die Leute der MK überhaupt keinen Grund, die trauernde Witwe auch nur in Betracht zu ziehen.«

Zwangsläufig fiel mir das Blut im Schlafzimmer ein sowie das Geständnis der Pfeiffer, sich der Spuren, die auf den vermeintlichen Tatort hinwiesen, mit dem Wischmob entledigt zu haben. Gregor schien den gleichen Gedanken zu haben. »Sie müssen Ansmann über Ihre Gespräche mit der Witwe informieren.«

»*Ich*?«, quengelte ich. »Tun Sie das doch! Mich würde Ansmann umbringen. Außerdem hatte er seine Chance gehabt, aber er wollte ja nicht auf mich hören.« Ich zog eine Schnute. »Wieso bringen wir der MK nicht einfach die zweite Version unserer Handakte vorbei? Mit den

Informationen können sie die Durchsuchung locker durchbringen.«

Er verschlang den letzten Bissen. »Nein. Der Amtsweg würde viel zu lange dauern.«

»Was immer Sie sagen, Herr Kommissar«, stichelte ich.

Ein zerknüllter Papierball segelte auf unseren Tisch. Wir beäugten den Fremdkörper und ich zuckte mit den Schultern.

Gregor stand auf und räumte sein Tablett zusammen. »Kommen Sie.«

Auf dem Weg hinaus sah ich unfreiwillig zu der Buffalo-Gang. Einer von ihnen ließ nur für mich die Zunge zwischen seinen Fingern zappeln. Wir traten durch die Tür und ein warmer Wind blies mir den Pony übers Gesicht. Die Sonne war bereits untergegangen und die Laubblätter der umliegenden Bäume winkten mir wie eine Zuschauerreihe zu. Gregor stand an seinem Taxi und ich streifte einen parkenden Kleinwagen mit dem Handrücken, als sich plötzlich ein Arm um meine Kehle schlängelte.

»Du solltest dich besser um dein Frauchen kümmern, Achmed.« Feuchte Spucketröpfchen begleiteten den Satz meines Tyrannen an meinem Ohr vorbei. Gregor sah auf. Seine Augen fuhren wie ein Sensor über die vierköpfige Bande, die sich hinter mir aufgebaut hatte, und nahmen zuletzt mich ins Visier. Überraschung untermalte seinen Ausdruck, allerdings auch eine gehörige Portion Verärgerung.

»Du hast sie ja schon ganz kaputt gehauen. So etwas dulden wir hier in Deutschland nicht.«

Mit beiden Händen umfasste ich den Unterarm, der

mich festhielt. Ich riss an ihm herum, doch es brachte überhaupt keine Wirkung. Im Gegenteil. Mein Despot zog seinen Griff nur noch stärker zu und es war, als würde sein steinern gewordener Unterarmmuskel meinen Kehlkopf zerquetschen. Ich rang nach Luft und würgte. Wie aus der Ferne hörte ich die Jungs, als sie höhnisch lachten. Der eine zeigte mir wieder seine zappelnde Zunge. Er stand direkt vor mir und seine widerliche Zungenspitze berührte beinahe meine Nase. Angeekelt versuchte ich mich von ihm wegzudrehen. Doch alles, was ich zu sehen bekam, waren sein pickeliges Gesicht und seine fleischlose Brust.

Irgendwann schließlich fühlte ich, wie mein Körper sich aus der Kaninchenstarre löste. Verteidigungshormone stoben aus meinem Hirn durch die verengte Halsschlagader hindurch und trommelten in den Muskelfasern meiner vier Extremitäten zum Angriff. Ich krallte sämtliche Finger in die Armbeuge meines Widersachers, zog mich wie bei einem Klimmzug hinauf und nahm ordentlich Schwung, um mein Gipsbein ins Blaue hinauszuschleudern. Volltreffer. Der Gips flog geradewegs zwischen die Beine des Zungenmeisters, welcher prompt mit einem Schielen in die Knie ging.

Da waren es nur noch drei.

Gregor kam im Marschschritt auf die Jungs zu. Ich spürte eine Unruhe hinter mir, Hände wuselten und Stimmen tuschelten. Gregor war weniger als zwei Meter entfernt, als meinem Angreifer auf wundersame Weise plötzlich ein Springmesser aus der Hand wuchs. Per Knopfdruck ließ er die Klinge aus dem Griff schnellen und das Metall funkelte angriffslustig im Laternenlicht. Bei dem Anblick sackte mein Blutdruck ab und meine Umklammerung erschlaffte. Meine Augen schmerzten, weil ich unentwegt auf die Klinge schielte, die irgendwo auf vier Uhr neben meinem Gesicht umhersauste.

Die Show dauerte allerdings nur einige Sekunden. Gezielt packte Gregor ihn am Handgelenk und zerdrückte irgendwelche Nerven, was ihn dazu veranlasste, mit einem quälenden Gejaule das Messer fallen zu lassen. Keine weitere Sekunde später sah ich, wie Gregors Faust an meinem Ohr vorbei in seine Visage flog. Er riss den schlapp gewordenen Arm von mir fort, nahm das Messer an sich und zog mich wortlos zu dem Taxi. Keiner der anderen Jungs wagte es, sich ihm in den Weg zu stellen. Ich lehnte mich an die Beifahrertür und beobachtete den Spacko mit dem Messer dabei, wie er mit vorgebeugtem Oberkörper seinen Zinken tätschelte.

»Achmed«, sagte ich, als ich einstieg und grinste Gregor an. Dieser warf das Messer in den hinteren Fußraum und ließ sich schwungvoll hinter das Lenkrad fallen. Seine Miene war völlig ausdruckslos. Es war möglich, dass er diesen heroischen Akt nur aus Eigennutz vollzogen hat, um meine scheinbar nette Gesellschaft weiterhin zu gewährleisten. Trotzdem war ich von seinem Einsatz sehr angetan und fühlte mich ihm auf eigenartige Weise etwas näher, was mich irritierte. Aggression und Gewalt sollten kein Anlass sein, sich jemandem näher zu fühlen. Ich schaute auf seine wirre Haarpracht. Die Erinnerung an das Hakenkreuz war gänzlich in dem Wald von Haaren verschwunden und seine braune Haut machte den Anschein, er wäre ein Abkömmling aus dem Nahen Osten.

»Hatten Sie früher als Nazi eigentlich eine Glatze?« Ich biss mir auf die Lippe. Im überschwänglichen Gefühl von Nähe war es mir einfach so rausgerutscht und ich faltete mich in der Erwartung, er würde mir seine Faust in den Oberkörper rammen, zu einem Fleischklumpen zusammen. Aber er tat nichts dergleichen. Im Gegenteil. Er antwortete. »Skinheads und Nationalsozialisten sind zwei Paar Schuhe und man sollte sie nicht in einen Topf werfen.« Langsam fuhr er von dem Parkplatz und schlug das Lenkrad in Richtung Autobahn ein.

»Wo wollen Sie hin?«, fragte ich.

»Ich möchte der Pfeiffer einen Besuch abstatten. Ich muss sicher sein, dass die fehlenden Seiten nicht doch irgendwo im Haus herumliegen.«

Ich sah auf die Uhr. »Ist es für einen Besuch nicht schon ein wenig zu spät?«

»Wenn man es genau nimmt, ist es sogar noch ein wenig zu früh.«

Ich verzog die Mundwinkel. »Was haben Sie vor, wollen Sie etwa einbrechen? Während sie schläft?«

Gregor zwinkerte. »Auch das wäre nicht das erste Mal.«

11.

Es war zwei Stunden nach Aschenputtelzeit und der Sichelmond, kaum breiter als ein Fingernagel, hing tief im Dickicht der Kastanienbäume, die sich stramm wie Soldaten hinter den Wohnhäusern aneinander reihten. Gregor hatte einen dunkelblauen Escort organisiert. Wir saßen in der Fahrerkabine und sprachen die letzten Details durch. Der Wagen stank nach Benzin und Öl, die Sitze waren aufgeschlitzt und der Schaumstoff quoll hervor. Das Auto war so zerfleddert wie mein Nervenkostüm. Gregor trug ein schwarzes Sweatshirt, schwarze Hosen und dunkle Stiefel. Sein dunkles krauses Haar und der unbändige Bart tarnten ihn bereits ausreichend. Irgendwie sah er cool aus. Er holte zwei Walkie-Talkies aus dem Handschuhfach. »Sie bleiben hier und sitzen Schmiere. Wenn sich irgendetwas Verdächtiges tut, benutzen Sie das Funkgerät.« Er gab mir eines und instruierte mich in der Bedienung.

»Die Pfeiffer hatte die Unterlagen aus dem Arbeitszimmer. Es geht vom Wohnzimmer ab. Sie hat etwas von einem Safe erzählt, in welchem ihr Mann die Dokumente gelagert hat.«

Gregors salbeifarbene Schlitzaugen stierten mich an. »Ein Safe. Und das sagen Sie mir *jetzt*?«

Ich zuckte mit den Schultern. »Sie sind bestimmt nicht in einem Safe. Gestern hatte sie die Akte auch nicht aus einem Safe geholt.« Im Dunkeln sah ich ansatzweise, dass er die Stirn runzelte.

»Ich hoffe, Sie haben recht. Für einen Safe bin ich nicht ausgerüstet.« Dann stieg er aus und schlich wie ein streunender Kater auf das Haus zu. Unter den Kastanien war er bereits kaum noch zu sehen. Ich war nervös und hibbelig, rutschte auf dem Sitz herum und schaute von einer A-Säule zur nächsten. Die Häuser der laternenlosen Straße waren in der mondkargen Nacht grau und schmucklos. Ein Fetzen von Straßenlicht blinzelte aus der Kreuzung in die Gasse hinein und schaffte es nur ansatzweise, die Straßenmündung zu erleuchten. Schwarze Dächer drückten auf die krümelig wirkenden Fassaden und der Wind rüttelte an den Kastanienzweigen. Aus den Fenstern zweier entfernter Häuser drang das zähe Licht trüber Funzeln kaum bis zum Vorgarten durch; alle anderen Lichter um uns herum waren erloschen. Ich hasste die Dunkelheit. Ich wollte nicht so weit gehen zu sagen, dass ich *Angst* im Dunkeln hatte. Aber ich mied nächtliche Beschattungen, soweit es in Anbetracht der Sachlage nur irgendwie möglich war. Schwarze Nächte wie diese stellten meinen Verstand auf eine harte Probe und oft fing ich an, nach einer gewissen Zeit irgendwelche Dinge zu sehen. Häuser schlichen auf mich zu oder die Äste flüsterten mir unverständliche Schwüre zu. Nervös warf ich meinen Blick zurück auf das Haus unseres Begehrens. Gregor war unlängst eins mit der Natur geworden, ein Waldgeist. Wie vom Erdboden verschluckt. Ich starrte auf die Böschung und blinzelte in die Fenster hinein. Die Schatten der Hecken schütteten sich vor Lachen auf den Fassaden ihrer Häuser aus und meine Nackenhaare stellten sich auf. Aus einem Impuls heraus griff ich nach dem Funkgerät. Der Lautsprecher rauschte, als meine Finger die Knöpfe in ihren Fassungen versenkten.

»Wo sind Sie?«, sprach ich hinein.

Keine Antwort.

»Gregor?«

»Hören Sie auf, mich vollzuquatschen!«, zischte es aus dem Lautsprecher und ich ließ das Walkie-Talkie beleidigt zwischen die Beine fallen.

Der Sichelmond spielte Verstecken hinter den zappelnden Ästen. Dünne Wolken, dunkel und langfädig, glitten über den Ort. Dann platschte der erste Tropfen auf die Windschutzscheibe und zuckte vor Schreck zusammen.

»Es fängt an zu regnen«, verkündete ich nervös durch das Funkgerät.

Abermals keine Antwort.

Ich drückte meinen Kopf in die Nackenstütze und begann, sämtliche Regentropfen, die in Sichtweite hinuntersausten, abzuzählen. Ich beobachtete einen der Tropfen, wie er mit den Nachbarstropfen fusionierte, immer dicker wurde und schließlich hinter der Gummifuge zwischen den Scheibenwischern verschwand. Ich wiederholte die Prozedur noch einige Male und versetzte mich damit in Selbsthypnose. Meine Lider wurden schwerer und ich wurde schlapp und träge wie ein durchgehangenes Handtuch. Ich schaute auf das Dach der Fahrerkabine und stellte fest, dass sie hell und teilweise angesengt war. Der Regen prasselte mittlerweile sanft und gleichmäßig auf das Blech hernieder. Ich rieb mir die Augen und grabbelte an einem Ohrläppchen. Schließlich verpasste ich den Moment, an dem ich die Augen wieder aufmachen sollte.

»Hören Sie auf zu pennen!« Gregor stand neben meiner Fahrertür und hämmerte mit dem Fingerknöchel gegen das Seitenfenster.

Ich fuhr auf und steckte mir beinahe die Faust in den Mund, damit ich nicht aufschrie. »Sie haben mich zu Tode erschreckt!«, fauchte ich ihn an, als er ins Auto kletterte.

Ein Feixen bedeckte seine unbehaarten Gesichtsstellen und ich sah, dass er etwas Papier in der Hand hielt. Er beugte sich vor und streckte seinen Arm aus, um das Handschuhfach zu öffnen. Dabei streifte sein Ellenbogen meine Brust. Er warf das Walkie-Talkie ins Fach.

»Haben Sie was gefunden?« Fickerig flatterten meine Finger in Richtung der Papiere, doch sofort stieß er geschmeidig, aber nachdrücklich meine Hände fort.

»Sie waren im Papierkorb. Im beschissenen Papierkorb«, sagte er leise und schüttelte fassungslos den Kopf.

»Haben Sie schon rein gesehen?«

»Nein, aber eines kann ich Ihnen schon mal sagen.« Er bekam Schlitzaugen. »Für mich werden Sie nie wieder Schmiere stehen.«

Der ›Bumskopp‹ war eine Eckkneipe am Rande der Innenstadt. Es war mittlerweile kurz vor drei und ein paar Alkoholleichen schlummerten schnarchend über dem Holztresen. Die Bar war mit kaltweißen Leuchtstoffröhren ausgeleuchtet, die Toiletten wiederum flimmerten im schreienden Blau, um den Fixern das Spritzen von irgendwelchen Drogen zu erschweren. Ich hasste das Licht, weil es mein Veilchen herrlich zur Geltung brachte.

Gregor hatte sich mittlerweile ein paar Bier und zwei Pinchen Tequila rein gepfiffen und seinen Alkoholpegel auf mittlere Alarmstufe gebracht. Zur Feier des Tages trank ich ein Gemisch aus 20 Prozent Bier und 80 Prozent Limonade und hatte das Gefühl, mein Kopf sei um einige 1.000 Gramm schwerer geworden. Ich war todmüde.

»Überall taucht Richard Pfeiffers Name auf«, sagte Gregor und warf frustriert die zerknitterten Blätter auf den Tisch. »Er wurde geschmiert. Genau wie die anderen.« Gregor saß auf einem halb hohen, mit Kunstleder bezogenem Barhocker. Sein Rücken war an die Wand gelehnt und die Füße in den Stuhlbeinen verankert. Auf diese Weise schafften es Kampftrinker oder Flatrate-Gäste, während ihres Trinkgelages nicht vom Stuhl zu fallen.

Ich zog die Blätter zu mir. Sie schienen aus dem Ordner herausgerissen worden zu sein, denn die Lochungen waren buchstäblich zerfetzt. Ich überflog den Inhalt. Es handelte sich um betriebswirtschaftliches Zeug, von dem ich nichts verstand, und die Namen, die ich las, waren mir nicht neu. Es waren die drei Manager der Audit-Abteilung: Pfeiffer, Sachs und van Houten. Ich legte meinen Kopf zwischen die Hände und drückte mir mit den Handballen die Augen zu. »Aber dann ergibt alles keinen Sinn mehr.« Ich war frustriert. »Diese Papiere hätten nicht nur Sachs und van Houten, sondern auch Pfeiffer in den Knast gebracht. Damit hätte er doch unmöglich jemanden erpressen können.«

»Das ist die eine Sache«, sagte Gregor. »Die andere Sache ist, warum Pfeiffer einen Detektiv anheuern sollte, der ihn im Endeffekt nur selbst belastet.«

Mit Schwung warf er sich nach vorn und begann, den Papierhaufen zu zerwühlen. Kurz darauf angelte er ein einzelnes Blatt heraus. Seine Pupillen huschten in schnellen Bewegungen über den Inhalt. Dann legte er es auf den Tisch zurück und grinste. »Darauf hätte ich viel eher kommen müssen«, sagte er.

Prompt nahm ich die Seite zwischen die Finger und klapperte jede Zeile ab. Es dauerte eine Weile, bis ich es begriff. Aber zu guter Letzt fand ich mich in Gregors Lächeln wieder. Feierlich kippte ich den Inhalt seines letzten Pinchens hinunter. Der Tequila rann wie Brennspiritus meinen Hals hinab und ich spürte, wie sich die Flüssigkeit nach und nach auf der inneren Magenhaut absetzte. »Schön, wenn man ein Ziel hat.«

Nach einer halben Woche war ich es mittlerweile gewohnt, von einem Betrunkenen nach Hause gefahren zu werden. Ich war damit aufgewachsen, mich anhand von Indizien durch die Zeit zu hangeln. Ich hatte gelernt zu erkennen, an welchen Tagen Mutti ausreichend angesäuselt war, um meine schlechten Noten ohne Rüge gegenzuzeichnen und wann sie den Pegel erreicht war hatte, an dem sie einen Stift von einer Stricknadel nicht unterscheiden konnte. Auch Gregor hatte sicherlich seine Stricknadeltage. Doch wäre es so weit gewesen, hätte ich es eher vorgezogen, in sein Auto zu steigen, anstatt ihm eine Waffe zu überlassen.

»Ich sähe es lieber, wenn ich in Ihrer Nähe bliebe«, merkte Gregor an. »Sie können auch bei mir übernachten.«

Ich rümpfte die Nase. Vielleicht war ich zu betrunken oder zu müde, um klar und logisch zu denken. Doch bei dem Gedanken, Gregor würde zwei bis zehn Meter von mir entfernt die Nacht mit mir verbringen, bildete sich Angstschweiß auf meinem Nacken. Vielleicht war er einer von diesen mordenden Schlafwandlern. Vielleicht wurde er von bösen Poltergeistern verfolgt, die ihn nachts heimsuchten. Vielleicht möchte er unbedingt mit mir in einem Bett schlafen.

»Danke für das Angebot, aber ich komme schon allein zurecht.«

Gregor fuhr erst, als sich die schwere Haustür hinter mir schloss. Ausgelaugt und übermüdet quälte ich mich bis ins Dachgeschoss und fluchte dabei leise, aber jämmerlich. Hin und wieder war die Zeit abgelaufen und das Flurlicht erlosch auf meinem Weg nach oben. Das letzte Mal drückte ich auf den Schalter direkt vor meiner Wohnungstür. Er rastete ein, die Lampe erhellte den Flur und ich sackte in mich zusammen und stützte mich an der Hauswand ab.

Meine Wohnungstür war eingetreten.

Innerhalb einer Millisekunde war ich hellwach und reagierte geistesgegenwärtig. Ich legte mir die Tasche um die Schulter und nahm die Browning aus dem seitlichen Fach, das ich extra für die Waffe hergerichtet hatte. Auf Strumpf und Gipsfuß schlich ich durch den Flur und lauschte aufmerksam. Ich hörte den Verkehr vor dem Haus, den ich sonst nie richtig wahrgenommen hatte. Ein frisiertes Moped schoss über die Straße. Ich inspizierte Raum für Raum und erschrak vor der zerstörerischen Wut, die der Einbrecher an meinen Habseligkeiten ausgelassen hatte. Die Bilder hingen schief an den Wänden, Schubladen waren komplett herausgerissen und auf den Boden geworfen worden, der Inhalt vollständig zerwühlt. Schranktüren standen sperrangelweit offen. Zerdeppertes Geschirr lag auf den Fliesen in der Küche. Selbst vor dem Spiegelschrank im Bad hatte er nicht Halt gemacht und die Hygieneartikel aus den Regalen geworfen. Tampons überall. Im Wohnzimmer waren die Rückenkissen meines Sofas aufgeschlitzt und auf ihre Innereien untersucht worden. Eine Fensterscheibe hatte einen Sprung.

Vor Wut und Angst kamen mir die Tränen. Irgendwann, als ich meine Unterwäsche aus den Schubladen herausgezerrt und auf das Bett geworfen sah, wurden meine Beine weich wie Pudding und ich konnte nicht mehr laufen. Ich setzte mich an Ort und Stelle hin, auf den Schlafzimmerboden. Meine Augen brannten, als hätte jemand Benzin hineingeträufelt. Ich fühlte mich geschändet und zerhackstückelt. Jemand hatte mein Privatleben einfach so niedergetrampelt.

Ich schrie auf, als mein Handy klingelte. Die Nummer des Anrufers war unterdrückt.

»Hallo?«, sprach ich in das Telefon.

»Bolker mein Name. Guten Abend, Frau Roloff. Wie ich sehe, haben Sie sich niedergelassen. Ich hoffe, Ihnen hat die Vorstellung gefallen. Das nächste Mal werde ich darauf achten, dass Sie vor Ort sind und alles dabeihaben, was ich brauche.«

Ich ruhte mit der Knarre unter dem Kissen. Wie Mel Gibson in ›Lethal Weapon‹. Die Wohnungstür hatte ich notdürftig mit einem Stuhl verriegelt und einem Stapel Geschirr, das scheppern würde, sollte jemand versuchen, noch einmal einzubrechen.

Ich zog es vor, Gregor und der Polizei davon erst später am Tag zu erzählen. Ich befürchtete, dass Gregor sich in meiner Wohnung einnisten und den Schutzpatron spielen würde und das konnte ich auf gar keinen Fall zulassen. Nicht nur, dass meine Privatsphäre dann elendig zugrunde ging. Seinen markanten Duft, den er absetzte, wohin er sich auch bettete, bekäme ich früher oder später nie wieder raus.

Die Polizei war mir genauso schnuppe wie die Tatsache, dass ich womöglich irgendwelche Spuren verwischte, solange ich mich hier aufhielt. Immerhin wusste ich, wer das getan hat und ich bezweifelte, dass sich die Bullerei mir zuliebe etwas mehr anstrengen und die DNA-Fachleute auf den Plan rufen würde, um diesen wild gewordenen Irren in Ketten zu legen. Mir ging's doch gut. Und geklaut wurde wahrscheinlich auch nichts. Kein Grund also, sich unnötig zu verbiegen.

Wie vereinbart holte mich Gregor um elf Uhr morgens ab. Bevor ich die Wohnung verließ, alarmierte ich noch den Vermieter, dass er mir eine neue Tür besorgen sollte. Er reagierte dabei lässiger als ich.

Ich wartete vor dem Haus und die Sonne schien mir karg in den Nacken. Ich roch die feuchte Erde entlang der Hausfassade. Kaum ein Lüftchen wehte und die Wolken waren beinahe vollständig weggeregnet. Nur ein paar dunkle Fetzen, die aussahen wie zerpflückte, in Dreck gerollte Wattebäuschchen, flogen im Schneckentempo über mich hinweg. Nach wie vor hatte der Himmel eine graue Grundnote und kündigte einen Schauer an. Ich begrüßte Gregor in den Klamotten, in denen ich geschlafen hatte. Ich sah ihm an, dass er es bemerkte. Es schien ihn aber nicht weiter zu beschäftigen. Warum auch. Wenn er knülle war, schlief er regelmäßig in seinen Klamotten.

Kopfüber beugte ich mich in das Taxi und räumte den Beifahrersitz von Essensresten frei. Dabei fielen mir ein paar leere Schrothülsen im Fußraum auf.

»Richard Pfeiffers Leiche wurde gestern für die Beerdigung freigegeben«, sagte Gregor. Auch er war nicht der Frischeste. Er schien verkatert. Seine Augenlider hingen zäh über seinen Pupillen und die Tränensäcke lagen tief in seinem Gesicht.

Ich sah schlimmer aus. Ich war mit Hämatomen besprenkelt und hatte letzte Nacht keine Sekunde geschlafen. Doch ich rang nach Normalität.

»Und wann soll die Beerdigung sein?«, fragte ich.

»Ich habe keine Ahnung«, antwortete Gregor. Ein unheilschwangeres Lächeln umschmeichelte seine Lippen. »Fragen wir doch die Witwe.«

Die Fahrt verlief träge, weil Gregor unentwegt auf der Windschutzscheibe starrte. Wir plauderten drei Minuten lang über die Baustelle vor dem Donezk-Ring. Ein Lkw hatte unabsichtlich auf der Begrenzungsinsel gewendet. Mehr gab es nicht zu sagen.

Gregor parkte den Mercedes quer auf der Garageneinfahrt. Die Garage selbst war abgeschlossen. Vor dem Haus war es ruhig. Ein rostiger Container drückte den Vorgarten platt und fahle Asche bedeckte das Gras. Gregor marschierte zielstrebig und ich hatte Probleme, ihm mit dem Gips zu folgen.

»Sie werden sie doch nicht auch mit der Waffe bedrohen, oder?«, fragte ich vorsichtig.

»Das kommt ganz auf sie an«, sagte er und ich stöhnte angesichts des arroganten Untertons leise auf.

Ulrike Pfeiffer öffnete nach dem zweiten Klingeln die Tür. Zuerst beäugte sie Gregor und als sie mich abgefertigt hatte, kniff sie argwöhnisch die Augen zusammen. Mechanisch verschränkte sie die Arme vor der Brust und stellte sich breitbeinig in den Hauseingang. Ihr Dekolleté war zugeknöpft. Sie trug Schwarz.

»Verschwinden Sie von meinem Grundstück«, zischte sie.

Gregor faltete ein Stück Papier auseinander und hielt es unter ihr dominierendes Kinn. »Ist das Ihre Unterschrift?«

Ihre Pupillen weiteten sich. »Woher haben Sie das?«

Gregor breitete seine Schultern aus, schritt an ihr vorbei in das Haus und stieß sie dabei unsanft zur Seite. Schnell hinkte ich in seinem Windschatten hinterher.

»*Sie* haben die Detektive angeheuert. Nicht Richard.« Gregors harter Ton hallte im freigelegten Treppenhaus.

Die Pfeiffer stellte sich ihm in den Weg und flatterte mit ihren Armen. »Sie haben nicht das Recht, hier zu sein! Ich erlaube es Ihnen nicht. Also verschwinden Sie!« Gallsüchtig zerrte sie mich am Arm und ich torkelte.

Sofort packte Gregor sie am Handgelenk und drückte zu. Dann ließ sie von mir ab.

Er suchte ihren Blick. »Wozu die Detektive?«

»Gehen Sie oder ich rufe die Polizei!«, drohte sie erneut.

»Warum wollen Sie Sachs unbedingt dafür büßen sehen?«

»Weil er es war! Er hat meinen Mann umgebracht.«

»Woher wissen Sie das?«

Sie stockte. »Ich weiß es eben.«

Gregor näherte sich ihr bis auf wenige Zentimeter. Sie schreckte zurück, doch er folgte ihr und hauchte ihr seine Worte bedächtig ins Ohr. »Sie wissen es, weil Sie ihn geschickt haben, nicht wahr? Sie waren Ihres Mannes überdrüssig und haben Sachs mithilfe der Unterlagen die

Pistole auf die Brust gesetzt: Entweder entledigt er Sie Ihres Mannes oder Sie gehen mit den Informationen an die Öffentlichkeit. Dann haben Sie ihn in die Wohnung gelassen und sich für ein Weilchen verdrückt, während er die Drecksarbeit für Sie erledigte.«

Ich hörte Gregor aufmerksam zu und war erstaunt. So weit wie er hatte ich längst nicht gedacht. Eigentlich hatte ich noch gar nicht gedacht. Aber ich hatte es geplant. Bedauerlicherweise kamen mir die kaputte Tür und die zerdepperte Wohnung in die Quere und ich konnte seitdem keinen klaren Gedanken mehr fassen.

Pfeiffer verharrte stoisch in der Mitte des Raumes und zählte die Bodenfliesen. Dann begannen ihre Hände zu zittern und das Schlottern griff auf ihre Arme über. Ihre Unterlippe bebte und schließlich überflutete ein ganzes Tränenmeer ihr faltiges Antlitz. Ich legte eine Hand über meine Augen. Das hält man ja im ganzen Leben nicht aus.

»So ist es nicht gewesen!«, jammerte sie, schleppte sich aufs Sofa und vergrub ihr rotes Gesicht in den Händen. Ihr spitzes Kinn lugte zwischen den Händen hervor und sie war kaum zu verstehen, als sie weitersprach. »Richard hatte eine Geliebte. Er wollte sich von mir scheiden lassen.« Sie fummelte sich eine baumwollene Rotzfahne aus der Hosentasche und tupfte ihre Tränen ab. Dabei verwischte ihr Make-up und die Schminke verteilte sich wie eine Schauergrimasse auf ihre Wangen. »Vor 25 Jahren setzten wir einen Ehevertrag auf und Richard bestand auf einer Gütertrennung. Ich hätte vor dem Nichts gestanden. Er hatte das Haus bezahlt, das Auto. Ich habe doch schon seit 15 Jahren nicht mehr gearbeitet! Verstehen Sie, was ich meine?« Pfeiffer quäkte und schluchzte und griff um Verständnis buhlend nach Gregors Arm. Bei dem Anblick richteten sich meine Nackenhaare auf.

»Deswegen wollten Sie sich etwas Luxus erschleichen«, stellte er fest.

»Ich habe einen Detektiv engagiert, weil ich das Gefühl hatte, dass Richard in krumme Geschäfte verwickelt war. Ich wollte ihn damit konfrontieren und für mich einen Gewinn herausschlagen.«

Gregor hob eine Augenbraue und auch ich wurde hellhörig.

»Das hat aber nicht geklappt«, sagte ich.

»Er wusste nichts von den Unterlagen. Ich habe sie ihm nie gezeigt«, rechtfertigte sie sich. »Dann hatten wir diesen Streit auf der Feier und als ich nach Hause kam, war Richard weg. Bitte, *Sie müssen mir glauben*!« Sie sah mich flehentlich an. Ihre Augen waren wund geheult und das Tränenwasser verquoll ihre Wangen. Ich konnte gar nicht hinsehen und starrte stattdessen Gregor an.

»So ganz weg war er wohl doch nicht. Sein Blut war ja noch da.«

Pfeiffer stierte mich an.

»Warum haben Sie behauptet, die Akte käme von Ihrem Mann?«, fragte Gregor.

Sie schüttelte wehleidig den Kopf. »Ich weiß nicht. Ich dachte, es wäre so besser. Ich wollte Ihnen nur dabei helfen, dass Hugo auch wirklich hinter Gittern bleibt. So ein grauenvoller Mensch. Er bleibt doch hinter Gittern, oder?« Mit einem irren Blick sah sie abwechselnd zu uns auf und tätschelte dabei unentwegt Gregors Handgelenk. Ich empfand es insgesamt als eine ziemlich jämmerliche Vorstellung.

»Und warum denken Sie, soll es Sachs gewesen sein?

Noch dazu in Ihrem Haus?«, wollte ich wissen und belegte die letzten zwei Wörter mit etwas mehr Lautstärke.

Sie schluckte. »Weil Richard es mir gesagt hat.«

Gregor und ich starrten uns an und sie fuhr hoch. »Er sagte mir: ›Ulrike, wenn ich einmal sterbe, dann ist das Hugos Schuld.‹«

In Gregors Augen konnte ich lesen, dass er zweifelsohne den gleichen Gedanken hatte wie ich: Die Frau log.

Er nahm sein Handy aus der Tasche. »Ich werde Ihnen eine Streife schicken.«

Sie ging auf ihn zu. »Aber warum denn?«

»Nur zu Ihrer Sicherheit.« Er wählte eine Nummer und wartete einige Sekunden auf eine Antwort.

»Edgar«, grüßte er seinen Ansprechpartner und ich knirschte unweigerlich mit den Zähnen. »Schick mal einen Wagen zu Pfeiffers Haus. Und wo du gerade dabei bist, solltest du auch einen bei Esther Roloff abstellen.« Er sah zu mir herüber und eine Gänsepelle breitete sich über meinem Körper aus. Ich hörte, wie Ansmann durch den Hörer johlte. Was auch immer er Gregor erzählte, er war nicht begeistert davon.

»Wir müssen das klären. Treffen wir uns in einer Stunde. Und schick den Wagen!« Er biss auf die Zähne, als er auflegte.

»Was ist denn los?«, fragte ich.

Er umfasste meinen Arm und führte mich aus dem Haus. »Es gibt Neuigkeiten«, flüsterte er mir zu, als wir vor der Tür standen. Draußen regnete es mittlerweile Bindfäden.

»Ansmann droht damit, Sachs heute Nachmittag auf freien Fuß zu setzen.«

»Was?« Meine Stimme klang schrill.

»Die Gerichtsmediziner haben den Tatzeitpunkt bis auf fünf Stunden einschränken können. Und für die gesamte Zeit hat Sachs ein stichfestes Alibi.«

»Das kann nicht sein. Der Mann hat uns einen Killer auf den Hals gehetzt! Wer immer ihn in Schutz nimmt, der lügt doch!« Völlig außer mir schüttelte ich den Kopf und meine feuchten Haare klebten mir wie tote Mückenbeine im Gesicht. Das Regenwasser versackte in Gregors Locken und rann ihm die Wangen und die Stirn hinunter.

»Machen Sie sich keine Gedanken. Wenn Sachs nach Hause kommt, werde ich ihn mit offenen Armen empfangen.«

Daran hatte ich keinen Zweifel. »Und wieso wollen Sie sich mit Ansmann treffen?«

»Wir müssen ihn auf unseren Stand bringen. Die Frau da drinnen gehört in U-Haft. Außerdem will ich mehr über dieses Alibi erfahren.«

»Und wenn Ansmann geschmiert wurde?«

»Ansmann wurde nicht geschmiert.« Gregor war felsenfest davon überzeugt.

Ich schüttelte den Kopf. »Was macht Sie eigentlich so sicher, dass er überhaupt auftaucht, geschweige denn mit Ihnen spricht?«

»Machen Sie sich da keine Sorgen«, sagte er.

»Keine Sorgen?« Ich stemmte meine Hände in die Hüften. »So langsam wird es mal Zeit, die Proletenmasche abzulegen und Tacheles zu reden, finden Sie nicht? Ich habe es jedenfalls satt, mich ständig von einem Haudrauf-Heini herumkommandieren zu lassen. Und gucken Sie gefälligst nicht so grantig!«

»Passen Sie auf, was Sie sagen«, drohte er mir.

»Oder was?«

Er schwieg.

»Also was ist?«, bohrte ich weiter. »Sind Sie Polizist?«

»Das ist lange her.«

»Also doch!«, triumphierte ich, was ihm offensichtlich missfiel.

Er legte eine Hand auf meine Schulter und drückte sie, als wolle er damit einen Ausschaltknopf betätigen. »Kommen Sie. Lassen Sie uns reinhören, was Kollege Ansmann uns zu berichten hat.«

Der aromatische Duft gemahlener Kaffeebohnen lag in der Luft, als wir die Kaffeerösterei in der Bochumer Fußgängerzone betraten. Bunt bestickte Kissen türmten sich auf den Kunststoffstühlen und Holzbänken, die Wände waren mit Ethno-Motiven bepflastert. Im hintersten Eck stapelten sich Leinensäcke voller Kaffeebohnen aus Äthiopien, Kenia und Kambodscha und verliehen der rechteckigen Klitsche ein uriges Flair. Der Laden hatte erst seit einer halben Stunde geöffnet und außer uns gab es keine Gäste. Die rothaarige Verkäuferin schnitt den frisch gebackenen Kuchen, eine Variante mit Äpfeln und tonnenweise Puderzucker. Ihr hagerer Kollege mit hauchdünnem Nasenfahrrad füllte die Maschinen mit Kaffeebohnen auf. Die Bohnen fielen scheppernd in das Mahlwerk und übertönten für eine Sekunde lang den indischen Bollywood-Pop, der im Hintergrund plätscherte.

Ansmann saß kerzengerade im Sessel und faltete die Hände in den Schoß. Er trug ein Button-down-Hemd mit feingliederigen Längsstreifen und eine mausgraue Stoffhose. Sein Haar war nach Bauplan zerzaust und seine schwarzen Halbschuhe glänzten in der frei geregneten Mittagssonne. Gregor hatte ein durchnässtes T-Shirt mit Heavy-Metal-Motiv am Leib und war mit seinem Vollbart und seiner wuseligen Matte auf dem Kopf Ansmanns optisches Alter Ego. Ich fläzte in einem Kunststoffsessel und zerbröselte einen Schokoriegel in heißer Milch. Ansmann würdigte weder mich noch meine Tasse eines Blickes, was mich nicht störte, denn ich hatte nichts anderes von ihm erwartet. Im Gegenteil. Gregor trank einen Tee, wahrscheinlich weil es in der Kaffeerösterei keinen Alkohol gab. Ansmann trank gar nichts.

Gregor führte das Gespräch an. Von dem Verhör und der Akte erwähnte er nichts. Als er fertig war, schwoll Ansmanns Kopf zu einer Wassermelone an. Er kochte vor Wut.

»Wie konntet ihr die Details über die Blutspuren im Haus nur für euch behalten? Ihr habt Beweise unterschlagen! Dafür könnte ich euch in den Knast stecken.«

Entrüstet fuhr ich hoch. »Ich habe Ihnen davon erzählt! Im Verhörraum.«

Er blinzelte kurz und wandte sich sofort an Gregor. »Was macht sie hier?«

»Sie unterstützt mich«, sagte der kurz und bündig. Mir war nach Arroganz, als ich Gregor zuhörte. Doch stattdessen platzte mir fast der Kragen. Dieser Hanswurst von einem Kommissar überging die Tatsache, dass er einem relevanten Hinweis nicht nachgegangen war. Dass er einen Fehler gemacht hatte. Stattdessen visierte er mich mit einem geringschätzigen Ausdruck an.

»Scheint, als würde ihr der Job so richtig Spaß machen.« Er begutachtete mein blaues Auge.

Fuchtig ballte ich unter der Tischplatte meine Hände zu Fäusten.

»Also, Edgar«, lenkte Gregor ab. »Was habt ihr?«

»Nach dem Obduktionsbericht wurde Pfeiffer am Montag in der Nacht zum Dienstag zwischen neun Uhr abends und ein Uhr morgens getötet.«

Wissen wir schon, dachte ich.

»Genauer ging's nicht?«, fragte ich beleidigt. Natürlich war die Frage vollkommen überflüssig, weil ich aus eigenen Internetrecherchen wusste, wie schwierig die Bestimmung des Todeszeitpunktes war. Trotzdem konnte ich es mir nicht verkneifen. Er ignorierte meine Frage vollends.

»Was ist mit dem Alibi?«, griff Gregor ein und Ansmann wandte sich von mir ab. Er machte keinen Hehl daraus, dass er angepisst war, weil ich an seinem Tisch saß und mit ansehen durfte, wie er Gregor quasi zu Kreuze kroch. Doch er kam in der Sache nicht voran und musste sich wohl oder übel auf mein Niveau herablassen. Das bedeutete für mich Endorphine pur.

»Sachs war in dem ganzen Zeitraum bei der Jubiläumsfeier anwesend. Wir haben Zeugen, die ihn dort gesehen haben.«

»Die lügen doch!«, fauchte ich.

Angenervt schleuderte Ansmann seine Faust gegen die Tischplatte und ich rutschte einige Zentimeter tiefer in den Sitz. Wenn dies ausgestanden war, konnte ich meinen Job getrost an den Nagel hängen, so viel war sicher. Doch derzeit hatte ich andere Prioritäten, wie zum Beispiel am Leben zu bleiben.

Gregor sah ihn ernst an. »Ist das Alibi glaubwürdig?«

»Es gibt keinen Zweifel. Wir haben sogar zeitsignierte Videoaufnahmen mit seinem Skalp.«

Das Glöckchen klingelte und ein älteres Ehepaar spazierte in das Café hinein. Mit übereifrig winkenden Händen begrüßten sie die Bedienung.

»Heute Nachmittag wird der endgültige Autopsiebericht ausgestellt. Ich weiß schon, was darin stehen wird, nämlich dass die Leiche mindestens fünf Tage im Kofferraum gelegen hat. Fünf Tage, stell sich das einer vor.«

Für einen Moment stockte mir der Atem und auch Gregor musste schlucken. Eine Tasse klimperte im Hintergrund und die Senioren verließen sofort und leise munkelnd das Café. Wir waren eine miserable Kundschaft.

Ich begann gedanklich die Tage herabzuzählen. »Rein rechnerisch muss Pfeiffer also in der letzten Woche zwischen Dienstagmorgen und Mittwochnachmittag in dem Auto deponiert worden sein«, sagte ich.

»Wieso Dienstagmorgen?«, brummte Ansmann.

Das Glöckchen über der Eingangstür bimmelte erneut. Neue Kundschaft trat ein.

»Wegen der Totenflecken.«

Ansmann stierte mich verdutzt an.

»Pfeiffer hat im Auto auf dem Rücken gelegen. Die Leichenflecke waren allerdings auf dem Bauch. Wenn Pfeiffer also frühestens Montagabend um neun Uhr getötet wurde, wurde er auch erst zwölf Stunden später, also frühestens am Dienstagmorgen um neun, in das Auto gelegt. Früher wäre das Blut noch zirkuliert und er hätte ein paar Leichenflecken auf dem Rücken gehabt.«

Er starrte mich an. »Herrschaftszeiten.«

Hinter meinem Rücken fisperte die zierliche Stimme einer jungen Dame. Sehr sorgsam und sehr auffällig schlich sie zu dem Tisch am hintersten Ende des Raumes und wagte es nicht, uns anzusehen.

»Und der zweite Termin, nämlich der Mittwochnachmittag, lässt sich von dem Montagnachmittag, an dem Sachs mich beinahe umgefahren hat, an fünf Fingern einfach zurückrechnen. Gibt es in der Polizeischule denn keinen Kurs über forensische Rechtsmedizin?«

Ansmann rieb sich seine rot angelaufene Stirn und Gregor begann, in einem bärigen Ton zu kichern.

»Woher haben Sie die Informationen über die Leichenflecken?«, fuhr er mich plötzlich an.

Scheiße. In Gedanken ärgerte ich mich zu Tode.

»Von Sascha Richter, diesem elendigen Schleimscheißer, oder?«

»Von mir«, verteidigte mich Gregor.

Ansmann wurde puterrot. »Ich hab dir gesagt, du sollst deine Drecksgriffel aus meinem Dezernat lassen! Ich habe es satt, dass du dich an meinen Leuten bedienst wie in einem Supermarkt. So sehr wir deine Hilfe schätzen, es ist nicht dein Job, verdammt noch mal.«

Dem verschreckten Verkäufer fiel der Deckel seiner Puderzuckerdose auf den Kuchen und ein weißer Pulverhaufen, der aussah wie Kokain, ergoss sich über das Gebäck. Gregor nickte das Thema ab und damit war die Problematik um seine Supermarktmentalität erst einmal abgehakt.

Wir schwiegen für einen Moment und ich schlürfte den Milchschaum vom Tassenrand. Ansmann nahm sein Handy und drückte es an sein wutbedingt rosa gefärbtes Ohr.

»Gib mir Henning«, schnaubte er in den Hörer und warf mir ungebührliche Blicke zu. »Edgar hier. Klopfe bei Sachs die Zeit zwischen Dienstagmorgen und Mittwochnachmittag in der letzten Woche ab. Wenn er nachweisen kann, dass er seine Flossen in dieser Zeit nicht am Scheißkofferraum hatte, kannst du die Papiere zusammenstellen. Die Staatsanwältin schneit heute Nachmittag rein. Sieh zu, dass wir bis dahin den Autopsiebericht haben.« Er legte auf und atmete schwer. »Ich traue dieser Forensik nicht«, brummte er. »So oder so, der hat Dreck am Stecken. Das rieche ich. Aber es würde mich nicht überraschen, wenn er für diesen Zeitraum auch ein glaubwürdiges Alibi in petto hat. Dann ist er mit Glück heute um vier Uhr raus.«

In meinem Magen begann ein Feuerchen zu zündeln und ich bekam Sodbrennen. »Was ist mit dem Motiv? Den Wettschulden, die er bei Pfeiffer hat?«

Ansmanns Mund wurde zu einem verärgerten Strich. »Davon wissen wir nichts. Scheint so, als hätte sich die Presse mit der Geschichte einen Bock geschossen.«

»Und die Mauscheleien, die er in seiner Firma betreibt? Ist das kein Grund, ihn festzuhalten?«, erboste ich mich.

Beschwichtigend legte Gregor seine Hand in meinen Nacken und bewegte mich mit sanftem Druck zum Aufstehen. Wir gingen ohne Ansmann vor die Tür. Unsanft zog er mich zu sich heran, sodass sich unsere Hüften berührten.

»Zwei Dinge«, sagte er. »Erstens: Ansmann weiß weder von dem Verhör noch von den Unterlagen, die wir Sachs überlassen haben. Also auch nichts über diese Mauscheleien. Belassen wir es erst mal dabei.«

Ich zog eine Schnute. »Und zweitens?«

»Wir wissen jetzt, dass Richard Pfeiffer Sachs nicht erpresst hat. Und ich war zu dem Schluss gekommen, dass Sachs nichts von der Akte wusste, ehe ich sie ihm unter die Nase gehalten habe.«

»Ich weiß. Warum ist das jetzt so wichtig?«

»Weil es bequem zu einer neuen Vermutung passt«, sagte er und zündete sich eine Kippe an.

»Und was für eine Vermutung wäre dies?«

Er blies den Qualm an meinem Ohr vorbei. »Ich glaube, Sachs hat Pfeiffer nicht umgelegt.«

12.

»Du denkst also, Sachs wurde die Leiche untergeschoben?«, fragte Ansmann.

»Entweder dies oder er hat bei der Beseitigung geholfen.«

Ansmann runzelte nachdenklich die Stirn. Irgendwann, als dem Verkäufer die Brille in die Gebäckschublade plumpste und er uns mit bang gewordenen Äuglein entgegenblinzelte, bimmelte mein Handy.

»Hallo, Esther. Gefällt dir die Story?«

Es war Olaf. Ich hatte völlig vergessen, dass er für heute einen beschwichtigenden Beitrag in Bezug auf mich und Metins Detektei schreiben wollte. Für mich klang er einen Tick zu hämisch. Ganz offensichtlich hatte es ihm Spaß gemacht, den Artikel zu schreiben. Grund genug, nicht darüber Bescheid wissen zu wollen.

»Sehr schön. Sehr schön«, log ich.

»Ich habe ein paar Neuigkeiten zu dem Brand bei euch in Gerthe. Wenn du ein paar Schlagzeilen zum Audimord für mich hast, gebe ich sie dir durch.«

Ich grämte mich. »Ich brauche jetzt nichts Neues über den Brand. Außerdem steht es ja sowieso morgen in der Zeitung.«

»Von wegen. Die Polizei hat meine Kollegen angeordnet, ihre Informationen aus ermittlungstaktischen Gründen zurückzuhalten.«

Mir schlackerten die Ohren. »Ich ruf dich nachher zurück.«

»Wer war das?«, hakte Ansmann sofort ein.

»Familie.«

»Ihr Bruder? Hat er diese dämliche Geschichte über Sie eingefädelt?«

Ich merkte, wie die Hitze in mein Gesicht strömte. Vielleicht wollte ich doch darüber Bescheid wissen. Gregor gab sich unwissend.

»Da steckt doch Ihr Chef dahinter«, redete Ansmann weiter. »Seine Klitsche ist dem KK 22 schon lange ein Dorn im Auge.«

Natürlich platzte ich vor Neugier. Doch ich konnte an seinem Mienenspiel erkennen, dass er nur darauf anlegte, mir meinen Job bei Metin madig zu machen. Früher oder später würde ich selbst schon dahinterkommen, was in Metins Laden nicht koscher lief. Und Corinna würde mir den Rücken stärken. Also gab ich mich unbeeindruckt. Prompt stand Ansmann ohne weitere Ankündigung auf und ging wortlos durch die Tür. Gregor steckte seinen Zinken in die Teetasse, dann warf er den Kopf in den Nacken. Als er das Tässlein auf das Tellerlein stellte, glitzerte sein feuchter Schnurrbart unter der Deckenlampe.

»Warum haben Sie sich die Sache mit den Totenflecken angelastet?«

Er grinste selbstgerecht. »Ich habe nicht das erste Mal in seinem Dezernat herumgeschnüffelt.« Sein Grinsen verschwand. »Trotzdem sollten Sie in Zukunft vorsichtiger sein. Sie müssen Ihre Informanten schützen. Ihre seltsame Verbindung zu diesem Richter könnte Ihnen später noch einmal nützlich sein.«

Es klang, als hätte er Erfahrungen darin.

»Was kommt als Nächstes?«, fragte ich ihn.

Dünkelhaft lehnte sich Gregor in den Sessel zurück und drückte das rot marmorierte Rückenkissen platt. »Zunächst einmal wird Ansmann innerhalb seiner MK klarstellen, dass *er* es war, der diese Spuren entdeckt hat. Dann wird er sich von der Staatsanwaltschaft einen Haftbefehl für die Witwe und einen Durchsuchungsbefehl für ihr Haus geben lassen, um noch Spuren von der Tat sicherzustellen.«

Ich glaubte nicht, dass sich noch irgendetwas in diesem Haus verwerten ließ. Die ganze Etage, in welcher der Mord stattgefunden hatte, war abgerissen. Früher oder später würde der Moment kommen, an dem ich über die Parkettfliese sprechen musste. Aber ich wollte diesen Moment so lange wie möglich hinauszögern. Ich wusste nicht, wie man es nannte, was ich getan hatte: Diebstahl, Unterschlagung von Beweismitteln, Irreführung der Polizei? Vielleicht alles zusammen. Ein Festmahl für Ansmann.

»Was ist mit Hugo Sachs?«

Gregor atmete tief durch. »Seine Chancen, wieder Tageslicht zu sehen, stehen ziemlich gut. Und die Staatsanwältin wird ihn nicht in der U-Haft lassen, nur weil wir glauben, dass er uns einen Killer auf den Hals gehetzt hat.«

»Aber wir haben die Aussage vom Anwalt«, sagte ich.

»Die ist unbrauchbar, weil ich ihn bedroht habe«, konterte er sofort.

Angespannt streifte ich mir den Pony aus dem Gesicht. »Ich krieg die Motten. Mir ist egal, was für ein Alibi er auftischt. Der Kerl *muss* irgendetwas mit diesem Mord zu tun haben! Wieso sind Sie so überzeugt davon, dass er es nicht war? Gucken Sie ihn sich doch an. Er ist korrupt und skrupellos. Lässt einen Irren auf uns los.« Ich schüttelte den Kopf. »Der glüht doch vor Mordlust.«

Gregor trommelte auf dem Tisch. Er schien ungeduldig mit mir zu werden. »Sachs zieht die Reißleine. Gegenwärtig erscheint er Ihnen kalt und berechnend. Aber als wir ihn am Ruhrufer fanden, war er völlig neben der Spur. Ich bin mir ziemlich sicher, dass er keine Ahnung hatte, wer oder was da in seinem Auto lag. Anderenfalls hätte er sich für die Beseitigung etwas Professionelleres einfallen lassen.«

Zugegebenermaßen war dieser Gedanke eine Überlegung wert. Aber ich hasste diesen Gedanken.

»Ich verstehe das einfach nicht.«

»Es ist ganz einfach«, erklärte Gregor und ballte seine Hände zu Fäusten, sodass seine Knöchel hervortraten. »Der Sammelhefter von Brülling & Rowohlt hat eine Lawine losgetreten. Sachs hat Pfeiffer zwar nicht getötet. Aber als ich ihm die Unterlagen gab, habe ich ihn quasi dazu genötigt, darauf zu reagieren. Ich bin für den Tod der Detektive verantwortlich.«

Endlich hatte er ausgesprochen, was schon seit Langem zwischen uns hing und ich rechnete es ihm hoch an. Er beugte sich nach vorn. Wie eine Wunderheilerin legte ich besänftigend meine Hand auf seinen Nacken.

»Ich brauche dringend was zu trinken«, sagte er dann.

Ich war da anderer Meinung. »Sollten wir Ansmann nicht besser diese Unterlagen geben?«

Gregor schüttelte den Kopf. »Noch nicht. Es gibt immer noch einen Maulwurf auf der Wache, den wir nicht identifizieren können. Außerdem ist diese Mappe das einzige Druckmittel, das wir gegenüber Bolker haben. Ohne sie stehen wir mit leeren Händen da.«

Als er den Namen aussprach, bekam ich unweigerlich eine Gänsehaut. »Was sollen wir mit Bolker anstellen? Der Polizei erzählen, dass er uns bedroht und wahrscheinlich hinter der Brandstiftung steckt?«

Gregor schüttelte den Kopf. »Nicht stichhaltig genug. Oder haben Sie dafür irgendwelche Beweise?«

Ich schüttelte schwach den Kopf.

»Lassen Sie den mal meine Sorge sein«, sagte er. »Wenn ich mit Sachs fertig bin, wird er mir sagen, wie ich Bolker finde.« Sein Blick richtete sich entschlossen gegen mich und durchdrang meine sämtlichen Hautschichten. Als er den Schrecken in meinen Zügen sah, lächelte er. »Bald hat der Spuk ein Ende.«

Ich presste die Lippen zusammen, bis sämtliche Farbe aus ihnen wich. Ich hatte ein Bild davon, wie Gregor mit Sachs fertig werden würde. Es war ein erdrückender Gedanke und ich wollte ihn schnellstmöglich wieder loswerden. »Okay. Gut. Meinetwegen. Sachs hat Pfeiffer nicht umgebracht. Aber wer war es dann?«

Gregor setzte sich auf. »Wer immer es war, er wollte es Sachs in die Schuhe schieben.«

»Oder sie«, warf ich schließlich ein.

»Ulrike Pfeiffer hat ein ausgeprägtes Interesse daran, Sachs hinter Gittern zu sehen.«

Ich nickte. »Ganz zu schweigen von dem ganzen Blut in ihrem Haus.« Ich musterte die Theke und liebäugelte mit dem Kuchen in der gekühlten Vitrine. Doch die Verkäufer gaben sich größtmögliche Mühe, uns zu ignorieren.

»Und warum hat sie es getan?«, fragte ich. »Weil er

abhauen wollte? Wegen der Scheidung?« Ich runzelte die Stirn und auch Gregor schien nicht überzeugt.

»Ansmann wird ihr die gleiche Frage stellen. Wir können so lange warten und hoffen, dass Edgar uns mit einbezieht.« Zweifelnd hob ich eine Augenbraue. »Ansmann war ganz schön sauer.«

»Er war fuchsteufelswild«, bestätigte Gregor und vergrub seinen Kopf in die Armbeugen, die er auf der Tischplatte ineinander geschlungen hatte. »Aber vielleicht können wir den netten Kollegen von der Wache ein wenig Arbeit abnehmen. Es muss einen Grund dafür geben, dass die Leiche ausgerechnet in Sachs' Auto lag.« Er sah mich mit funkelnden Augen an. Der Jagdinstinkt war in ihm neu geweckt. »Spielen wir in der Firma doch ein bisschen Mäuschen und horchen nach, ob Sachs irgendwelche Feinde hat.«

Feierlich schepperte meine Tasse auf dem Unterteller. »Überlassen Sie den Frauentratsch mir. Sie würden dort nur Angst und Schrecken verbreiten.«

»In Ordnung. Ich bringe Sie hin.«

»Könnten Sie aber vorher noch einmal Ihre Kontakte spielen lassen und einen Polizeimenschen diskret zu mir nach Hause schicken? Ich bräuchte da jemanden, der sich einer Sache annimmt.«

Meine Wohnung befand sich in dem gleichen Zustand, in welchem ich sie vorgefunden und verlassen hatte. Es war kein weiterer Grad an Verwüstung hinzugekommen. Bei Tageslicht sahen die Räume nicht weniger beängstigend aus. Gregor stand vor der Tür und inspizierte die Einbruchsspuren, die sich auf ihr ausgebreitet hatten.

»Die ist hinüber«, stellte er fest.

»Ich hätte eher eine Expertenmeinung erwartet«, konterte ich beleidigt.

»Eine Expertenmeinung?« Er linste in den Flur hinein und ging langsam voran. Mit seinen Augen sog er sämtliche Informationen auf. »Es wurde mit Sicherheit nichts gestohlen«, stellte er fest und drehte sich nach mir um.

»Ich denke nicht. Der Fernseher und der Laptop sind zumindest noch da.« Was den Rest meiner Wohnung betraf, hatte ich nicht genauer nachgesehen. Denn neben TV und PC besaß ich keine weiteren Wertsachen.

»Wer immer das war – er wollte Ihnen Angst einjagen.«

Das war ihm gelungen. Gregor wanderte in das Schlafzimmer ab und begutachtete meine Unterwäschesammlung, die ich auf den Boden transportiert hatte, um ordnungsgemäß im Bett schlafen zu können. Ich stellte mich vor ihn, um ihn von dem Anblick abzulenken.

»Hübsch.« Er grinste. »Klären Sie die Sache mit der Polizei. Packen Sie danach ein Köfferchen. Hier werden Sie keine weitere Nacht mehr verbringen, solange ich Bolker nicht gefunden habe.«

Ich zuckte zusammen und riss den Mund auf. Doch Gregor drohte mir mit dem Finger.

»Keine Widerworte.«

Meine Handtasche hing mir schwer von der Schulter herab und um meinen Oberkörper war es nicht besser bestellt. Ich war übermüdet und mit dem Gedanken überfordert, dass jemand mich vielleicht in die ewigen Jagdgründe schicken wollte. Ich stand im Schatten des Gebäudekomplexes der Beratungsgesellschaft und fragte mich, was für andere Illegalitäten noch so über den Tisch gingen, als mein Handy klingelte.

»Bist du tot oder krankgeschrieben?«, brüllte Metin.

»Keines von beidem«, antwortete ich.

»Dann komm verdammt noch mal zur Arbeit! Sven heult mir die Ohren voll, nachdem er Stunden im Baum gehangen hat. Was machst du?«

»Ich bin mit Gregor unterwegs.«

»Was soll das heißen? Bist du sein neuer Saufkumpan?«

»Nein. Ich komme nachher vorbei.«

Schnell legte ich wieder auf, ging durch die elendig langsame Drehtür und erkundigte mich bei der freundlichen, permanent auf mein blaues Auge starrenden Empfangsdame nach Frau Kamphausen. Durch das Telefon kündigte sie mich als Besucherin an. Ein paar Minuten später trat die Assistentin durch die Zwischentür. Sie schien nicht glücklich, mich zu sehen. Mittlerweile war der Tod von Richard Pfeiffer sicherlich kein Geheimnis mehr.

»Hallo, Sie. Sie sehen ja übel zugerichtet aus.« Sie trug einen knielangen schwarzen Rock, der ihren stämmigen Waden schmeichelte, sowie eine rein weiße Bluse ohne irgendwelchen Schnickschnack.

»Frau Kamphausen«, begrüßte ich sie und bat sie abermals, mit mir vor die Tür zu gehen. Ihre Bemerkung zu meinem Veilchen ignorierte ich vollends.

»Es tut mir leid. Wegen Ihres Chefs, meine ich.«

»Welchem Chef? Einer ist tot und der andere im Knast.« Sie schien ein wenig angesäuert. »Sie haben das gewusst, oder?«

Ich stutzte. »Was denn?«

»Na dass der Pfeiffer tot ist und Hugo es getan hat. Warum hätten Sie sonst nach ihm gefragt? Und ich blöde Kuh rede auch noch schlecht von dem Pfeiffer. Dabei war der da bestimmt schon längst über den Jordan.«

Ich war überrascht von ihrer ehrlichen und zuvorkommenden Art. »Denken Sie, dass Hugo Sachs es getan hat?«

Sie glotzte mich an. »Er sitzt ja immerhin im Knast, oder nicht?«

»Er hat ein Alibi.«

»Heißt das, er kommt frei?«

»Sieht ganz danach aus.«

Sie atmete durch. »Wusste ich es doch. Und wer hat Pfeiffer dann umgebracht?«

Ich zuckte mit den Schultern und beschloss, sie mit ein paar Indizien zu kitzeln. »Ulrike Pfeiffer wird gerade eben verhaftet.«

Kamphausen riss ungläubig die Augen auf. »Die? Das glaube ich nicht. Nie im Leben.«

»Warum nicht?«

»Ohne ihn wäre sie doch total aufgeschmissen gewesen.«

»Kommt darauf an. Eine Scheidung wäre für sie wohl nicht optimal gewesen. Aber vielleicht hatte er sie in einem Testament bedacht? Oder er hatte eine Lebensversicherung? In diesem Fall wäre er ihr tot mehr wert als lebendig.« Ich wusste nicht, wohin diese Unterhaltung führen sollte. Aber Kamphausen war gerade Feuer und Flamme und ich wollte ihren Eifer nicht unterbrechen.

»Warum sollte er sich scheiden lassen?«, erkundigte sie sich neugierig.

»Er hatte eine Geliebte.«

»Ja und?«, sagte sie beiläufig. »Er hatte ständig irgendwelche Mädchen. Und ich schwör, seine Alte hat davon gewusst. Sie muss es gewusst haben. Die halbe Firma wusste davon.«

Ich musste schlucken.

»Für eine Geliebte hätte er sich nicht scheiden lassen. Bestimmt nicht.« Sie schüttelte vehement den Kopf.

»Warum sollte seine Frau so etwas hinnehmen?«

Sie verdrehte die Augen. »Was weiß ich. Liebe, Geld. Ich denke, es war wegen des Geldes.«

»Ist Frau Pfeiffer mit Hugo Sachs irgendwie bekannt?«

»Warum fangen Sie jetzt wieder mit Hugo an?«, geiferte sie plötzlich. »Ich dachte, der hätte nichts damit zu tun.«

Ich trat an sie heran und legte eine Hand auf ihre Schulter, um Freundschaft und Zusammenhalt zu simulieren. »Hugo sitzt nicht ohne Grund in der U-Haft. Jemand wollte ihm etwas anhängen.«

Ihr fiel die Kinnlade runter.

»Ulrike Pfeiffer hat mir von dem Vorfall auf der Jubiläumsfeier erzählt.«

»Sie meinen, als Pfeiffer der Erika an die Tüten gepackt hat?«, fragte sie verächtlich.

Ich nickte. »Frau Pfeiffer hat sich im Anschluss mit ihrem Mann gestritten.«

»Genau. Dann ist er abgehauen und sie hat sich einen hinter die Binde gekippt. Arme alte Lady. Irgendwie tut sie mir echt leid. Muss viel durchmachen mit dem Kerl.«

»Wann ist sie nach Hause gegangen?«

»Ich habe ihr gegen Mitternacht ein Taxi gerufen. Mann,

war die knülle. Hackenstramm. Ist im Stehen fast weggepennt.« Sie atmete tief ein und gaffte mich an. »Moment mal. Glauben Sie etwa, *sie* wollte Hugo die Sache unterschieben?« Kamphausen wurde sehr ärgerlich.

»Warten Sie mit Ihren Rachegelüsten noch, bis wir wissen, ob sie es getan hat.«

»Würde mich nicht wundern, wenn sie sich an die Nacht nicht mehr erinnern kann. So breit, wie die war.« Sie sah auf die Uhr. »Ich muss weg. Wir haben gleich Abteilungsbesprechung.« Sie sah mich an. »Nichts für ungut, aber ich hoffe, ich sehe Sie nie wieder. Ich wünsche Ihnen alles Gute.« Mit diesen Worten machte sie kehrt.

Ihr letzter Satz brachte mich ins Grübeln. Dann rief ich ihr nach: »Eine Frage habe ich noch. Wann ist diese E-Mail von Herrn Pfeiffer bei Ihnen eingegangen?«

»Das war am Dienstag gegen zwei Uhr morgens. Nach der Feier.«

Ich nickte und verabschiedete die Assistentin mit einem Knurren in der Bauchgegend, das nicht von Hunger herrührte. Das Gespräch war eine Offenbarung, auch wenn es nicht in die Richtung ging, die ich mir vorgestellt hatte. Ganz im Gegenteil. Es änderte alles. Mit einem desolaten Gipsverband und einem stechenden Schmerz im Fuß trat ich eine Rundreise im Doppeldecker und dem Linienbus nach Wattenscheid an.

Um kurz vor drei hinkte ich die Voedestraße in Wattenscheid hinunter und war ein wenig übellaunig, als ich in das Büro von Tozduman Securities ging. Augenscheinlich bereitete sich Corinna schon länger auf ihren Feierabend vor. Sie saß auf ihrem Stuhl, das Ausbildungsheft vor sich ausgebreitet, und kritzelte es mit Aufgaben aus ihrem Berufsalltag voll. Ich wagte einen Blick über ihre Schulter. Sie war mit Aktivitäten im Oktober beschäftigt. Entweder hinkte sie hinterher oder war der Zeit bereits weit voraus.

»Mann, siehst du Scheiße aus«, begrüßte mich Metin und warf seine gedrungenen Beine vom Tisch. Er betrachtete eingehend mein Gesicht.

Corinna sah auf und versteckte ihr Lachen hinter einem feuchten Grunzen.

»Der Riechkolben wird ja langsam wieder. Aber das Auge. Wer immer das war, ich hoffe, du hast ihm gehörig die Fresse poliert.«

»Das war Gregor.«

Auf Metins Lippen zeichnete sich ein Grinsen ab. »Hast du in seinen Angelegenheiten gewühlt?«

Ich war gereizt und müde und hatte keine Lust, ihm die Sache zu erklären. Schlaff ließ ich mich in seinen Ledersessel fallen und streckte das Gipsbein aus, in dem sich ein Ziehen bemerkbar machte. Dann fiel mir die Tageszeitung auf seinem Tisch auf.

»Steht irgendwas drin?«, fragte ich.

Metin lachte auf und sein Pilsgeschwür wackelte unter seinen Brüsten. »Du hast es nicht gelesen?«

Ich schüttelte den Kopf.

Er wackelte an den Tischrand heran, nahm die Zeitung und schlug einen Artikel auf Seite drei auf. Ich nahm die Zeitung und las überdurchschnittlich langsam. Wie von Olaf bereits angekündigt standen die Spielschulden als Tatmotiv im Vordergrund, aber das interessierte mich nicht. Stattdessen suchte ich nach einer Richtigstellung über meine Person, allerdings war davon nicht die Rede. Vielmehr log mich Olaf ins direkte Geschehen hinein.

Mir klappte die Kinnlade runter. »Das kann er nicht machen.«

Olaf hatte den Kollegen gesteckt, dass Esther Roloff, die populäre und in diesem Fall total besoffene Versicherungsdetektivin, gerade ihren Rausch vor dem angrenzenden Wirtshaus ausschlief, als der Audi an der Ruhr nippte. Aus diesem Grunde wurde ich als Zeugin gleich dabehalten.

»Sehr kreativ, dein Bruder.«

Ich glotzte Metin an.

»Was ist mit dem Radkastenlecker?«

»Er war es nicht.«

»Weiß ich schon. Also. Was geht da ab?«

Ich faltete die Zeitung zusammen. »Ich kann dir das Problem erklären. Du darfst aber nicht sauer werden.«

Metins Ohren liefen rot an.

»Also *so* sage ich dir schon mal gar nichts!«

Er warf seine Arme nach vorn. »Was denn?«

»Na, deine Ohren!«

»Willst du mich veräppeln? Jetzt erzähl schon!«

Ich warf den Anzeiger auf den Tisch. »Die Sache ist die: Die Person, die das Wasserbett tatsächlich beschädigt hat, hat gleichzeitig auch den Pfeiffer auf dem Gewissen.«

»Verarsch mich nicht.«

»Die Polizei hat gerade die Witwe eingesackt.«

»Und unser Haftpflichtschaden?«

»Muss wohl noch warten, bis der Mord aufgeklärt ist.«

»Dönekes«, pöbelte Metin.

»Dann rede halt mit der Kripo. Vielleicht werden die dir irgendeine Stellungnahme liefern, die du der Versicherung geben kannst.«

»Kripo am Arsch«, sagte er nur und drehte sich um.

Es war der beste Zeitpunkt, um sich aus dem Staub zu machen. Schnell hüpfte ich auf meine Füße, was ziemlich wehtat, und humpelte nach draußen die Straße hinauf. Erst als ich außer Schreiweite war, rief ich Gregor an.

»Ich habe zwei Dinge von der Assistentin erfahren. Und beide gefallen mir nicht.«

»Inwiefern?«

»Ulrike Pfeiffer ließ sich gegen Mitternacht ein Taxi rufen. Demnach müsste sie etwa eine halbe Stunde später zu Hause eingetroffen sein.«

»Und zweitens?«, fragte er weiter.

»Die E-Mail, die Pfeiffer verschickt hat, ist gegen zwei Uhr morgens auf dem Server gelandet. Also eineinhalb Stunden, *nachdem* die frisch gebackene Witwe das Blut im Schlafzimmer entdeckt hat.«

Es entstand eine kurze Stille.

Schließlich tönte es aus dem Hörer: »Wo sind Sie? Ich lese Sie auf.«

Als ich 20 Minuten später in das Taxi stieg, klemmte bereits eine tote kalte Fluppe zwischen Gregors Lippen in der Erwartung, zum einhundertsten Male angezündet und abgeraucht zu werden. Ich schnallte mich an und wir sprachen kein Wort. Stattdessen fuhr Gregor einfach los. Ich fragte nicht, wohin die Reise ging.

Er zeigte auf das Armaturenbrett. »Das ist der vorläufige Autopsiebericht.«

Ich nahm die Papiere und blätterte darin. Noch nie zuvor hatte ich einen echten Autopsiebericht gesehen und ich war ganz aus dem Häuschen. Dann stellte sich Ernüchterung ein.

»Ich kann die Schrift nicht lesen«, murrte ich und haftete mich an jedes Wort.

Gregor reagierte nicht darauf. Ich legte den Bericht wieder zur Seite und er zündete die Zigarette an.

»Der Inhalt des Berichts entspricht dem, was wir schon von Ansmann zu hören bekommen haben«, sagte Gregor und ließ die Kippe zwischen seinen Lippen tanzen. »Pfeiffer ist zwischen Montag um neun und Dienstag um eins getötet worden.«

»Seine E-Mail wurde erst um zwei Uhr morgens auf den Server geladen.«

»Das muss nichts heißen. Technische Störungen, wartungsbedingte Verzögerungen, es kann viele Gründe dafür geben.« Er sah mich an und ich merkte sofort, dass er von seiner Antwort auch nicht unbedingt überzeugt war.

»Was ist, wenn seine Frau diese E-Mail geschrieben hat? Sie dürfte problemlos an seinen Laptop gelangt sein. Doch der freundliche Ton, den sie im Text angeschlagen hat, ist bei seiner Assistentin übel aufgestoßen. Denn es stellte sich heraus, dass ihr Mann nicht nur in privaten Dingen ein Dreckskerl war.«

»Warum sollte sie das tun?«

Ich zuckte mit den Schultern. »Als Ablenkungsmanöver?«

Er pustete den Qualm gegen die Windschutzscheibe. »Was hat diese Assistentin noch erzählt?«

»Sie gab an, die Pfeiffer wäre am Ende der Feier hackenstramm gewesen. Sie hätte kaum gehen können. Und sie musste ihr ein Taxi rufen.«

»Um Mitternacht.«

»Genau. Sie hätte also noch genug Zeit gehabt, ihren Mann niederzustrecken«, fügte ich hinzu.

Erneut nahm er einen tiefen Zug und ein Drittel der Kippe brannte mit einem Schlag herunter. Sein Kopf sackte ein wenig nach vorn und sein Hals warf sich in Falten.

»Vorausgesetzt, sie war aufgrund ihres Alkoholpegels körperlich in der Lage dazu.«

Ich stöhnte auf. »Ach kommen Sie, machen Sie mir meinen Fall nicht madig. Warum sind Sie so skeptisch? Es war die Alte, ich sag es Ihnen.«

Gregor schnaubte kaum merklich. Seine schwitzigen Hände rutschten über das Lenkrad.

»Wo fahren wir eigentlich hin?«

»Marisa Nowak.«

Ich stutzte. Die Nowak hatte ich zwischenzeitlich völlig aus dem Geschehen geblendet. »Warum?«

»Die Nowak musste einen triftigen Grund gehabt haben, einen Versicherungsbetrug zu begehen, aus dem kein Cent herauszupressen war.«

»Vielleicht hat Pfeiffer ihr einen Geldbetrag geboten, damit sie den Schaden auf den Hund lenken konnte.«

Er pflügte seine Locken hinter die Ohren und kratzte sich am Bart. Schweiß rann ihm von den Augenbrauen hinunter. Er nahm den Stummel und zerquetschte ihn auf dem Aschenbecherdeckel. »Gut möglich. Finden wir es heraus.«

Gregor fuhr quer durch Wattenscheid. Der Feierabendverkehr hatte bereits begonnen und jeder, der einen Reifen auf die überfüllte A 40 setzte, war entweder nicht von hier oder hatte keine Lust auf den heimischen Schmorbraten. Sollte er doch in seinem Topf verrotten, während man im Stau stand. Ich sah die Bäume an dem Seitenfenster vorbeifliegen und wurde wieder ein wenig träge.

Die Häuser am Ückendorfer Platz waren in einem ähnlichen Zustand wie ich sie zuletzt zurückgelassen hatte. Tauben stapelten sich in den Baumkronen und feuerten ihre Salven auf die parkenden Autos ab. Ein paar Jungs stritten sich um einen Fußball und die grauhaarige Schreckschraube hing wieder ihren Kopf zum Fenster hinaus, ihre Brüste waren auf einem Kissen hergerichtet. Wahrscheinlich legte sie sich dort auch nachts zum Schlafen hernieder.

Wir standen vor der Tür und klingelten. Niemand antwortete oder öffnete die Tür.

»Meinen Sie, sie hat uns gesehen und versteckt sich?«, fragte ich.

»Nein.« Gregor zog ab.

»Das war's?«

Er ging wortlos, ohne mich anzusehen.

Enttäuscht ließ ich mich zurück ins Auto fallen und nahm mir noch einmal den Autopsiebericht vor. Gregor lehnte derweil gegen den Wagen und pulte eine neue Kippe aus seiner Tasche. Mit dem Teer in seiner Lunge hätte man problemlos die Hattinger Straße neu pflastern können.

»Irgendetwas nagt an Ihnen«, sagte ich zu ihm durchs Fenster. »Das spüre ich doch.«

»Eine Sache nervt mich tatsächlich«, antwortete sein Rücken. Seine Schuhsohlen scharrten auf dem krümeligen Steinboden. »Warum diese E-Mail? Wozu diese Ablenkung?«

Ich legte den Bericht beiseite und steckte den Kopf durch das Fenster. Er sah zu mir herunter.

»Wozu sich die Mühe machen und erzählen, er wäre in der Karibik, wenn die Leiche Tage später in einem

Kofferraum gefunden wird?«, fragte er mich. Ich antwortete nicht darauf. Er drehte sich um und versuchte, seinen verrauchten Schädel zu mir durch das Seitenfenster zu stecken, sodass ich wohl oder übel zurückweichen musste.

»Irgendetwas ist bei der Sache nicht rund gelaufen«, erklärte er schließlich. »Die Sache mit dem Kofferraum war nur eine Notlösung.«

13.

Es wurde Abend und ich merkte anhand meiner selbstständig agierenden Finger, dass ich immer unruhiger und ungeduldiger wurde. Es war schon vier Uhr durch, doch Gregor hatte noch keinen Tipp erhalten, dass Sachs entlassen wurde. In leisen Momenten hallte mir Gregors Drohung nach, dass er mich nach Sonnenuntergang in seine Gemächer schleppen würde, sofern er Bolker nicht rechtzeitig zu fassen kriegte. Ich konnte mich nicht entscheiden, ob Bolkers Drohung mindestens genauso abscheulich war. Bei beiden Alternativen bekam ich gleichermaßen das Gefühl, mein Magen würde meinen Dickdarm verdauen.

Wir waren auf dem Weg zurück nach Wattenscheid, als Gregors Handy kurz bimmelte und das Display aufleuchtete. Er las die Kurznachricht und fluchte leise.

»Ich lasse Sie ungern allein. Aber ich muss für ein paar Stunden weg. Und es ist besser, wenn Sie nicht dabei sind.« Ich hatte kein Problem damit, nicht dabei zu sein. Wenn ich dabei war, passierte immer etwas. Entweder wurde jemand bedroht oder getötet oder irgendwelche Leute bekamen einen Zusammenbruch. Er setzte mich zu Hause ab.

»Ich werde Sie später wieder abholen. Packen Sie in der Zwischenzeit ein paar Sachen zusammen. Nur für den Fall.«

Nur für den Fall, dass Bolker mir nachts zu Hause

auflauern will, um mir zwischen die Augen zu schießen, dachte ich zu Ende.

Noch ehe ich die Haustür aufschließen konnte, stellte sich Anastasios mir bereits in den Weg.

»Du siehst grauenvoll aus.« Er schüttelte den Kopf. »Die Handwerker waren da und haben dir eine neue Tür eingebaut. Hier ist der Schlüssel.« Er gab mir einen Schlüssel für ein Sicherheitsschloss. Damit war ich besser ausgerüstet als alle anderen Mieter, die mit Schlüssellöchern leben mussten, in die die Daumen von Nashörnern passten.

»Du hast doch nicht in meiner Wohnung herumgeschnüffelt, oder?«

»Ich doch nicht!«, tönte er großspurig.

Ich konnte es ihm nicht so richtig abkaufen.

Ich ging die Treppe hinauf. Mein Fuß tat mir weh und mein Auge fühlte sich taub an. Die Wohnungstür war im gleichen Braun gehalten wie die anderen. Ein neues Schloss funkelte mich an. Ich steckte den Schlüssel hinein und das satte Geräusch des Schließmechanismus, der sich um den klapperdürren Schlüssel schmiegte, löste ein erhabenes Gefühl in mir aus.

Abgeschlafft warf ich alles, was lose an mir herunterhing, auf den Boden. Zielstrebig ging ich ins Bad und ließ mir Badewasser ein. Der dichte weiße Wasserstrahl stob mit einem Zischen aus dem Hahn und knallte schäumend auf die Oberfläche. Ich versank für einen Moment in dem Anblick und schloss die Augen. Der Duft des Lavendelbades trieb mir in die Nase und der warme Wasserdampf benetzte wie Morgentau mein Gesicht. Feuchte Haarsträhnen fielen nach vorn und umklammerten meine Augenwinkel. Mit Wohlbehagen horchte ich meinem genügsam plätschernden Herzschlag. Ich fühlte die Befehlsgewalt meines Gehirns, alle Körperfunktionen auf Sparprogramm zu schalten. Ich schlüpfte aus meiner Unterwäsche und setzte einen Fuß nach dem anderen ins Wasser. Wie Quecksilber in einem Thermometer stieg die Wärme in meinem Körper hoch und ein Kranz aus schweinchenrosafarbener Haut schmückte mein Dekolleté. Dann sah ich an mir herunter und merkte, dass etwas nicht stimmte.

Mist. Mist. Mist.

Ruckartig hob ich meinen Gipsfuß aus dem Wasser. Er war ein Klotz aus Pappmaschee. Badeschaum lag auf dem Fußrücken, Wasser rann in Bindfäden die Ferse hinunter. Ungeschickt beugte ich mich auf dem unversehrten Fuß nach vorn, um den Schaden abzutasten. Ich hielt mich an dem Schlauch des Duschkopfes fest. Plötzlich verlor ich das Gleichgewicht, zerrte an dem Schlauch und als ich nach oben schaute, um mich zu vergewissern, dass das Gerüst halten wird, war es auch schon passiert. Der Duschkopf knallte mir volle Kanone ins Gesicht, hauptsächlich gegen die Lippen. Duschkopf und Gipsfuß machten einen Klatscher in die Wanne und ich schmeckte Blut. Aus der Wanne heraus konnte ich im Spiegel meine blutende Lippe sehen.

Ein wundervoller Anblick.

Sauertöpfisch rammte ich den Duschkopf zurück in seine Verankerung, plumpste zurück ins Wasser und ließ den kaputten Gipsfuß über den Wannenrand baumeln. Das Wasser träufelte zuhauf auf die Fliesen, aber das war mir egal. Ich wollte erneut das Wohlbehagen fühlen, das mich gerade noch ergriffen hatte, doch es stellte sich nicht wieder ein. Stattdessen leckte ich mir die Lippe und fuhr sehr schnell und sehr rabiat wieder auf, als ich meinen sonnenverbrannten Nacken in das heiße Wasser tauchte. So eine Scheißwoche.

Krebsrot, mit verschrumpelten Fingern und Zehen sowie einer klaffenden, gut durchbluteten und demnach überirdisch geschwollenen Platzwunde an der Lippe stieg ich aus der Wanne und rubbelte mir mit meinem Lieblingshandtuch den Ärger von der Seele. Hautschüppchen segelten wie Schnee den Boden hinunter und Frotteefussel wirbelten durch die Luft. Der Gips war mittlerweile deformiert und klebte, und die Haut unter dem Material juckte und kitzelte. Ich trocknete das Zeug mit dem Föhn und verbrannte mir beinahe die Zehen dabei.

Ich warf mich in frische Klamotten, einer Sporthose aus Ballonseide und einem T-Shirt mit einem grienenden Förderturm auf der Brust, und legte mich längs auf die Couch, um Olaf zurückzurufen.

»Also«, begann ich theatralisch und stockte sofort.

»Also was?«

Zuerst wollte ich Olaf von der vermeintlichen Entlassung des Kofferraummörders erzählen. Da ich aber immer noch nicht wusste, ob er überhaupt freigelassen werden würde, hielt ich mich zurück. Als Ersatz wollte ich ihm von den wirtschaftskriminellen Machenschaften der Unternehmensberatung berichten. Doch dann zwängte sich der Gedanke an Bolker ganz weit nach vorn und ich stutzte. Ich wollte meinen Bruder nicht unnötig in Gefahr bringen.

»Also ich hab nichts, was ich dir erzählen könnte«, sagte ich schließlich und er seufzte schwer.

»Ein Verkäufer des angrenzenden Autohauses hat einem Lokalberichterstatter gesteckt, dass einer der Detektive eine Viertelstunde vor dem Brand in seinem Wagen die Straße hinuntergefeuert ist.«

Ich atmete auf. Wenigstens einer von ihnen war am Leben.

»Er hatte es ziemlich eilig.«

»Und der andere?«

»War nicht da. Keine Toten oder Verletzten in der Detektei. Und niemand will danach irgendjemand gesehen haben.«

»Das klingt, als würde der Detektiv der Brandstiftung bezichtigt werden.«

»Das wurde von der Polizei nicht bestätigt. Ich glaube, die suchen noch nach einem Motiv.«

Ich legte auf und tippte aufgeregt auf den Tasten meines Handys herum. Das musste ich unbedingt Gregor erzählen. Aber er ging nicht ran. Das Telefon landete auf meinem Couchtisch und begann prompt zu klingeln und zu vibrieren. Aufgewühlt zappelte es die Tischplatte entlang. Es war Sascha.

»Ich hab für dich ein wenig Mäuschen gespielt«, klang seine Stimme aus dem Telefonhörer. Er sprach schnell vor Verzückung. »Ansmann hat den Kofferraummörder gerade noch einmal verbal abgetastet.«

»Und was kam dabei heraus?«

»Bist du bereit, für diese Informationen einen Deal einzugehen? Denk dran, du bist mir etwas schuldig.«

Ich musste schlucken, doch wegen meines trockenen Halses fühlte es sich an, als hätte ich einen pelzigen Tennisball hinuntergewürgt. »Was für einen Deal?«

»Thorsten, das andere Mäuschen, ist ganz dicke mit

dem Aktenführer der Mordkommission. Und er hat nächste Woche einen Termin vor dem Scheidungsrichter. Seine Noch-Frau ist der Meinung, dass er in seinem Leben niemals mehr eine Perle abkriegen wird.«

»Und ich soll sie vom Gegenteil überzeugen.«

»Genau. Geh einfach mit und schau Thorsten mit deinen Engelsäuglein an.«

Sascha und Thorsten hatten keine Ahnung, dass ich derzeit alles andere als ein Engelsgesicht besaß. Wenn ich es mir recht überlegte, glich ich eher einer Blondine, die frontal in die Fäuste eines Preisboxers gelaufen war – rechte Faust aufs Auge, linke Faust auf die Lippe. Die Nase gegen die Planken.

»Ihr von der Wache habt wirklich einen Sockenschuss«, entrüstete ich mich. Dann hörte ich ein Rascheln in der Muschel und eine neue Stimme trat ins Geschehen ein.

»Hallo, Esther Roloff.« Thorsten schnalzte genüsslich mit der Zunge. Seine Stimme war penetrant sowie tiefer und lauter als die von Sascha und ich nahm zuallererst den Hörer vom Ohr.

»Es ist mir ein besonderes Vergnügen, dich kennenzulernen.«

Mein Magen rollte seinen Inhalt um.

»Das ist kein Date, klar?«

»Klar«, sagte er einen Tick leiser. Fast so, als hätten wir ein Geheimnis zu hüten.

»Also, was macht dich in diesem Augenblick zu meinem besten Freund?«

Thorsten lachte laut auf, als hätte ich den Witz des Jahrhunderts gerissen. Er kriegte sich gar nicht mehr ein.

»Also, erstens ist es nicht *sein* Auto, sondern das seiner Frau. Seinen nigelnagelneuen BMW hat Sachs gleich nach Bereitstellung zurückgegeben. Haben den bestellten Navi vergessen und der Wischer flog ihm um die Ohren.«

»Und?« In meinen Fingern kribbelte es, denn ich ahnte, worauf es hinauslaufen sollte.

»Zweitens hat seine Frau ihn Montag bis Mittwoch artig zur Arbeit gebracht und abgeholt. Dazwischen kann sie mit dem Wagen sonst wohin gefahren sein. Zum Einkaufen, zur Pediküre, zum Kaffeetrinken. Er weiß es nicht.«

»Fragt sie doch«, bemerkte ich beiläufig. In meinem Inneren allerdings schrillten sämtliche Alarmglocken. Die Pfeiffer wollte ihren Mann schon einmal mit einem fadenscheinigen Motiv in den Knast bringen. Warum nicht auch eine Leiche in seinen Kofferraum packen?

»Das werden wir.«

Schlagartig überkam mich ein weiterer Gedanke und ich klatschte meine Hand gegen die Stirn.

»Shit«, plapperte es aus mir heraus.

»Was ist?«

Ich hatte der Schrapnell Sachs eins auf die Nuss gegeben. Wenn die uniformierten Kollegen bei ihr aufschlugen, wartete eine mit Botox befüllte Platzwunde auf sie. Und dieses Mal hängt sie mir ganz sicher eine Anzeige an den Hals. Zwar kannte sie meinen Namen nicht. Aber eine zweite Detektivin mit Gipsfuß, blauem Auge und abschwellender Nase, mit der man mich verwechseln könnte, wird man in Bochum wohl kaum finden.

»Nichts«, gab ich kurz durch. »Das war jetzt erst eine Information. Und für dieses winzige Häppchen soll ich meinen geschmeidigen Hintern vor dem Scheidungsrichter wackeln lassen?«

»Nicht vor dem Richter, sondern vor meiner Frau«, korrigierte mich Thorsten. »Aber ein kleines Sahnehäubchen hab ich noch.«

»Ich bin ganz Ohr.«

»Sachs hat ein Täubchen.«

Und ich war so was von Ohr. »Ein Täubchen?«

»Eine Tussi, Schnecke, Dose, Schnitte«, erläuterte er. »Ist kurz vor Feierabend ganz zufällig vor sein Gesicht gesegelt, sagt er. Und zwar genau an dem Tag, an dem seine Alte zum Pilates bei Mrs. Sporty in Brenschede war. Als hätte sie darauf gewartet. Er hat sie also aufgegabelt. Mit dem Wagen seiner Anvertrauten. Wie in Bollywood.«

»Warum? Wann? *Wer*?«, jauchzte ich. Ich war ganz außer mir. Dieses Täubchen konnte keinesfalls nur zufällig vor sein Gesicht gesegelt sein. Dieses Täubchen ist mit dem Zielfernrohr auf die Pirsch gegangen.

»Warum, warum. Warum ist die Banane krumm?«

Das sollte wohl heißen, dass er es nicht wusste.

»Abends nach zehn sind sie zu ihrer Bude gegondelt, irgendwo in Gelsenkirchen. Wie sie hieß, konnte er nicht sagen. Oder er wollte es nicht. Weißt du, wie das für mich klingt?«

Mein Blut stürzte mir in die Füße und ich taumelte kurz. Für mich klang es, als müssten wir schleunigst nach Ückendorf fahren.

»Für mich klingt das, als hätte er eine Nutte aufgegabelt.«

»Nein. Ich kenne sie«, sagte ich leise.

»Was?«

»Ich weiß, wer sie ist! Ich weiß, wo sie wohnt!« Ich bellte förmlich in das Telefon.

»Na dann nix wie raus mit der Sprache!«

»Oh nein. Du holst mich ab. Wir fahren zusammen hin.« Ich hyperventilierte. »Wenn du das tust, gebe ich dir vor dem Scheidungsrichter einen Kuss extra.«

Ich wollte nicht hysterisch werden. Ich spazierte in meinem Chaos gemächlich auf und ab, um mich zu beruhigen. Ich räumte sogar ein paar Sachen auf und flickte meinen Gips behelfsweise mit ein paar Klebestreifen. Doch als ich den Streifenwagen vor dem Haus vorfahren sah, wurde ich wieder unruhig. Schlimmer wurde es, als ich die Treppen hinunterhumpelte und Thorsten vor dem Auto warten sah.

Seine Frau hatte recht. Er würde nie wieder eine Perle abkriegen. Er war hässlich wie die Nacht.

»Herrschaftszeiten, was ist denn mit dir passiert?«, fragte er.

Dasselbe hätte ich ihn auch fragen können. Sein Gesicht war von postpubertären Pickeln übersät und dort, wo kein Pickel war, funkelte eine Sommersprosse. Hinzu kam seine Frisur. Seine rotblonden Haare waren auf Kinnlänge wie ein Helm geschnitten. Er erinnerte mich an einen Schuljungen aus der achten Klasse. In der großen Pause sengte er den Mädchen die Haare an. Wenn er Gras rauchte, war dies wörtlich zu nehmen. In einer Mutprobe ließ er sich Kerzenwachs auf die Augenbrauen tropfen und kam am nächsten Schultag mit wesentlich weniger Härchen über den Augen zurück. Wenn ich es mir recht überlegte, hieß dieser Typ auch Thorsten.

»Konntest du das nicht vorher sagen? So kann ich dich doch unmöglich mit zum Gericht nehmen. Meine Frau lacht sich ja schlapp.«

Und ihm hatte ich einen Kuss vor dem Scheidungsrichter versprochen.

Ich stieg in den Streifenwagen. Ich hatte noch nie in einem Streifenwagen gesessen. Die Innenausstattung war aus einem glatten schwarzen Kunststoff gefertigt, die Sitze waren aus Leder. Allerlei Gedöns schmückte das Armaturenbrett, darunter auch das Funkgerät sowie Knöpfe für die polizeispezifische Beleuchtungsanlage. Es roch nach Schweiß und ich bemerkte, dass Thorsten faustgroße Flecke unter seinen Achseln trug. Er war in Uniform und ein kleiner Rettungsring quoll über seinen Gürtel, als er sich setzte.

»Meinst du, wir können Blaulicht und Sirene einschalten?«, fragte ich ihn zögerlich.

»Wie alt bist du eigentlich?«, fragte er zurück und ich schmollte.

»Aber nur bis zur Stadtgrenze!«, gab er schließlich nach und schaltete den Hebel um.

Blaue Schatten wurden auf den Asphalt geschleudert. Es war wie im Fernsehen.

In der Zwischenzeit versuchte ich, Gregor zu erreichen, aber es war vergebens und das wiederum war sehr ungünstig, denn in meinem Kopf wuselte es wie in einem Bienenstock. Mir saß die Zunge locker und meine Lippen machten sich langsam selbstständig. Ich musste unbedingt mit jemandem über die Sache sprechen.

»Warum ist gerade sie zu ihm ins Auto gestiegen?«

Ich schaute Thorsten an, der mit Schlagseite in die Kurve steuerte.

»Sie ist mit Ulrike Pfeiffer befreundet«, erklärte ich ihm.

»Ernsthaft?« Thorsten runzelte seine Stirn und die Pickel stapelten sich übereinander.

»Und sie kennt Hugo Sachs. Als ich sie das erste Mal befragte, hat sie mir von ihm erzählt.«

»Du hast sie schon einmal befragt?« Seine Stimme war einen Deut heller geworden.

Vorsichtig sah ich noch einmal zu ihm hinüber und blendete alles oberhalb seiner Augenbrauen aus. »Das war, bevor ihr Pfeiffers Leiche in Sachs' Kofferraum gefunden habt.«

»Weißt du, wie das für mich klingt?«

Erwartungsvoll sah ich ihn an.

»Für mich klingt das, als kennt er diese Frau doch. Bestimmt hat er gelogen.«

Für mich klang es, als hatte mich Marisa Nowak seinerzeit dazu antreiben wollen, Sachs aufzusuchen. Sie wollte mich zu ihm führen.

Und zu der Leiche.

Ich navigierte Thorsten zur Seitenstraße am Ückendorfer Platz und er parkte den Streifenwagen quer auf dem Bürgersteig. Überschwänglich drückte ich auf die Klingel, doch wie schon zuvor machte niemand die Tür auf.

»Sie wollen doch da nicht stehen bleiben?«

Die alte grauhaarige Schreckschraube stülpte ihr Haupt gefährlich weit über den Fenstersims und ihre Arme umklammerten stramm ihre Brüste. Ihr graues langes Haar fiel nach vorn und ein monströses Doppelkinn quoll unter ihrem Kopf hervor. Feixend gab ich Thorsten einen Hieb in die Hüfte und er legte seinen Kopf in den Nacken.

»Sie da oben! Ich bin Polizeihauptmeister Funke-Trenkelbach.«

»Das sehe ich selbst, dass Sie von der Polizei sind. Trotzdem parken Sie im absoluten Halteverbot!«

Sie keifte und ich bekam große Ohren. Thorsten Trenkelbach! Er *war* der Rotzlöffel aus der achten Klasse. Heiliger Bimbam.

»Haben Sie letzten Dienstag oder Mittwoch ein silbernes Fahrzeug der Marke Audi A6 vor diesem Haus gesehen? Ein Mann war in Begleitung Ihrer Nachbarin. Bochumer Kennzeichen.«

»Welcher, der Schwatten?«

»Was heißt ›der Schwatten‹?«

»Na die mit den langen schwarzen Haaren, die nie den Flur macht.«

»Marisa Nowak«, warf ich ein.

Die Alte zuckte mit den Schultern. »Ich hab das Auto gesehen. Hat sich auch im Halteverbot hingestellt. Genau da, wo Ihr Polizeiwagen steht. Direkt vor der Tür!« Sie ging richtig auf in ihrer Schimpftirade.

»Ist Ihnen irgendetwas an dem Tag aufgefallen?«

»Bis auf dass der Wagen im Halteverbot stand und niemand kam, als ich die Polizei rief?«

»Sie haben deswegen die Polizei gerufen?« Thorsten war entsetzt. »Ich bitte Sie, werte Dame. Für solche Kleinigkeiten kommt keine Streife vorbei. Dafür sind die Politessen zuständig.«

»Und was ist mit der Behinderung? Ich konnte ja kaum meine Einkaufstüte durch die Tür tragen, weil diese Haudegen mit ihrem Müll den Weg versperrt haben. Das ist doch wohl nicht im Sinne der Gesetzeshüter, oder?« Sie fuchtelte mit einer Faust in der Luft und die Haare flogen umher.

Mir wich in der Zwischenzeit sämtliche Farbe aus dem Gesicht. »Welchen Müll?«, fragte ich.

»Eine Riesentüte. Bestimmt Tapetenreste. Haben sich dreist mit ihrem Auto dahinter gestellt und ihren Müll in den anderen Kofferraum geschlört. Und die Schwatte, so faul wie Gott sie geschaffen hat, hat kaum einen Finger gerührt, sondern nur den Wagen aufgemacht. Aus dem Fenster den Knopf am Schlüssel gedrückt.«

Da war es wieder, dieses Betongefühl. Mein Blutkreislauf erschlaffte und lümmelte irgendwo an meinen Füßen herum. Ein wenig Blut transportierte noch ein paar Ideen durch die Gehirnwindungen. Der Rest dazwischen war weich und nutzlos geworden.

Das waren keine Tapetenreste. Das war Pfeiffer.

»Und der Typ, dem der Audi gehörte?«

»Was weiß ich, was der gemacht hat. Hat gepennt oder Fernsehen geguckt. Sehe ich etwa so aus, als würde ich in den Angelegenheiten anderer Leute herumschnüffeln?«

Ich merkte kaum, wie ich meine Unterlippe zerbiss. So sehr beschäftigte mich die Frage, was Hugo Sachs in Marisa Nowaks Wohnung zu suchen hatte.

»Wissen Sie, wo sich Frau Nowak derzeit aufhält?«, horchte Thorsten die Frau aus.

»Ne.«

Wie von selbst packte meine Hand Thorsten am Arm. Er sah aus, als wäre er völlig neben der Spur. Schließlich trabte er zu seinem Streifenwagen und wählte eine Nummer auf seinem Handy.

»Hey, Kranich. Du weißt doch noch, wie du mir von

dieser Perle erzählt hast. Die Schnitte von deinem Verdächtigen.« Er lauschte. »Ja, genau. Ich bräuchte deine Hilfe. Und zwar haben wir gerade diese Person identifiziert. Was soll ich jetzt machen?«

Ich bekam rote Ohren. *Wir*?

Er stockte. »Reg dich ab, Mann. Ich musste dieser Sache nachgehen. Nicht dass die Frau uns noch flöten geht.«

Er machte einen genervten Eindruck. Anscheinend war er auch nur ein Sesselpupser wie Sascha und hatte die falschen Abzeichen auf der Schulter, damit er frei herumlaufen und Leute vernehmen durfte. Das erklärte, warum er allein unterwegs war. Anscheinend war es gar nicht vorgesehen, dass er einen Partner hatte.

»Also ich bin in Gelsenkirchen-Ückendorf und habe hier eine Zeugin. Die fragliche Person heißt Marisa Nowak, wohnt am Ückendorfer Platz und ist vielleicht flüchtig.« Wieder lauschte er. »Was weiß ich, warum! Frag doch den Sachs. Ja, ich warte.« Thorsten sah mich an. »Er holt Ansmann ans Telefon. Er verhört gerade die Pfeiffer.«

Mir wurde ganz heiß.

Einige Minuten später wiederholte Thorsten für Ansmann, was er bereits diesem Kranich erklärt hatte. Erneut fixierte er mich. »Der Chef möchte dich sprechen.«

Mitleidig reichte er mir das Telefon und ich fühlte einen Kloß in meinem Hals. Ich bereitete mich auf eine blutrote Standpauke vor.

Es rauschte, bevor er sprach. »Die Pfeiffer bestreitet die Tat. Ganz zu schweigen von dem Blutfleck, der ganz plötzlich in ihrem Schlafzimmer erschienen sein soll. Das Blut könnte von einem Wellensittich kommen, der gegen die Wand geflogen ist!«

Ich fiel aus allen Wolken. Warum war er plötzlich so redselig?

»Der Durchsuchungsbefehl war durch«, fuhr er fort. »Aber das halbe Haus ist entkernt und das Material entsorgt. Auf Nimmerwiedersehen.«

Ich konnte hören, wie frustriert er war.

»Wir haben keine Tatwaffe, ein schwammiges Motiv und absolut keinen Hinweis auf den Tatort.«

»Ich habe eine Parkettfliese«, rutschte es aus mir heraus.

»Sie haben *was*?«

»Ich habe die Pfeiffer dabei erwischt, als sie das Schlafzimmer leer räumen ließ. Ich habe eine Parkettfliese mitgehen lassen, auf der Blutspuren sind. Sie liegt in meinem Twingo. Die Pfeiffer weiß es.«

Es wurde sehr, sehr still am anderen Ende der Leitung.

»Hallo?«, rief ich hinein.

»Was hat diese Marisa Nowak damit zu tun?«

»Sie hat sich Hugo Sachs unter den Nagel gerissen. Ich glaube, sie war es, die ihm die Leiche untergeschoben hat.«

»Wer ist diese Frau und warum tut sie so etwas?«

»Sie gab sich als Ulrike Pfeiffers Freundin aus. Ihr Hund hat nur einen Zahn.«

Den Hinweis auf den Hund hätte ich getrost stecken lassen können. Ich hörte, wie er vor sich hin grummelte.

»Ich melde mich wieder.« Dann legte er einfach auf.

»Du hast Nerven«, sagte Thorsten und grinste über beide Backen.

»Du hast ja keine Ahnung«, erwiderte ich und setzte mich in den Hauseingang. Ich lehnte meine Ellenbogen auf den Knien auf und drückte meinen Kopf in die Hände. Thorsten hing wie ein Schluck Wasser auf dem Beifahrersitz des Streifenwagens und wir schwiegen uns für eine Weile an.

Ich wollte einfach nicht dahinterkommen, was es zwischen ihr und den Pfeiffers auf sich hatte. Geschweige denn ihre Verbindung zu Sachs.

Minuten später hörte ich das Funkgerät im Streifenwagen rauschen. »Wagen 815, bitte melden.«

Thorsten nahm das Funkgerät in die Hand. »Hier Funke-Trenkelbach.«

»Es wurde eine Fahndung durchgegeben. Es handelt sich um die Person Marisa Nowak. Sie wird als Tatverdächtige in dem Mordfall Richard Pfeiffer gesucht. Wir erwarten einen Bericht, um eine Durchsuchung der Wohnung der Verdächtigen anordnen zu lassen.«

Thorsten ließ das Funkgerät sacken. »In Ordnung«, sagte er. Dann guckte er mich an und zuckte mit den Schultern. »Schätze, die melden sich noch mal, wenn die Durchsuchung angeordnet ist.«

Ich sah die Hausfassade hoch und registrierte ohne Überraschung, dass die alte Frau noch immer aus dem Fenster hing, ihre Ohrmuscheln wie Satellitenschüsseln ausgefahren.

Ich wollte nicht rumstehen und auf Anordnungen warten. »Machen Sie die Tür auf!«, rief ich nach oben und die Dame verschwand von dem Fenster.

»Was wird das?«, fragte Thorsten.

»Ich will oben noch mal klopfen«, sagte ich. Einige Sekunden später surrte der Türöffner und ich drückte die Klinke. Prompt überholte Thorsten mich und rannte nach oben. Er nahm zwei Treppenstufen auf einmal.

»Welche Etage?«, rief er zu mir herunter.

»Ganz oben. Die rechte Tür«, keuchte ich und kam nur mit knapper Mühe und Not voran. Die Geschichten von dem Adrenalin, das einen Menschen zu unglaublichen Taten verhelfen konnte, hielt ich für eine Mär. Mein Adrenalinpegel war bis zum Bersten voll und ich war trotzdem nicht schneller als sonst. Außerdem musste ich darauf achten, dass mein verkrüppelter Gips nicht den Hausflur vollkrümelte.

Ich hörte, wie Thorsten auf der obersten Etage klingelte und gegen die Tür hämmerte.

»Aufmachen, Polizei!«, rief er, doch es kam keine Antwort. Ich wartete auf den Knall, aber nichts geschah. Ächzend betrat ich das letzte Stockwerk und sah Trenkelbach an seinem Telefon.

»Was machst du da?«

»Ich rufe den Schlüsseldienst.«

»Bist du verrückt? Tritt die Tür ein!«

»Sag mal, spinnst du? Hast wohl zu viel Cobra 11 geguckt.«

Ich rollte mit den Augen, setzte mich auf die Treppenstufe und rief Gregor an. Wieder bekam ich keine Antwort. Was zur Hölle trieb er nur?

Thorstens Gespräch war sehr kurz. Kaum zwei Minuten später setzte er sich zu mir.

»Der Schlüsseldienst ist unterwegs«, tat er kund.

»Was hilft das schon. Ohne Anordnung.« Wir seufzten beinahe gleichzeitig.

»Die kommt bald«, versicherte Thorsten.

Ich nickte. »Wann wird Hugo Sachs freigelassen?«, fragte ich.

Er sah auf die Uhr. »Sieht wohl so aus, als hätte sich

sein Alibi bestätigt. Die dürften ihn eigentlich rausgelassen haben. Bei so etwas sind die Anwälte immer recht schnell.«

Die Anwälte. Bei dem Gedanken rutschte mir das Herz in die Hose. Wenn Sachs auf freiem Fuß war, hatte er es hauptsächlich mir zu verdanken. Immerhin war ich es, die sein Alibi identifiziert hatte. Aber Gregor würde ihn zu Hause abfangen, dessen war ich mir todsicher. Dann würde der Spuk endlich ein Ende haben. Marisa Nowak würde ihrer Freundin Ulrike Pfeiffer in der Haftanstalt Gesellschaft leisten. Was allerdings Sachs und seine dubiosen Kollegen betrifft, war ich mir nicht ganz so sicher. Der Sammelordner der Detektei müsste als Beweismittel vorgeführt werden. Ganz zu schweigen von dem Maulwurf und dem Anwalt, Roald Schuster, dessen korrupte Motivation man erst einmal nachweisen musste. Alles in allem war ich aber zuversichtlich, dass diese Menschen ihrer rechtlich angemessenen Bestimmung zugeführt werden würden. Anders als bei Bolker, bei dem ich nicht wusste, welches Schicksal ihn erwartete. Doch wie auch immer dieses Schicksal aussah, ich hoffte, er würde diesem begegnen, *bevor* unsere Wege sich ein zweites Mal kreuzten.

»Willst du nicht runtergehen und den Funk abhören?«, fragte ich Thorsten.

»Ich habe ein Gerät hier.« Er zeigte auf einen klobigen Kasten an seinem Halfter, dann schlang er seine Hände vor den Knien ineinander. Im direkten Vergleich hatte Thorsten relativ kurze Beine, dafür aber umso größere Füße. Seine Schuhe waren abgelatscht, die Spitzen verkratzt.

»Was soll das sein? Hast du den Gips selbst gemacht?«,

erkundigte er sich, nachdem er offensichtlich ebenfalls meine unteren Gliedmaßen begutachtet hatte.

»Er ist nass geworden«, sagte ich knapp.

»Den solltest du mal erneuern lassen.«

Ich hatte es mir fest vorgenommen, wenn ich außer Lebensgefahr war.

»Warum will sich deine Frau eigentlich scheiden lassen?«, erkundigte ich mich.

»Sie hat einen Neuen kennengelernt. Einen viel Hübscheren, wie sie meinte.« Er rümpfte verächtlich die Nase und irgendwie tat er mir leid.

»Und wie lange wart ihr verheiratet?«

»Acht Jahre.«

»Das ist eine verdammt lange Zeit, um zu merken, dass es auf diesem Planeten noch hübschere Typen gibt. Daher scheint also die Anzahl jener, die schöner sind als du, sehr begrenzt zu sein.« Ich stupste ihn an und er grinste.

»Konntest du Ansmann weiterhelfen?«, fragte er.

»Ich denke schon.«

»Manometer. Wenn das alles stimmt, was man auf der Wache so über dich erzählt, dürfte Ansmann dir in Zukunft ordentlich das Leben versäuern.«

»Was erzählt man denn so über mich?«

»Dies und das«, sagte er nur und zwinkerte wieder.

Eine Viertelstunde später kam ein Handwerker im Blaumann herauf. Er schleppte einen riesigen Metallkoffer mit sich und keuchte jämmerlich. Aber im Gegensatz zu mir war er jenseits der 60 und hatte das Recht, außer Atem zu sein.

Thorsten instruierte ihn und erklärte die Sachlage. Zur

Bekräftigung rief er noch einmal ein paar Ermahnungen ins Funkgerät.

»Gibt es schon einen Durchsuchungsbefehl?«

»Negativ«, rauschte es zurück.

»Wann können wir damit rechnen?«, fragte Thorsten. »Wir stehen einsatzbereit vor der Tür.«

»Moment«, antwortete das Gerät. Dann sprach eine andere Stimme weiter. »PHM Funke, Kranich hier. Kommen Sie zurück zur Wache, schicken Sie Ihre Einsatzhundertschaft weg und schreiben Sie Ihren Bericht, Herrgott noch mal!«

Es folgte kurzes Rauschen. Dann schließlich kam gar nichts mehr. Thorsten schwieg, ich biss mir auf die Lippe. Der Handwerker grinste.

»Na dann, bis denne.« Er schüttelte uns kurz die Hände, klemmte sich seinen Koffer unter den Arm und zog wieder von dannen.

Thorsten versuchte sich in Schadensbegrenzung. »Na gut. Dann lass uns erst mal runtergehen. Ich werde auf der Wache einen Bericht schreiben. Es wäre gut, wenn du mitkommst und mir ihre Beschreibung durchgibst.«

Ich zog argwöhnisch die Augenbrauen zusammen. »Ich glaube, das ist keine so gute Idee.«

»Komm schon. Die Show mit dir und Ansmann möchte ich mir ungern entgehen lassen.«

14.

Auf der Rückfahrt zur Wache klebte meine Stirn halbwegs an der Seitenscheibe. Das Funkgerät nuschelte hin und wieder ein paar Informationen durch. Thorsten hatte die Mordkommission bereits über mein Erscheinen informiert. Wahrscheinlich mussten sie Vorkehrungen treffen oder Ansmann irgendwelche Beruhigungspillen in den Kaffee mischen.

Als wir vor dem Hauseingang parkten, stand Ansmann bereits in der Tür. Thorsten schickte er mit einer unheilvollen Gebärde ins Innere des Gebäudes. Mich ließ er erst gar nicht hinein.

»Haben Sie noch irgendetwas für mich?« Er kniff seine Augen zusammen und senkte den Kopf. »Irgendetwas?«

Mir schoss das Blut empor. Irgendetwas? Was zum Teufel war irgendetwas? Ich durchleuchtete sein arrogantes Angesicht und es traf mich wie ein Schlag. Ansmann wollte nicht irgendetwas, er wollte die Unterlagen von Brülling & Rowohlt. Er hatte im richtigen Moment in die falsche Richtung gesehen. Er war der Maulwurf! Und für den Job war er am besten geeignet. Er war Einsatzleiter der Mordkommission und hatte in dieser Position stets die Kontrolle darüber, was in den eigenen Reihen vor sich ging. Außerdem war er sehr ehrgeizig, wenn es darum ging, mich zu bedrohen und von dem Fall fernzuhalten. Gregor hatte sich in ihm getäuscht.

»Also, wo ist sie?«

Ein wenig stoisch wanderte mein Blick an ihm herab und blieb an seinem Pistolenhalfter hängen, welches er wie ein modisches Accessoire vorführte, weil er die Arme hinter seinem Rücken verschränkte. Mir war klar, dass er mich nicht an Ort und Stelle kaltstellen könnte, aber täte ich auch nur einen Schritt in das Gebäude, würde er mich irgendwann in irgendeine Räumlichkeit zerren und die Wahrheit aus mir herausprügeln. Ich konnte nur ahnen, welche Freude es ihm bereiten würde. Er schien den gleichen Gedanken zu haben und ein leichtes Schmunzeln bekleidete seinen Mund. Mich schauderte es.

Ich musste schleunigst hier weg.

»Lassen Sie uns reingehen«, sagte er und streckte seine Hand nach mir aus. Ich aber folgte dem ersten Impuls und gab Fersengeld.

So schnell, wie es mit einem verkrüppelten Gips an einem angeknacksten Fuß ging, fegte ich die Straße hinunter, ohne wirklich zu wissen, wo ich überhaupt hinwollte. Mein Knöchel schmerzte höllisch und die Kombination aus Stress, Schmerz und Anstrengung tat ihr Übriges. Bereits nach 50 Metern bekam ich wahnsinniges Seitenstechen. Ich hätte wissen müssen, dass ich für einen Spurt nichts taugte. Ich machte Halt und keuchte buckelig die Luft aus meinen rasselnden Lungen. Als ich mich wieder aufrichtete, stand bereits Ansmann neben mir.

»Wo wollen Sie denn hin?«, hauchte er mir ins Ohr.

Ich stieß einen Schrei aus und überlegte, ob ich die Browning aus der Tasche holen sollte, doch das kostete zu viel Zeit. Stattdessen richtete ich mich vor ihm auf und schwang meinen Fuß nach vorn. Der Gipsklumpen traf sein Schienbein und er jaulte auf.

»Sind Sie bescheuert?«, schrie er mich an und umfasste die Einschlagstelle.

»Sie haben sich mit der Falschen angelegt, Freundchen«, pöbelte ich rum.

»Passen Sie auf, was Sie sagen. Sie reden mit einem Polizisten!«

»Sie sind kein Polizist. Sie sind ein korrupter Drecksack.« Wahrscheinlich bekam mein Gehirn durch die Anstrengungen nicht mehr genügend Sauerstoff, dass mir eine solche Äußerung über die Lippen ging. Es konnte auch an der Knarre in der Tasche liegen, mit welcher ich mich tatsächlich ein wenig sicherer fühlte.

Ansmann fuhr hoch und umklammerte mit beiden Händen meinen Hals. Das Gefühl der Ohnmacht war intensiver als seinerzeit bei dem Buffalo-Banditen und ich merkte, wie mir wesentlich schneller die Luft ausging.

»Wie hast du mich genannt?«, zischte er zwischen seinen zusammengebissenen Zähnen.

Ich konnte nicht antworten. Zum einen, weil mir die Luft ausging. Zum anderen fehlten mir die Signale aus dem Hirn, die durch die verengten Adern nicht mehr zu meinem Kehlkopf fließen konnten. Ich hielt mich an Ansmanns Handgelenken fest, doch ich hatte kaum mehr Macht über sie. Ein greller Schein floss über meine Augen und ich blinzelte. Dann, als ich den Schatten der Ohnmacht an mich heranahen sah und den Schmerz in der Kehle nicht mehr spürte, ließ er los.

Ich fiel auf die Knie und röchelte mir die Seele aus dem Leib. Es war bestimmt eine erbärmliche Vorstellung, aber für mich war das im Moment eher nebensächlich. Ich schaute auf und sah Thorsten mit einem anderen Uniformierten neben Ansmann stehen, die ihn daran hinderten, mir ins Genick zu springen.

»Geile Show«, sagte Thorsten nur und Ansmann wandte sich ihm um.

»Noch einen Ton, Funke, und ich werde empfehlen, Sie vom Dienst zu suspendieren.«

Thorsten zog den Kopf ein.

Ansmann beugte sich über mich. »Ist mir scheißegal, was in Ihrer Birne vorgeht. Ich will die beschissene Parkettfliese, die Sie mir versprochen haben. Und gnade Ihnen Gott, Sie haben gelogen.«

Ich ließ mich auf den Rücken rollen und streckte mich auf dem Asphalt nieder. Meine Augen vergrub ich in meinen Händen und meine Ellenbogen winkten der matt scheinenden Sonne zu. Es war zum Lachen. Meine Arme zitterten.

»Lachen Sie etwa?«

Ich lachte nicht. Ich heulte. Ich wusste selbst nicht, warum ich das tat. Es war alles so peinlich.

»Ich habe Sie verwechselt. Sorry«, schniefte ich und fühlte, wie zwei Hände mich an den Handgelenken packten und hochzogen. Flugs stand ich Ansmann nur ein paar Zentimeter entfernt gegenüber.

»Mit wem? Mit dem korrupten Drecksack?«

»Genau«, stieß ich leise hervor. »Sie kriegen Ihre Parkettfliese. Sie liegt in meinem Twingo.«

Er nickte. »Holen Sie sie.« Er sah Thorsten an. »Bring sie hin. Und wenn sie noch mehr solche schrägen Sachen macht: Erschieß sie. Sag einfach, es war Notwehr.«

Dann zog er mit dem anderen Kollegen ab. Er humpelte ein wenig.

»Geile Show«, wiederholte Thorsten.

Erneut schlug ich die Hände vors Gesicht. »Es gibt ein kleines Problem«, sagte ich zu Thorsten. »Der Twingo steht vor Metins Detektei. Und wenn er dort einen Polizisten sieht, macht er mich kalt.«

Thorsten glotzte mich an und grinste scheel.

»Park den Streifenwagen einfach ein paar Meter außer Sichtweite. Ich hole die Fliese.«

»Mach es, wie du meinst. Aber mach es nicht so, dass ich dich erschießen muss.«

Thorsten fuhr durch die Bochumer Innenstadt nach Wattenscheid. Selbst ein Polizist mit Blaulicht und Sirene mied zur Feierabendzeit die Autobahn. Wie abgemacht parkte Thorsten den Streifenwagen in einer Einbiegung gute 20 Meter von der Detektei entfernt. Als ich die Beifahrertür öffnete und relativ umständlich über die Innenleisten stolperte, sah ich im Augenwinkel, dass Thorsten an seinem Halfter herumfummelte. Er schien die Anordnung von Ansmann ziemlich ernst zu nehmen.

Der Schmerz in meiner eingegipsten Ferse war mittlerweile sehr ausgeprägt. Er strahlte bis zur Wade und dem großen Zeh und ich dachte darüber nach, mir wieder die Krücken unter die Achseln zu stapeln. Ich schleifte meinen Fuß zum Twingo, der glücklicherweise ein paar Meter abseits der Detektei, aber immer noch halb auf dem Radweg stand. Mittlerweile pappten zwei Knöllchen an meiner Scheibe. Flink schloss ich die Tür auf, angelte die Fliese aus dem Fußraum und knallte die Tür zu.

Prompt saß mir Metin im Nacken. »Sag mir, dass du die Treppen heruntergefallen bist.« Er stierte auf meine aufgeplatzte Lippe.

»Ich bin die Treppe heruntergefallen«, sagte ich.

Er runzelte die Stirn und die Falten ragten bis in seine Geheimratsecken. »Was ist das?« Er zeigte auf die Fliese.

»Parkett.«

»Wofür brauchst du das?«

»Es ist ein Muster. Ich möchte mir neuen Boden legen lassen.«

»Lüg nicht«, fauchte er. »Deine Birne ist knallrot wie ein Pavianpopo.«

»Tut mir leid. Ich erkläre es dir später.«

Wie ein Werwolf bleckte er die Zähne. Ein Fleischfetzen hing zwischen den Schneidezähnen. »Mach mir keinen Kummer, Blondette. Sonst ist dein Nachruf das Nächste, was über dich in der Zeitung steht.«

Auf der Rückfahrt klammerte ich mich an das Stück Holz wie an eine Schiffsplanke, die mich als Einziges über Wasser hielt. Meine Augen huschten über die Landschaft und mein Fuß zappelte nervös auf und ab.

»Mach dir keine Sorgen. Ansmann hat sich bestimmt wieder beruhigt.« Thorsten klang nicht sehr überzeugend.

»Ich habe ihn einen korrupten Drecksack genannt«, murmelte ich und der Streifenwagen machte kurz einen Schlenker. Die Reifen quietschten.

»Herrschaftszeiten«, brummte er leise.

Als Thorsten den Streifenwagen auf den reservierten Polizeiparkplatz absetzte, blubberte ein neuer Schwall von Nervosität in mir hoch und mein ganzer Verdauungstrakt schien sich unter den Brustkorb verkriechen zu wollen. Wie eine Alterskranke lehnte ich mich schwach gegen den Wagen, als ich ausstieg.

»Komm mit«, sagte Thorsten.

Ich schüttelte den Kopf, bis mir schwindelig wurde. »Er wird mich in eine Zelle stecken.«

Thorsten lachte. »Nein, wird er nicht.«

Sehr langsam und sehr bedächtig tat ich einen Schritt vor den anderen. Als wir das Foyer erreichten, starrte mich die Empfangspolizistin an, als stünde ein aufgequollener, überdimensionaler Tampon vor ihr. Thorsten ging voraus durch die Glastür und ich zog an zahlreichen Bürotüren vorbei, aus denen ebenso zahlreiche Köpfe herauslugten. Ich kam mir vor wie eine Schwerverbrecherin. Thorsten verschwand in einem Büro und mich überkam ein Schwindel. Ich linste um die Ecke und sah Ansmann, der sich in seinem Schreibtischstuhl ausbreitete wie ein Cowboy vor dem Lagerfeuer.

»Geh raus«, wies er Thorsten an, der ohne ein weiteres Wort abzog.

Er starrte von unten herab zu mir hoch. »Wer ist ein korrupte Drecksack?«, fragte er mich und mir rauschte das Blut in den Ohren. Meine Birne war heiß und schwitzig wie ein fettig gebackener Truthahnbraten.

»Entschuldigen Sie, es war nicht so gemeint.«

Er stand auf. »Ich war nicht gemeint, richtig?«

Ich nickte.

Ansmann schürzte die Lippen, stopfte die Hände in die Taschen und sah kurz aus dem Fenster. Und dann, von einer Sekunde zur anderen, trat er seinen Mülleimer von einer Ecke in die andere. Der Papiermüll flog wie bei einer Bombenexplosion in die Luft und etliche Kollegen stoben in seine Tür. Er winkte ab.

»Ist schon gut, schon gut«, sagte er mit harschem Ton und die Kollegen verschwanden in ihre Büros zurück.

Ich wusste, dass er verstand. Aber er fragte nicht weiter nach. Stattdessen streckte er eine Hand aus und nahm mir die Fliese ab. »Kommen Sie mit.«

Der Keller des Polizeipräsidiums war wie gewohnt kühl und abgedunkelt. Ich hörte die Motoren der Klimagebläse sowie den Wind, wie er gegen die maroden Lamellen unter der Decke schlug. Als wir durch den Flur schritten, kamen uns zwei grinsende Polizistinnen entgegen. Es konnte gut sein, dass sie Obermacker Ansmann nur schöne Augen machen wollten. Wahrscheinlicher war es, dass sie über das, was zwischen mir und Ansmann in letzter Zeit so gelaufen war, bereits gut im Bilde waren.

Ansmann hielt die Fliese gegen das kaltweiße Neonlicht. »Ich glaube nicht, dass wir davon noch verwertbares Material holen können«, gab er sich zweifelnd. Er nahm die Klinke der gegenüberliegenden Tür in die Hand. »Sie sagen keinen Pieps, verstanden?«, ermahnte er mich.

Ich nickte gefällig und er öffnete die Tür.

Zwei Polizisten in akkurat angelegter Uniform standen an der Wand und schauten gelangweilt ins Blaue hinein. Ulrike Pfeiffer saß auf einem Kunststoffstuhl und ihre zahlreichen Brüste lagen beinahe auf der Tischplatte auf. Als sie mich erblickte, verfiel sie in einen eigenartigen, beinahe steinernen Zustand. Sie war blass, nur unter den Augen war die Haut rot geweint.

Ansmann setzte sich ihr gegenüber und legte behutsam die Fliese auf den Tisch. Er sah sie an, doch Pfeiffer hatte nur Augen für mich und meine Platzwunde.

»Wo waren wir stehen geblieben?«, fragte er sie.

»Bei Marisa«, sagte sie leise und glotzte mich an.

»Also gut.« Ansmann lehnte sich zurück. Seine schlanken Finger trommelten ungeduldig auf der Tischplatte herum. Das Geräusch machte mich ganz kirre.

»Wie lange hatte Marisa Nowak bereits ein Verhältnis mit Ihrem Mann?«

Mir wich sämtliche Farbe aus dem Gesicht. Das war der letzte Angelpunkt. Nowak war Richard Pfeiffers Geliebte.

»Sechs Monate«, gab Pfeiffer Auskunft.

Marisa Nowak war nie ihre Freundin gewesen. Sie waren Partner. Sie haben gemeinsame Sache gemacht, um den widerspenstigen Ehemann und Liebhaber aus dem Weg zu räumen.

»Warum?«, dachte ich.

Doch als Ansmann flüchtig zu mir herübersah, merkte ich erst, dass ich die Frage nicht gedacht, sondern laut ausgesprochen hatte.

»Er wollte sich scheiden lassen. Ich hätte vor dem Nichts gestanden. Alles wäre fort gewesen«, wiederholte sie und begann abermals zu flennen.

Bei dem Anblick wurde mir speiübel.

»Und deswegen haben Sie ihn umgelegt«, vervollständigte Ansmann.

»Nein, so war es nicht. Ich wollte nur Geld. Ich wollte mein Haus behalten. Ich wollte ihn unter Druck setzen.«

Sie sah mich fragend an. Gleichzeitig spürte ich Ansmanns forschende Blicke, als sie gegen meine Wange prallten.

»Mit dem Mord hatte ich nichts zu tun. Ich kam nach Hause, da war er tot.« Sie heulte wie ein Kind, das sich durch einen Sturz die Knie aufgescheuert hatte. Krokodilstränen rannen ihr über die Wangen und tropften schwermütig auf ihre Brüste.

Ich wollte wegsehen, aber ich konnte nicht.

»Ihnen ist auf der Jubiläumsfeier die Hutschnur geplatzt«, läutete ich ein und sie nickte.

»Ich war außer mir. Dieser notgeile Schweinehund. Ich habe Marisa angerufen, dass ich es mir überlegt hatte. Dass ich diese Erpressung mit ihr durchziehen wollte. Sie war sofort Feuer und Flamme und wollte auf der Stelle loslegen.«

»Auf der Stelle?«

Sie nickte. »Sie war vor mir zu Hause.«

Ansmann scharrte mit den Füßen.

»Ich war so nervös und musste mir Mut antrinken. Und ich habe getrunken.« Pfeiffer rollte mit den Augen. »Mein Gott, habe ich getrunken.« Sie sah auf ihre Brüste. »Doch als ich in die Wohnung kam, war *sie* schon da. Und mein Mann. Er lag da. Auf dem Wasserbett. Er atmete noch, aber blutete überall.« Wieder sackte sie zusammen und ihr Körper zitterte, während sie heulte.

»Was wollte die Nowak von Ihrem Mann?«, fragte ich weiter und Ansmann sprang auf.

»Das reicht!«, sagte er laut und verwies mich des Raumes. Ich wehrte mich und wollte bleiben. Ich wollte es aus ihrem Mund hören. Doch Ansmann griff mir beherzt in den Nacken und schob mich hinaus. Einer der beiden Polizisten, die im Raum Schmiere gestanden hatten, folgte mir. Sein Blick war nichtssagend und so tot wie das Gesicht einer Pappfigur.

»Kann ich gehen?«, sprach ich in das Pappgesicht.

Er verzog die Mundwinkel, was meiner Einschätzung nach bedeutete, dass er es nicht wusste. Also kehrte ich ihm den Rücken und hinkte den Flur entlang. Jedem Augenpaar, das sich aus dem Türrahmen wagte, begegnete ich mit einem feindseligen Ausdruck. Mit Schwung stieß ich die Glastür auf, trampelte mit meinem gepeinigten Gipsfuß die Treppe hinauf und verabschiedete mich mit einem verdrießlichen »Tschö« bei der Empfangspolizistin.

Die Sonne bewegte sich bedrohlich schnell auf den Horizont zu. Ich ging ein paar Schritte und fühlte mich wie Lucky Luke, der entspannt und beseligt dem Sonnenuntergang entgegenritt. Ich war ebenfalls entkrampft, auch wenn ich nicht so aussah. Zwar hatte ich ein blaues Auge, eine aufgeschlagene Lippe, diverse Kratzer im Gesicht sowie allmählich in Erscheinung tretende Würgemale am Hals, aber ich war entkrampft. Bis auf meinen eingegipsten Fuß, da hatte ich Muskelkater entlang der Wade.

Ich verstand, dass mich kein Pferdchen, kein Jolly Jumper, nach Hause bringen würde. Also schleppte ich mich zur nächsten U-Bahn-Haltestelle und durchforstete den Fahrplan nach meinen Reisemöglichkeiten. Mir knurrte der Magen bis zum Hals und ich konnte mich nicht mehr daran erinnern, wann ich zum letzten Mal etwas gegessen, geschweige denn richtig durchgeschlafen hatte. Die nächste Bahn fuhr erst in zehn Minuten. Also trieb ich noch einmal ordentlich Luft durch meine Lungen, setzte mich auf den unbequemen kleinen Plastiksitz und lehnte mich gegen die gläserne Rückwand. Zehn Minuten Zeit, um vielleicht einmal an *nichts* zu denken.

Die U-Bahn klapperte zügig unter der Stadt entlang und ich hatte es nicht geschafft, an *nichts* zu denken.

Die Fliehkraft schubste mich hin und her und besäuselte mich. Ein jugendliches Pärchen hatte sich drei Sitzreihen voneinander entfernt gesetzt, damit sie sich diskret ein paar Kurznachrichten zuschicken konnten. Bei diesem Anblick anwesenheitsunabhängiger Kommunikation nahm ich noch einmal mein Handy zur Hand und wählte Gregors Nummer, doch ich stellte fest, dass ich keinen Empfang hatte. Wieso hatte ich keinen Empfang, die Teufelsbälger aber schon? Ich spekulierte auf Teenager-Verträge, die größtmöglichen Empfang garantierten, damit die Kinder auch tatsächlich über 1.000 Euro im Monat vertelefonieren und ihre Eltern in den Schuldenknast schicken konnten. Heutzutage war es ein Kreuz mit der Telekommunikation.

Von der Haltestelle bis zu mir nach Hause hatte ich einen Fußweg von etwa zehn Minuten zurückzulegen. Bei jedem Schritt nahm ich den schreienden Schmerz meines Knöchels wahr. Das Jucken hatte zwar allmählich aufgehört und der Gips war wieder trocken, doch er war an allen möglichen Ecken eingerissen, die Ränder vom Wasser aufgebröckelt. Ich schaute mit Verärgerung auf das Display meines Handys, das mir immer noch keinen Empfang bescheinigte.

Ich bog in die Dorstener Straße ein. Die Sonne war hinter den kunterbunten Häuserreihen der Hauptstraße verschwunden und die Schwaden der Abgase vorbeifahrender Autos schwebten einige Zentimeter über dem Boden. Die Temperatur war angenehm, beinahe frühlingshaft, und der Boden gab sich mittlerweile wieder trocken und spröde. Die Alten der Gegend hatten sich in den Häusern verzogen und die Rebellen und Revolutionäre kamen nach und nach auf die Straßen.

Sehr langsam und sehr gemächlich stieg ich die Treppe meines Hauses hoch und fühlte im Geiste bereits das Bettlaken unter meinem Rücken. Vorsichtig schob ich den Schlüssel in das schmale Sicherheitsschloss und taperte durch den schattigen Flur. Hier roch es anders als sonst. Es roch, als hätte ich ein Schnitzel in der Sonne liegen gelassen. Doch das konnte nicht sein, weil ich kein Fleisch im Haus hatte. Ich gab dem vergammelnden Müll in der Küche die Schuld und warf meine Tasche gewohnheitsbedingt in den Korbstuhl neben der Eingangstür. Mein nächstes Ziel war das Bad. Ich begoss meine Wangen mit kaltem Wasser, trocknete mich ab und nahm mir verdammt viel Zeit, ehe ich in den Spiegel lugte. Ich blinzelte und schnäuzte und registrierte den Staub auf der Mischbatterie. Erst dann sah ich hoch.

Mann oh Mann.

Mit gesenktem Haupt schleppte ich mich in Richtung Wohnzimmer, warf meinen Schuh in die Ecke und ließ ausgelassen meinen nackten Fuß über den Boden schlurfen. Auf dem Weg dorthin registrierte ich, dass der Geruch nicht aus der Küche, sondern aus dem Wohnzimmer kam. Ich hob meinen Kopf und schob ihn durch den Eingang. Sehr schnell und sehr laut flog mir die Wohnzimmertür entgegen, vornehmlich gegen die Stirn. Ich taumelte nach hinten und meine Hände ruderten. Ich verstand nicht, was passiert war. Hatte ich ein paar Fenster aufgelassen, kam es vom Durchzug? Ich sah kurz zur Tür. Dann krümmte ich mich und drückte meine Hände in der Hoffnung vors Gesicht, es würde den Knall in meinen Ohren mindern, der noch immer nachhallte. Ich schloss die Augen, alles drehte sich und mir war übel.

Das Nächste, woran ich dachte, war die Beule, die auf meiner Stirn bereits zu wachsen begann.

Verdammter Mist, noch eine Macke.

Ich sah auf und suchte den Türrahmen, um mich daran abzustützen. In diesem Moment bemerkte ich den Schatten einer Gestalt, der sich wie ein Unwetter über meinem Körper entfaltete. Noch ehe ich kapierte, *was* es war, riss es mir an den Haaren, zog meinen Kopf nach vorn, beinahe bis gegen die Kniescheiben, und ein grollender Schmerz übertünchte jede Empfindung, die mir in diesem Moment durch die Fasern glitt. Es war ein Schlag, irgendwo zwischen Kopf und Schultern. Er war dumpf und kurz, beinahe belanglos. Aber dennoch gingen bei mir sofort alle Lichter aus.

15.

Ich befand mich auf dem Wohnzimmerboden, als ich aufwachte. Meine Wange, auf der ich lag, war kühl, aber der Rest des Kopfes fühlte sich heiß und geschwollen an. Ich hob meine Birne und der Kopfschmerz breitete sich explosionsartig aus, sodass ich zunächst einmal meine Augen zukneifen musste. Ich nahm ein Ziehen im Nacken wahr und strich mir instinktiv mit den Fingern darüber. Da merkte ich, dass ich blutete.

Ich schraubte meinen Oberkörper hoch und registrierte Füße. Die Füße gehörten zu jemandem, der auf meinem Sofa saß. Es waren Frauenfüße in Sandaletten. Marisa Nowak starrte auf den Boden. Ihr Blick war leer und getrübt, aber dennoch durchdringend. So, als würden ihre großen blauen Augen in eine andere Dimension reisen. Zwischen ihren Augen klaffte ein dunkles Loch mit dem Durchmesser eines Zeigefingers. Ihre Haut war marmoriert und aus ihrem halb offenen Mund blitzten die weißen Frontzähne. Das lange braune Haar fiel ungepflegt vornüber.

Ich war mir nicht im Klaren darüber, ob ich angesichts dieser Erscheinung überhaupt irgendetwas fühlte. Es war, als wären sämtliche Emotionen zusammen mit meiner Seele aus meinem Körper gewichen. Vielleicht war es ein Schutzmechanismus, um bei solch einem Anblick nicht sofort wahnsinnig zu werden. Vielleicht war es auch ein Schock und ich würde selbst früher oder später tot umfallen, wenn ich nicht umgehend behandelt werden würde.

Mir rasten wirre Gedanken durch den Kopf, ich machte mir Sorgen um mein Sofa und ob ich je wieder darauf sitzen könnte, ohne an Marisa Nowak zu denken. Ich richtete mich auf und umfasste mit beiden Händen mein Haupt.

»Entschuldigen Sie, dass ich Sie so überrumpele, aber ich musste etwas früher kommen.« Aus dem Flur ins Wohnzimmer kommend trat der Mann in Erscheinung, der mich niedergeschlagen hatte. Er war groß und hatte kurz geschnittenes silbriges Haar. Seine Haut war von vernarbter Akne gezeichnet, sein Körper war so schlank und drahtig wie ein Frettchen. Ich schätzte ihn auf Mitte 50. Er war adrett gekleidet, mit Hemd und Jackett, und ich erwartete, dass er mir gleich Staubsaugerbeutel verkaufen würde.

»Wie Sie sehen, war ich noch bei jemand anderem zu Besuch.« Sein schmächtiges Kinn, das die tiefe Furche eines Dalton-Bruders trug, zeigte auf Marisa Nowak. Mir lief ein eiskalter Schauer über den Rücken.

»Warum haben Sie sie getötet?«, fragte ich und war überrascht von meiner piepsigen Stimme.

Er grinste breit und machte ein paar Schritte auf mich zu, sodass ich verschreckt zurückzuckte.

»Sie wollte ihn als Nächstes erpressen, nachdem Pfeiffer tot war.«

Mit *ihm* war wohl Hugo Sachs gemeint.

»Die Frau kriegte wohl den Hals nicht voll«, stimmte ich mit ein und hoffte, dadurch ein wenig Zeit zu schinden. Derweilen würde mir hoffentlich irgendetwas einfallen, wie ich hier lebend wieder rauskam.

Denk nach. Erzähl irgendwas.

»Ich weiß, dass sie ihn letzten Dienstag zu sich nach Hause genommen hat.«

Verächtlich stieß Bolker die Luft aus seinen Nüstern. »Hugo, dieser Vollidiot, musste ja unbedingt mitgehen. So eine blauäugige Schnecke macht für so einen Kerl wie ihn nicht alle Tage die Beine breit.«

»Und dort hat sie ihm in einem unbemerkten Moment die Leiche untergeschoben und ihn erpresst.« Ich blies die Backen auf. Langsam ergab das Ganze einen Sinn.

»Hugo hat es mit der Leiche nicht kapiert. Er schnallte einfach nicht, wo Pfeiffer plötzlich herkam. Bis die Bullen ihn nach dem Dienstag fragten.«

Kein Wunder, dass Sachs Nowaks Namen gegenüber der Polizei nicht sagen wollte. Sie hatte immer noch belastendes Material gegen ihn in der Hand und hätte ihm den Todesstoß geben können. Doch ironischerweise war sie das wichtige Alibi, um aus der Haftzelle rauszukommen.

»Sachs hatte die Unterlagen der Detektei also bereits vor uns gesehen«, schlussfolgerte ich.

Ich setzte mich auf den Hintern und zog die Knie an meine Brust heran. Ein schummriger Schwindel schwirrte mir durch den Kopf und ich hatte das Gefühl, dass ich schielte. Alles war ein wenig verschwommen.

»Er hat nur ein paar Seiten gesehen. Auf ihnen stand nichts über die Schnüffler und den Auftraggeber. Hugo hatte schon einen kleinen Deal mit der Nowak. Aber als ihr gekommen seid und ihm den restlichen Stapel der Akte gezeigt habt, konnte ich ordentlich aufräumen.«

In meinem Magen drehte sich alles und ich wollte mich am liebsten übergeben.

»Und da wären wir auch beim Thema.« Bolker streckte seine langen Beine durch und kam mit riesigen Schritten auf mich zu. Unsere Fußspitzen berührten sich. Er senkte sich etwas herab und schaute mir auf den Scheitel. Instinktiv zog ich meinen Kopf zwischen die Schultern. Als ich mit klopfendem Schädel nach oben sah, schaute ich direkt in sein irres Grinsen. Seine Stimme klang nasal. »Wo ist die Akte?«

Mein Herz schlug mir bis zum Hals und Adrenalin durchspülte meinen Körper. Die Kombination aus beidem brachte mir nur einen noch stärkeren Schmerz unter der Schädeldecke. Ich fasste mir an den Kopf und bemerkte, dass meine Hände zitterten.

»Ich habe sie nicht«, sagte ich.

Kaum hatte ich die Worte ausgesprochen, schnellte sein Oberkörper nach vorn und seine Hände packten gezielt meine Kehle. Sie zogen mich zu ihm heran und ich krabbelte mühselig auf meine Füße. Wir standen uns Auge in Auge gegenüber und mein verzerrtes Antlitz spiegelte sich in seinen Pupillen. Dann hob er mich mit der Hand, die er unter mein Kinn geklemmt hatte, hoch und ließ mich in der Luft hängen. Er schlug meinen Rücken gegen die Wand und meine blutverschmierte Wunde malte einen Abdruck auf die Tapete. Meine Halsschlagader hämmerte Hilfe suchend unter seiner Faust und schwoll zu einem gestauten Kanal an. Ich rang nach Luft, doch es war, als verstopfte ein Guss aus Beton meine Luftröhre. Irgendwann sah ich einen hellen Lichtschweif über mir kreisen und ich fragte mich, ob dies das Licht war, das die Leute kurz vor ihrem Ende sahen. Tränen rannen mir über die heiße Haut und ich konnte die Traurigkeit nicht hinunterschlucken, weil meine Kehle zerdrückt war.

»Lüg mich nicht an«, sagte Bolker sachlich und warf mich fort.

Ich knallte auf den Boden und das Blut verschmierte den Fleck, auf dem ich gelandet war. Die Luft schoss in meine Lungen und bunte Blitze und Sternengewitter funkelten über meinen Augen. Bolker kam auf mich zu und zog ein Jagdmesser hinter seinem Rücken hervor. »Fangen wir klein an. Mit dem Fuß. Danach reden wir weiter.«

Bilder reihten sich in meinem Inneren starr aneinander, während das Messer sich meinem Fuß näherte. Ich weiß nicht, wie ich es tat und warum ich schneller war als er. Aber ich war höllisch schnell. Ich zog den Fuß unter seiner herannahenden Hand weg, die Klinge bohrte sich ins Parkett und ich trat Bolker mit voller Wucht mitten ins Gesicht. Er taumelte nach hinten, landete auf seinem Hintern und ich raste wie von Sinnen aus dem Wohnzimmer. Den Schmerz am Knöchel nahm ich gar nicht wahr, ich hatte ihn irgendwo im Wohnzimmer gelassen. Ich war schneller als mein Schatten, riss die Tasche vom Korbstuhl und rannte zum anderen Ende des Flurs – ins Badezimmer.

Meine Lunge rasselte und die Fugen meiner Badezimmerfliesen verwischten mit der rosafarbenen Keramik. Die Tür blieb sperrangelweit offen. Ich wollte ihn sehen, die Waffe ziehen und zuerst schießen, wenn es sein musste. Also grabbelte ich in meiner Tasche, suchte die Knarre, doch ich fand sie nicht. Rotz lief mir aus der Nase und mit dem Handrücken verschmierte ich ihn über mein ganzes Gesicht. Haarsträhnen pappten an meinen Wangen und mein T-Shirt klebte auf meiner Haut. Meine Hände zitterten, die eine wusste nicht, was die andere tat. Die Scheißknarre war so groß und schwer, aber trotzdem fand ich sie nicht.

Ich hörte Bolker fluchen. Ich hörte seine Schritte. Es war wie in einem von Muttis Horrorfilmen, in welchem sich die Opfer immer in irgendwelche Ecken verkrochen; dort, wo sie garantiert nicht wieder herauskamen und immer niedergemetzelt wurden. Ich regte mich dann jedes Mal auf und schimpfte: ›Mein Gott, geh doch nach draußen!‹ Doch jetzt war ich selbst die bescheuerte Kuh, die sich in das Bad verkroch, dort, wo sie nicht mehr herauskam, nicht mehr nach draußen. Warum zum Teufel war ich überhaupt in der Wohnung geblieben?

Bolker hatte eine blutige Nase. Seine Züge waren wutverzerrt und er hatte eine Waffe in der Hand. Als er den beschissenen Ballermann auf mich richtete, grinste er abermals so irre und ich versank in einer Panikstarre.

»Ich denke, wir haben uns ausgesprochen.«

Ich kniff die Augen zu, hörte auf zu atmen und wartete auf den großen Knall. Plötzlich hämmerte jemand gegen meine Wohnungstür.

»Esther!«

Ich kannte die Stimme. Es war Gregor. Ich riss die Augen auf und Bolker war für einen Moment aus dem Konzept gebracht. Er sah abwechselnd zur Tür und zu mir. Es dauerte keine Sekunde. Ich schrie wie von Sinnen und fühlte plötzlich die Waffe in meiner Tasche. Gregor trat die Tür ein und mit einem lauten Knall preschte sie gegen die Wand. Er stolperte nach vorn und er und Bolker starrten sich direkt an. Bolker hatte seine Waffe auf Gregor gerichtet, Gregors Hände hingen in der Luft und hielten inne. Wie ein Radar registrierte ich alles, was sich zwischen ihnen abspielte. Gregors Augen waren ganz auf Bolker und den Lauf seiner Knarre fixiert. Meine Sensoren bemerkten eine Regung bei Bolker. Ich sah den

Muskel seiner Schulter, wie er sich anspannte, und seinen Arm, als er sich durchstreckte. Bereit zum Schuss. Ich schleuderte die Tasche von mir fort, zerrte an der Sicherung der Browning und stieß einen von Metins türkischen Flüchen aus. Gregor ging in Deckung und ich drückte ab. Neun Mal.

Ich klemmte zwischen dem Klo und der Badewanne, als Bolker zu Boden ging. Als er fiel, sah ich Gregor im Wohnungseingang liegen und mir wurde übel. Ich heulte wie von Sinnen, warf die Knarre fort und krabbelte auf wackeligen Knien aus meinem Versteck. Mein ganzer Körper zitterte und mein Schädel hämmerte. Dann sah ich, wie Gregor sich bewegte und seinen Kopf in meine Richtung hob. Er kam auf die Füße, stolperte mir entgegen und zog mich zu sich. Ich drückte mein Gesicht gegen seine Brust, spürte seine Körperwärme und sein klopfendes Herz. Mit einem gequälten Seufzen ließ er sich zu mir auf den Boden plumpsen und als ich aufsah, achtete er darauf, dass ich mich auf nichts als ihn konzentrierte. Er blutete aus der Schulter.

»Ist alles in Ordnung? Bist du okay?«, fragte er leise.

Seine grünen Augen durchdrangen mich und ich fixierte seine sich bewegenden Lippen. Ich nickte und wollte etwas sagen, aber es klappte nicht. Ich schluchzte jämmerlich und meine Kehle war geschwollen. Sie hüpfte wie ein Schluckauf und als ich den Mund aufmachte, kam nur ein erbärmliches Krächzen heraus.

Gregor drückte mir einen Kuss auf den Scheitel. »Sachs hat mir gesagt, dass Bolker auf dem Weg zu dir ist. Ich habe alle alarmiert, damit überhaupt irgendwer rechtzeitig eintrifft.« Blut rann an seinem nackten Arm herunter und bildete eine kleine Lache auf den Holzboden. Es schien, als bemerkte er es gar nicht.

»Er hat auf dich geschossen«, schluchzte ich und zeigte auf die Wunde.

»Nein, das warst du«, schmunzelte er mit einer schmerzverzerrten Miene und bettete seinen Hintern um. »Was meinst du, warum ich in Deckung gegangen bin? Ich hab doch gesehen, wie du schießen kannst.«

Er lachte und ich heulte noch mehr als vorher.

Zwei Paar Schuhe stoben die Steintreppen im Flur herauf. Ihre Sohlen rieben sich geräuschvoll auf der Oberfläche ab und ein Keuchen und Fluchen hallte durch das Treppenhaus wie durch ein karg besuchtes Kirchenschiff. Mit einem ausgezehrten Ausdruck stemmte Anastasios den gedrungenen Arm von Metin, der sich mit puterrotem Gesicht und bis an die Zähne bewaffnet am Geländer entlanghangelte. Metin füllte den kompletten Hohlraum unter dem Türrahmen aus, als er mit geschwellter Brust in meinen Flur trat. Er trug ein doppeltes Pistolenhalfter über den Schultern. Über der linken Brust baumelte eine Knarre. Den anderen Ballermann hielt er bereits in der Hand und wedelte damit herum, als er das Chaos und die Leiche in meiner Wohnung sah.

Er wurde kreidebleich. »Ist das der Bastard?«

Natürlich war er das! Aber ich antwortete nicht darauf.

Anastasios war mucksmäuschenstill. Seine Füße blieben artig auf der Fußmatte stehen und seine Gesichtsfarbe schwankte irgendwo zwischen erdigem Braun und Schildkrötengrün. Fassungslos starrte er auf die Tür, die Gregor eingetreten und gegen die Flurwand geschmettert hatte. Den Toten am Boden registrierte er gar nicht.

Metin setzte einen Schritt nach vorn und zögerte, als er unachtsam in eine von Bolkers Blutlachen stapfte. Angewidert hob er den Fuß. »Ist das da *mein* Schuhabdruck in seinem Blut?«

Anastasios drehte seinen Kopf, bemerkte die Leiche und sein Teint blich sehr schnell in einen olivfarbenen Grundton aus. Angesäuert angelte Metin seine Rotzfahne aus der Hosentasche, hob sein Bein wie ein Hund zum Pinkeln und zog den Schuh an seinen Dickbauch heran. Dem Gleichgewicht zuliebe hüpfte er auf dem stehenden Bein, während er das Blut sporadisch von der Sohle rubbelte. Schließlich ging er in die Hocke und wusch seine Spuren vom Parkett.

Plötzlich jaulten Sirenen die Dorstener Straße herunter und Metin fuhr umgehend hoch, sein Blick starr wie ein Reh im Scheinwerferlicht.

Horch!, sagte sein ganzes Gesicht.

Flink schlüpfte sein Fuß aus dem Latschen. Er klemmte sich den Schuh unter den Arm, watschelte aus der Wohnung und stopfte seine Knarre in das Halfter, sein Jäckchen eng um seinen Wanst verschnürt.

»Danke, mir geht es gut!«, rief ich ihm nach.

Er antwortete nicht. Stattdessen hörte ich ihn mit seinem übrigen Schuh am Fuß, mit welchem er die Treppe hinunterkraxelte. Anastasios war ebenfalls wie vom Erdboden verschluckt.

Ich musste erst mal durchatmen.

»Wie ist Bolker hier hereingekommen?«, fragte ich leise. »Die Tür war noch heile, als ich reinkam.«

»Er hatte einen Schlüssel«, sagte Gregor sofort und ich starrte ihn an.

»Er hat die Handwerker deiner neuen Tür abgefangen. Sachs hat es mir erzählt. Er und Bolker hatten seit seiner Entlassung einen regen Kontakt.«

Mein Kopf sank tief in seine Schulterbeuge und ich maßte mir an zu glauben, sie sei schweißgetränkt. Dabei war es mein Blut, das sich in die Baumwolle fraß.

»Oh, Entschuldigung«, murmelte ich und er tätschelte mich.

»Nicht so schlimm.«

Als Nächstes rannte Ansmann mit seinem Gefolge hinauf. Ich hörte, dass er zwei Treppenstufen auf einmal nahm. Mit gezückter Waffe und wachsamen Augen galoppierte er um das Treppengeländer. Er sah erst Bolker, dann uns und sein Polizeisensor pflügte das Chaos nach potenziellen Gefahren durch. Erst als er die Situation analysiert hatte, entspannte sich sein Körper, sein Schussarm erschlaffte und er verstaute die Pistole im Gürtelhalfter.

»Sind Sie verletzt?«, erkundigte er sich.

»Mein Kopf tut weh«, jammerte ich.

»Zeigen Sie mal her.« Er kam auf mich zu, beugte sich über mich und ich legte mein Kinn auf die Brust, damit er mein Wehwehchen in Augenschein nehmen konnte.

»Nicht so schlimm«, diagnostizierte er nur und ließ von mir ab. Sein dreiköpfiger Polizeitross bezog Stellung vor der Wohnungstür und Ansmann gewährte ihnen mit einem Handzeichen Zutritt. Prompt stapften ihre schwarzen Stiefel wie Elefantenfüße durch meinen Flur. Ich kannte keinen von ihnen.

»Gregor ist angeschossen worden«, sagte ich und Ansmann schüttelte seine Arme.

»Der Krankenwagen ist unterwegs.«

Ich wusch mir die Tränen weg und sah zu Bolker. Er

lag mit dem Rücken zu mir und das Blut sickerte langsam durch seinen Anzug. Auf den ersten Blick erkannte ich, dass ich ihn drei Mal im Oberkörper getroffen hatte. Eine Trefferquote von 30 Prozent also, wenn man Gregors Kugel außer Acht ließ.

Ein Polizist gab ein Signal aus dem Wohnzimmer heraus und da fiel es mir wieder ein.

»Marisa Nowak ist hier. Sie ist tot.«

Die beiden schauten mich verdutzt an.

»Ich war es nicht«, fügte ich hinzu und Ansmann eilte mit einem Augenrollen durch die Wohnzimmertür.

»Bolker hat Nowak mitgebracht«, informierte ich Gregor, doch er nickte nur beiläufig. Wahrscheinlich hatte es ihm Sachs bereits gesteckt.

Er sah mich lange an und ein verschmitztes Grinsen bildete sich auf seinen Lippen. »Er mag dich«, gab er plötzlich bekannt und zwinkerte.

Ich blies die Backen auf. »Ich habe ihn einen korrupten Drecksack genannt.«

Gregor stieß ein ansteckendes Lachen aus, sodass auch ich grinsen musste.

Irgendwann stand ich auf und mir war, als kämen mir die Flurwände entgegen. Ich fasste mir an die Stirn, weil ich das Gefühl hatte, mein Kopf würde von den Schultern rollen. Die feinen Muskelfasern um meine Kehle waren verkatert. Kaum verwunderlich, wenn man so oft gewürgt wird. Polizisten wuselten wie Ameisen in meiner Wohnung herum. Ich sah mein Blut an der Wohnzimmerwand, auf dem Parkett und im Badezimmer. Bei dem Anblick von Bolkers Jagdmesser, das noch immer im Holzboden steckte, gaben meine Knie langsam nach. Ich lehnte mich gegen die Flurwand.

Big Ed stand im Bad und hob mit einem Tüchlein die Browning hoch. Er schien perplex, sah auf und die Augen der Männer trafen sich.

»Das ist Julias Waffe«, sagte er zu Gregor.

Gregors Mundwinkel versanken in seinem Bart und seine Augenbrauen rückten über dem Nasenbein beklemmend zusammen. Er hielt Ansmanns strenger Miene nicht mehr stand und sein eisiger Blick verlor sich in den rosafarbenen Badezimmerfliesen.

»Wer ist Julia?«, fragte ich in den Raum hinein und sah abwechselnd zu den Männern herüber, die mich allerdings gänzlich ignorierten.

Ansmann ging ein paar Schritte, die Browning baumelte immer noch zwischen seinen Fingern. Eine bedrückende Stille herrschte zwischen den beiden, bis sich endlich ein Polizist der Tatwaffe annahm und vorsichtig eine Tüte über sie stülpte. Zwei schwer atmende Sanitäter mit einer sperrigen Trage hatten vor der Wohnung Stellung bezogen.

»Passt auf, wo ihr hinlauft!«, blökte Ansmann, verwies uns der Wohnung und nahm sein Telefon in die Hand.

Angeschlagen rappelte Gregor sich auf, ich umfasste seinen Arm und schwankend verließen wir die Wohnung. Währenddessen verzichtete Gregor energisch auf irgendwelche Hilfe durch die Sanitäter.

Vor dem Haus tummelten sich die ersten Gaffer. Alte Leute, Jugendliche, Mütter mit ihren Kindern hielten in ihrem Spaziergang inne und stellten ihre Lauscher auf. Als Gregor mit einer blutüberströmten Schulter aus dem Treppenhaus kam, umsäumte ein Tuscheln und Munkeln unseren Weg.

Gregor war geschwächt und blass, doch nur widerwillig ließ er sich von den Sanitätern in Augenschein nehmen.

»Glatter Durchschuss. Keine Verletzung von Knochen und Sehnen.«

Erleichtert atmete ich auf und der Sanitäter sah mich an und runzelte die Stirn. »Und bei Ihnen? Wo sollen wir anfangen?«

Mit einem satten Geräusch fielen die Türen des Krankenwagens hinter uns zu und wir weigerten uns beide vehement, uns auf die Trage zu legen. Der Wagen fuhr mit Blaulicht und ich wurde ein wenig seekrank, weil ich aus den vermummten Fenstern den Verkehr nicht beobachten konnte. Daher konzentrierte ich mich auf Gregor, der mit gesenktem Kopf seine Füße betrachtete.

»Ein Detektiv ist abgehauen«, sagte ich und er fuhr hoch. »Eine Viertelstunde vor dem Brand ist er mit seinem Wagen weggefahren.«

Er nickte nur schwach und schürzte die Lippen.

»Wer ist Julia?«

Seine Augenbrauen zogen sich zusammen und warfen seine Stirn in Falten. Sein Blick wurde trüb und leidvoll und ich befürchtete, dass ich es mit meiner Fragerei mal wieder übertrieben hatte. Der Krankenwagen fuhr durch ein Schlagloch und der medizinische Kleinkram, der über unseren Köpfen baumelte, schepperte wie metallenes Topfgeschirr. Gregor faltete seine Hände, er atmete durch und sein Körper erschlaffte, als sämtliche Luft aus seinen Lungen trat. Er schmunzelte kurz und strich über meinen Kopf. Ich hatte das Gefühl, dass diese Geste mehr ihm galt als mir.

»Julia war meine Frau.«

»Sie waren verheiratet?«

»Das ist lange her.«

Bei ihm schien so ziemlich alles lange her zu sein. Dabei war er gerade mal über 40. »Was ist passiert?«, fragte ich und grinste. »Konnte sie Ihren eigensinnigen Charme nicht länger ertragen?«

»Nein«, sagte er. Seine Miene wurde wieder ernst. »Sie ist gestorben.«

»Das tut mir leid.«

»Ja«, sagte er leise. »Mir auch.«

Der darauf folgende Sonntag war wieder brüllend heiß. Weiße Abgasschwaden krochen zwischen den Reifen der wartenden Autos umher und verpesteten die windstille Luft. Es war Mittag, irgendwann nach zwölf, aber trotzdem lümmelte ich zu Hause in meinem Bett herum.

Olaf war gerade als Berichterstatter für überregionale Nachrichten unterwegs, denn vor weniger als zwei Stunden hatte man die Leiche eines Mannes unterhalb der Stauwehr am Kemnader See gefunden. Man identifizierte ihn als Bernhard Rowohlt, den Partner von Guido Brülling. Von Brülling selbst fehlte weiterhin jede Spur. Die Fahndung nach ihm wegen Brandstiftung war mittlerweile eingestellt worden.

Hugo Sachs saß mit einem geschwollenen Auge, einer gebrochenen Nase sowie diversen Schürfwunden wegen Verdunkelungsgefahr in Untersuchungshaft. Seine Frau sowie sein Partner Ruud van Houten waren auf Kaution erst einmal freigelassen worden. Gregor übergab die Unterlagen der Detektei Brülling & Rowohlt an Ansmann und ich fürchtete, dass ein sehr langer Rattenschwanz bürokratischer Untersuchungen durchlaufen werden musste, ehe das Verfahren endlich losging.

Der korrupte Drecksack in der Mordkommission trieb noch immer sein Unwesen. Alle waren aber sehr zuversichtlich, dass sie ihn bald schnappen würden.

Neben meinem Bett stand auf dem Boden bereits ein Glas Rotwein bereit. Im Wohnzimmer türmten sich Blumen und Kärtchen von Corinna und Sven sowie den Leuten vom KK 11 und Sascha. Metin hatte mir außerdem eine Glock 38 geschenkt, eine wesentlich leichtere und kleinere Halbautomatik mit drei automatischen Sicherungen, die allerdings in Ermangelung von vollendeten Formalitäten noch in seinem Waffensafe auf mich warten musste. Für einen Klebeverband am Hinterkopf war mein Haar ein wenig gekürzt worden. Auf dem frischen Gips waren schon längst neue Aphorismen und Fratzen gemalt. Aus den Lüftungsschlitzen meines Laptops drang warme Luft auf meine Oberschenkel und ein paar grüne Lichter blinkten aufgeregt im unteren Eck des Gerätes. Das Betriebssystem trällerte seinen Willkommensgruß und ich wählte mich in das Internet ein.

Mit Herzklopfen und puterroter Birne öffnete ich den Browser, rief die Suchmaschine auf und fütterte das Formularfeld mit jenen Informationen, die der Stationsarzt sorglos und unbedacht durch unseren Behandlungssaal geflötet hatte. Dann drückte ich die Eingabetaste, griff schnell nach meinem Glas und nahm einen ordentlichen Schluck Rotwein.

Dir werde ich es zeigen, Gregor Pankowiak.

Die Suchmaschine spuckte kongruente Treffer aus. Die Artikel waren einige Jahre alt und der Gregor, den ich dort sah, hatte nichts mit dem gemein, den ich in den letzten Tagen kennengelernt hatte. Kein Bart. Mehr Gewicht. Er sah irgendwie freundlicher aus. Obschon ihn die meisten Aufnahmen hauptsächlich auf dem Weg ins Gerichtsgebäude zeigten. Er machte keinen Hehl daraus und versuchte nicht, sein Gesicht mit Hand oder Jacke vor den Kameras zu schützen, was ich schon ziemlich ungewöhnlich fand. Die Anklage lautete Totschlag an einem Türken. Karim. Und Gregor war der Angeklagte. Mir begann es langsam zu dämmern. Ich hatte von dem Fall gehört. Es war schon etliche Jahre her und ich konnte mich entsinnen, dass der Fall sehr viel Aufsehen erregt hatte, da von einem rechtsextremistischen Bullen die Rede war, der sich an einem jungen türkischen Immigranten vergriff. Viele Pöbel gingen auf die Straßen. Türken. Leute mit Migrationshintergrund. Nationalsozialisten. Nach ein paar Monaten war schließlich alles vorbei und der rechtsextreme Bulle fuhr in den Knast ein. Gregor bekam sieben Jahre. Es war ein schnelles Verfahren, was insbesondere die Ausländer störte. ›Er hätte für Mord einfahren sollen‹, las ich zuletzt.

Meine Augen klebten am Bildschirm und die eine Hand zerquetschte nervös die andere. Ich las und las und ich begann, mich unrühmlicher und schmählicher zu fühlen. Ich hatte mir anderes erhofft. Stattdessen wusste ich nicht, wie es jetzt mit uns weitergehen sollte – nun, da ich all diese Dinge von ihm wusste.

ENDE

Ich danke: Meinem Mann Stephan für seine endlose Geduld und manchmal auch für seine Abwesenheit (weil ich dann schreiben konnte); Claudia und Meik, den geilsten Nachbarn der Welt, für ihren bahnbrechenden Optimismus; Hans-Peter, den Dr. jur. der Herzen, für seine juristisch-sachlichen Einwürfe; meiner Lektorin Frau Claudia Senghaas für den gelungenen Feinschliff; Julia für ihren Sprung ins kalte Krimiwasser und ihre mühevolle Kleinarbeit; Nils für die Einführung ins ›Rumballern‹ (natürlich nur unter Beachtung der Sicherheitsvorschriften); Ulrike und Michael für ihre inspirierenden Toten(gräber)geschichten (mit denen ich aber leider Persönlichkeitsrechte verletzen würde, würde ich sie bringen); meiner Schwester Ela für ihren Ansporn (weil sie unentwegt an meinem Verstand zweifelt); Maria, Daniela und Christian, denen es in meinen Büchern immer nur um den Humor ging (und nicht um die Fehler); sowie zu guter Letzt Gregor Meyle für seine inspirierende Musik und sein sagenhaftes, nimmer enden wollendes Konzert in der Dortmunder Pauluskirche.

Weitere Krimis finden Sie auf den folgenden Seiten und im Internet: www.gmeiner-verlag.de

KLAUS ERFMEYER

Endstadium

273 Seiten, Paperback.
ISBN 978-3-89977-1080-2.

TODESKAMPF Der Dortmunder Unternehmer Justus Rosell ist unheilbar an Krebs erkrankt. Für seinen bevorstehenden Tod macht er den Internisten Jens Hobbeling verantwortlich, der es versäumt haben soll, die tückische Krankheit rechtzeitig erkannt und damit jede Chance auf Heilung verspielt zu haben. Nachdem Rosell seinen Vorwurf gegen den Arzt in einem von großem Medieninteresse begleiteten Prozess nicht beweisen konnte, zieht er sich im Endstadium der Krankheit in sein Domizil auf der Ferieninsel Gran Canaria zurück. Gleichzeitig beauftragt er Rechtsanwalt Stephan Knobel, ein letztes Mal gegen Hobbeling aktiv zu werden …

STEFAN KELLER

Kölner Kreuzigung

278 Seiten, Paperback.
ISBN 978-3-8392-1078-9.

TAG DER KREUZIGUNG Hoch über der Stadt, auf einem alten Schutthügel des 2. Weltkriegs, steht ein roh gezimmertes Holzkreuz. Langsam steigt die Sonne über den Türmen des Kölner Doms empor. Doch der Mann am Kreuz sieht die Sonne nicht mehr. Er ist tot.

Privatdetektiv Marius Sandmann reagiert schockiert auf den Tod seines Chefs Gunther Brock. Offenbar hat der Mord mit ihrem neuen Fall zu tun, den sie kurz zuvor übernommen hatten: Die beiden Detektive sollten ein verschollenes Gemälde aus dem 15. Jahrhundert wiederfinden. Eine Kreuzigung, angeblich gemalt auf einem Stück vom Kreuz Jesu Christi …

GMEINER

Wir machen's spannend

KURT LEHMKUHL
Dreiländermord

267 Seiten, Paperback.
ISBN 978-3-8392-1095-6.

GNADENLOSE JAGD Der Journalist Thomas Geffert aus Düren wird tot am Soldatenfriedhof im Hürtgenwald aufgefunden. Die Ermittlungen der Polizei lassen keine Zweifel an einem Selbstmord zu. Doch da ist sich Günther Böhnke, pensionierter Leiter der Aachener Mordkommission und auf Bitten seines ehemaligen Kollegen Küpper mit dem Fall befasst, nicht so sicher. Was hatte der Tote, der in einer Reihe mysteriöser Todesfälle im deutsch-belgisch-niederländischen Dreiländereck recherchiert hatte, herausgefunden?

Ehe sich Böhnke versieht, steckt er mitten in einem Strudel aus ungeklärten Morden, vermeintlichen Unfällen und fingierten Selbstmorden. Seine Ermittlungen führen ihn bis nach Fuerteventura, wo er die schwerste Entscheidung seines Lebens treffen muss …

MATTHIAS P. GIBERT
Schmuddelkinder

372 Seiten, Paperback.
ISBN 978-3-8392-1084-0.

GESTOHLENE KINDHEIT Baunatal, Nordhessen. Der pensionierte Erzieher Dieter Bauer wird durch einen Schlag auf den siebten Halswirbel getötet. Am Abend des nächsten Tages wird Ruth Liebusch tot aufgefunden – ebenfalls eine ehemalige Erzieherin, ebenfalls getötet durch einen Schlag auf den siebten Halswirbel. Und es gibt noch eine Gemeinsamkeit zwischen den Opfern: Beide waren in den 70er Jahren im Karlshof tätig, einem berühmt-berüchtigten Jugendheim südlich von Kassel.

Kommissar Paul Lenz vermutet einen Serienkiller. Was ihn jedoch verwirrt: Die Morde haben beinahe zur gleichen Zeit, räumlich weit voneinander entfernt stattgefunden …

GMEINER

Wir machen's spannend

RICHARD LIFKA

Sonnenkönig

279 Seiten, Paperback.
ISBN 978-3-8392-1096-3.

IM MEDIENDSCHUNGEL Der Wiesbadener Privatdetektiv Ninus Hagen erhält den Auftrag, die Botschafter-Tochter Carla Cosian zu überwachen. Gleichzeitig bittet ihn die Journalistin Lena Rotmilch, Informationen über die Geschäftsführerin einer Medienagentur zu beschaffen.

Beide Aufträge werden durch mysteriöse Todesfälle jäh beendet, doch Ninus und Lena recherchieren auf eigene Faust weiter. Alle Spuren weisen in die Welt der Medienagenturen. Insbesondere der Chef eines großen Firmenimperiums, Andrej Rolozko, in der Branche als der »Sonnenkönig« bekannt, rückt immer deutlicher in den Fokus der Ermittlungen …

CHRISTIAN GUDE

Kontrollverlust

274 Seiten, Paperback.
ISBN 978-3-8392-1083-3.

DIENSTMÜDE Zwanzig Jahre Mordkommission hinterlassen Spuren. Auch bei Hauptkommissar Karl Rünz, der sich neuerdings als Krimiautor versucht und deshalb überhaupt keinen Sinn für die Pläne seines karriereorientierten Vorgesetzten hat. Wie dumm, dass just zu diesem Zeitpunkt in einem Nachbarort Darmstadts ein toter Schmied in seiner Werkstatt gefunden wird und sich Rechtsmediziner Bartmann partout nicht dazu überreden lässt, eine natürliche Todesursache zu diagnostizieren. Was zunächst nach einem Routinefall aussieht, entwickelt sich bald zu einem ausgewachsenen Problem für Rünz, an dessen rascher Lösung nicht nur die US Air Force größtes Interesse hat …

DIETER BÜHRIG
Schattengold

276 Seiten, Paperback.
ISBN 978-3-8392-1088-8.

IM SCHATTEN DER ZEIT In Lübeck scheint die Zeit stehen geblieben zu sein. Aina, ein Adoptivkind, das seine Herkunft nicht kennt, lernt bei ihrer Aufnahmeprüfung an der Musikhochschule die Klavierpädagogin Rana Ampoinimera kennen. Diese ist von dem Ausnahmetalent der jungen Frau überzeugt und lädt sie in ihr Haus ein. Aina trifft auf Ranas Ehemann Adrian, einen Goldschmiede- und Uhrmachermeister, und seinen Gesellen Raik.

Doch dann erschüttert eine Serie von mysteriösen Todesfällen die Idylle. Was bedeuten die fremden Worte auf den Zetteln, die man bei den Toten findet? Kriminalinspektor Kroll ist ratlos …

REINHARD PELTE
Kielwasser

275 Seiten, Paperback.
ISBN 978-3-8392-1082-6.

AUF HOHER SEE Ein merkwürdiger Fall lässt Kriminalrat Tomas Jung, Leiter der Abteilung für unaufgeklärte Kapitalverbrechen in Flensburg, keine Ruhe: Ein deutscher Mariner ist spurlos im Arabischen Meer verschwunden. Die Ermittlungen sind eigentlich bereits abgeschlossen. Der Soldat sei über Bord gegangen und ertrunken – so das Ergebnis. Aber seine Vorgesetzten mögen daran nicht glauben. Ein Unfall passt nicht zu dem Menschen, den sie kennen gelernt haben.

Jung und sein pensionierter Kollege Boll schalten sich ein. Nicht offiziell, sondern under cover …

GMEINER

Wir machen's spannend

Alle Gmeiner-Autoren und ihre Romane auf einen Blick